KB115029

고선영 판타지 장편소설

체인지

Change

4

체인지 4

고선영 판타지 장편 소설

초판 1쇄 찍은 날 § 2002년 2월 28일
초판 1쇄 펴낸 날 § 2002년 3월 10일

지은이 § 고선영
펴낸이 § 서경석

편집장 § 문혜영
편집책임 § 권민정
편집 § 박영주 · 김희정 · 장상수
마케팅 § 정필 · 강양원 · 김규진

펴낸곳 § 도서출판 청어람
등록번호 § 제1081-1-89호
등록일자 § 1999. 5. 31
어람번호 § 제1-0216호

주소 § 경기도 부천시 원미구 심곡1동 350-1 남성B/D 3F (우) 420-011
전화 § 032-656-4452   팩스 § 032-656-4453
E-mail § eoram99@chollian.net

값 7,500원

ISBN 89-5505-212-X (SET)
ISBN 89-5505-308-8 04810

고선영 판타지 장편소설

체인지

Change

4

2부 Continued Change
여신의 기적

도서출판

청어람

Continued Change 4 여신의 기적

6• 작가의 말
7• 프롤로그
17• 제1장 다시 피어나다!
45• 제2장 시작된 여정
71• 제3장 반지를 찾아서!
101• 제4장 훌륭한 왕비가 되기 위한 지침
129• 제5장 진실 밝히기!
167• 제6장 작은 오해, 그리고 특별한 하루
191• 제7장 드러나는 비밀?
221• 제8장 셀레냐의 편지

251• 외전
290• 설정

작가의 말

안녕하세요. 선영입니다.

체인지 2부는 육체가 바뀌고 운명이 바뀐다는 의미의 뒤바뀐 운명에 이어 계속되는 변화입니다.

2부에서는 1부 내용에서 라비스가 느꼈던 것이 다시 한 번 바뀌게 되는 것으로 전개되는 거죠.

라비스가 겪는 변화를 이 글을 읽는 모든 분들이 함께 느끼고 공감해 주셨으면 하는 마음으로 체인지 2부를 시작합니다.

 프롤로그

오전까지만 해도 맑았던 푸른빛의 하늘.

갑자기 하늘이 그 푸른빛 얼굴을 가렸다. 세상이 보기 싫어진 모양이다.

잔잔하던 푸른빛의 바다에는 바람이 분노한 듯 몰아치고 거대한 파도가 인간들이 번영하고 있을 대륙을 한 번에 삼켜 버릴 듯 성을 냈다.

바다 위에 떠 있던 모든 어선들은 영문도 모르는 채 .분노한 바다의 신에게 목숨을 갈구했다. 무엇이 바다를 분노하게 하였을까.

저 바다 깊은 곳으로 가라앉기 전 어부들은 공포에 찬 눈으로 그들의 바다의 신을 보았다. 거대한 파도가 수룡의 모습으로 가끔씩 탈바꿈하였는데, 어부들은 첫눈에 바다의 신이 분노하였음을 알 수가 있었다.

쿠르르—

거친 파도 소리가 마치 바다의 신인 수룡이 으르렁거리는 음성으로 기이하게 들렸다.

　육지에 있던 자들 역시 분노한 신을 달래며 용서를 구했다. 그들 역시 영문을 모르는 것은 마찬가지.

　돌풍이 불어닥쳤다. 이 돌풍이 모든 곳을 휩쓸었다.

　국왕의 결혼식날인 오늘 하루를 축복하는 것만 같던 청명한 날씨가 갑자기 미친 듯이 화를 내니 사람들은 두렵기만 했다. 그들은 각자 자신이 모시는 신의 이름을 한결같은 어투로 외쳤다. '오! 신이시여!' 라고.

　나무들의 가지가 꺾여 나갔다. 청명한 오전의 날씨를 보고 아낙들이 널었던 빨래들이 허공에 춤을 추듯 날아다녀, 그것을 보는 이들로 하여금 허탈한 웃음을 자아내게 하였다.

　우우우웅—!

　거친 바람으로 인해 밖에서 뛰어놀다 집 안으로 들어온 아이들은 바람 소리로 인해 겁에 질렸다. 바람 소리가 무척 기이하게 느껴졌던 것이다. 마치 누군가의 죽음으로 인해 애절한 통곡을 하는 것처럼.

　오전까지만 해도 사람들로 북적이던 수도의 거리는 이제는 한산하기 짝이 없었다. 방금 전까지만 해도 국왕의 결혼식을 축하하는 축제 분위기였는데 대체 무슨 일이 일어난 것일까?

　거친 돌풍이 모든 곳을 휩쓸었다. 누군가 위대한 자의 분노를 살 만한 무서운 죄라도 저지른 모양이다.

　로히얀스 인들은 알 수 없는 불안에 떨었다.

　우우우우웅—!

　해가 넘어가고 사방에 어둠이 깊이 내려앉을 때까지도 누군가의 분노와 통곡은 계속되었다.

로히얀스의 아름다운 왕비인 라비스 크로시벨이 마지막 숨을 거둔 그날 밤, 자이라스의 수도에 한 여인이 그 모습을 드러내었다. 새하얀 신부 드레스를 입은 한 아름다운 소녀를 안은 채.

　그 여인의 라비스와 똑같은 황금빛 머리칼이 굉장히 화려하게 빛을 내고 있었고, 이목구비 역시 라비스와 매우 흡사했다. 하지만 그 외모는 라비스보다는 두세 살가량은 더 나이가 들어 보였고, 그녀의 인상은 그 특유의 화려한 면에서는 라비스에 비할 바가 못 되었다.

　"아직 떠나면 안 돼요."

　여인이 중얼거리듯 말했다. 그녀의 가냘픈 목소리에서 뭔가 절박함이 느껴졌다. 무엇이 그녀를 절박하고 다급하게 만들고 있을까?

　그녀가 안고 있는 아름다운 소녀… 마치, 달콤한 잠에 빠져든 듯 여인의 품에서 고요히 잠들어 있었다. 도저히 오늘 로히얀스 왕성에서 도둑맞은 라비스의 시신이라곤 생각되어지지 않을 만큼.

　라비스의 매끈한 이마 중앙에는 엄지 손톱만한 투명하고 하얀 빛이 서려 있었는데, 그 빛은 힘이 다해가는지 조금씩 희미해져 가고 있었다. 이것은 라비스의 영혼이 안식을 맞이한 육체에서 빠져나가지 못하도록 한 여인이 걸어놓은 봉인의 표식이었다.

　만약 이미 죽음을 맞은 라비스의 영혼이 육체에서 완전히 빠져나가게 된다면 영혼을 거두어들이는 사신 따위보다 더욱 두려운 존재에게 라비스의 영혼이 노출되고 말 것이다.

　이곳 세계에 있지 말아야 할 라비스의 영혼은 현재 이곳 세계의 육체 안에 있음으로써 그 부당함이 가리어지고 있었기 때문에, 만약 이 육체에서 빠져나가게 된다면 신계에 있는 고귀한 존재들에게 들키고 말아 이 영혼은 저곳 어딘가의 세계로 내쫓기게 될 것이다.

그리고 어떠한 형벌이 기다리게 될지 몰랐다.

"아!"

그때, 라비스의 이마에서 빛나던 기이한 빛이 마침내 그 빛을 잃고 사라지고 말았다. 여인은 절망스런 기색이 깃든 탄성음을 내며 더욱 서둘렀다. 그녀의 능력으로는 라비스의 영혼을 봉인시키는 것에 한계가 있었던 모양이다.

곧 라비스의 영혼이 육체와 분리되기 시작했다. 이미 죽음을 맞은 영혼이 육체에서 이탈하게 되면 사신이 죽음의 냄새를 맡고 찾아올 것이다. 그리고 라비스의 영혼을 알아챈 그들이……

"아, 조금만 더……."

여인의 눈앞에 셀레네스의 신전이 보이기 시작했다. 로히얀스에서 이곳까지 공간 이동하여 온 그녀였지만 더 이상은 신력이 남아 있지 않았다. 그녀의 힘은 오늘 오전 이후 약해지기 시작했다. 그래서 신전 근처에서부터 줄곧 라비스를 안고 걷다가 신전을 보고는 안도의 한숨을 내쉬었으나…

"셀레네스?"

누군가 갑자기 그녀의 앞을 가로막더니 대뜸 그렇게 물어왔다. 여인은 흠칫 놀라며 라비스의 시신을 꼬옥 끌어안은 채 뒷걸음질을 쳤다.

그녀의 앞을 막아선 자는 에메랄드 빛의 짧은 머리칼을 가진 청년이었는데 투명할 정도로 새하얀 피부에 조각 같은 이목구비가 매우 인상적이었다.

머리 색과 같은 에메랄드 빛의 그의 눈동자가 빛을 내었다. 차갑기 그지없어 보이는 그런 눈빛이었다.

"아, 셀레네스의 그림자로군! 두 번째 그림자까지 각성해 있다는 것은 셀레네스가 봉인과 망각의 세계에서 빠져나왔다는 것이겠지? 그 소녀는……."

그의 에메랄드 빛 눈동자가 라비스에게로 향하며 말끝을 흐렸다. 그의 표정없는 얼굴이 라비스를 본 순간 뭔가 의미를 알 수 없는 표정을 띠었다.

"당신은……?"

여인의 목소리가 떨리고 있었다. 그녀는 그가 누구인지 잘 알고 있었다. 그래서 그녀는 두려웠다. 이곳을 빠져나가야만 했다. 그러기 위해서는 선제공격을 해야 했다. 부족한 자신의 능력으로 무사히 도망을 가기 위해서는 말이다.

그녀는 자신의 입술을 깨물었다.

'지금은 신력이 거의 남아 있지 않는데…….'

여인은 고민하다가 라비스의 팔목에 끼어져 있는 단거리 공간 이동 아티펙트인 팔찌에 눈길을 주었다. 신력이 없는 지금, 이것을 이용해서라도 신전까지 공간 이동을 하면 안전해질 수 있을 테지.

그가 아무리 신족이라 해도 자신보다 고위 신족의 신전은 함부로 침입하지 못할 것이다. 비록 힘을 잃은 여신의 신전이지만, 셀레네스는 그래도 한때 위대한 여신들 중 하나였으니.

파앗—!

여인의 몸에서 수십 개의 날카로운 빛줄기들이 쏟아져 나와 신족 청년을 공격했다. 물론 그 청년은 여인의 공격을 간단히 막고 되돌려 그녀에게 공격을 했으나, 여인은 아티펙트를 이용한 단거리 이동으로 신전으로 금세 사라지고 난 후였다.

깨어나세요, 나의 여신이여!

저들의 통곡 소리를 들으세요.

세상이 눈물을 흘립니다.

하늘이 울고 바다가 울고

그대를 사랑한 누군가가 눈물을 흘립니다.

나는 부활의 날을 기다립니다.

그날을 예비하기 위해

나의 생명을 거두어줄 누군가를 찾아갑니다.

나의 생명을 그대에게 드리기 위해.

그대를 만나서 너무 행복했노라고 말하지 못함이

깊은 아쉬움으로 남습니다.

깨어나세요, 나의 여신이여!

그대를 사랑한 누군가를 위해

눈을 뜨고 다시 그 아름다운 눈으로

세상을 바라보세요.

　신전의 경건한 예배실 안에 고결한 새하얀 천의 신관복을 입은 고위 여신관들이 자리하고 있었다. 지금은 무엇보다도 성스럽고 비밀스런 의식을 다급하게 치러야 했다.

　"당신은 정말 셀레네스의 대리자이신가요?"

　나이 지극한 여신관이 금발의 여인에게 물었다. 아마도 그녀가 셀레네스를 모시는 대신관인 모양이었다.

"그대는 내가 셀레네스의 대리자임을 의심하는 건가?"

셀레네스의 그림자이자 분신으로 불리는 대리자를 의심하는 것은 곧 그들의 여신인 셀레네스를 의심하는 것. 대신관은 당황하여 황급히 부인하는 태도를 취해 보였다. 그러나 금발의 여인은 더 이상 그녀에게 관심을 두지 않았다.

"저 소녀는 누구인가요?"

다른 여신관이 조심스레 물었다. 그녀들은 셀레네스의 예배실 정면에 걸려 있는 은으로 만들어진 커다란 디바인 마크(성표:신을 상징하는 물건) 앞에 누워 있는 아름다운 소녀에게 눈길을 주었다.

"저 소녀는⋯ 셀레네스를 모시는 너희들이 보호해야 할 고귀한 존재이다."

여인은 잠시 망설이다 그렇게 답했다.

보호해야 할 고귀한 존재라니⋯ 그렇다면 저 소녀는 셀레네스의 또 다른 분신이라는 말인가?

여인의 애매모호한 말에 여신관들은 고개를 갸웃거렸다.

"저 소녀가 깨어나거든 보호하라! 그리고 그녀를 로히얀스 왕성까지 인도하라. 저 소녀의 이름은 라비스⋯⋯."

여인은 라비스의 앞으로 다가가 무릎을 꿇고 앉았다. 그녀가 무릎을 꿇는 것은 셀레네스의 디바인 마크에 대한 예인지, 아니면 라비스에게 취하는 예인지 알 수가 없었다.

이미 신족에게 노출된 라비스를 무사히 보호하려면 여인은 한 가지 방책을 써야 했다. 그것은 라비스의 외모를 조금 바꾸는 것! 조금 전한 신족에게 라비스 영혼의 모습을 들켰으니 영혼의 그릇인 육체의 외모를 조금 바꾸는 수밖에 없었다. 외모가 바뀐 육체 안에서 라비스의 영혼은 신족이나 마족들의 눈을 피할 수 있을 것이다.

여인은 잠시나마 라비스의 위치가 파악되지 않도록 라비스의 몸에 있는 마법적 물건들을 모두 봉인해 버렸다. 그래야 조용히 라비스를 되살릴 수 있을 테니.

여인의 황금빛 눈동자가 라비스의 얼굴로 향했다. 그녀의 눈빛은 매우 슬퍼 보였다. 이것은 자신의 숙명… 그녀는 라비스를 위해 자신의 가장 소중한 것을 바쳐야 했다.

"내가 가진 생명은 이제 그대의 것… 나는 당신의 대리자이자 또 하나의 분신이며 그림자, 여러 얼굴들 중 하나… 나는 이제 그대를 위해 소멸의 길을 걷습니다."

계속될 것 같았던 돌풍은 며칠이 지나 어느 순간에 멈추었다. 하지만 로히얀스 왕성 안에서 도는 어둡고도 차가운 슬픔의 바람은 멈추지 않았다.

중앙 궁성의 한 복도에 남자 하나가 서 있었다. 은빛의 아름다운 머리칼을 늘어뜨린 그는 이곳의 국왕인 미카엔이었다. 그는 시종도 없이 홀로 무언가를 바라보고 있었다. 그것은 그의 아내이자 로히얀스의 불운한 아름다운 왕비의 초상화.

역대의 국왕과 왕비의 초상화가 주욱 걸려 있는 이 복도에 미카엔은 못 박힌 듯 서서 자신의 아내 초상화를 슬픈 눈으로 바라보고 있었다. 고귀하고도 아름다운 그의 얼굴이 초췌해 보였다.

"라비스, 넌 다시 돌아오지 못할 곳으로 가버린 것이냐? 보고 싶구나, 라비스. 사랑하는 라비스… 네가 있는 곳이 어디인지 안다면 사신들이 지키고 있는 망자의 곳이라도 기꺼이 찾아갈 텐데. 용서하지 못할 것 같다. 이런 운명을 만든 자를."

로히얀스 젊은 국왕의 감추어진 분노와 슬픔이 잠시나마 드러났다. 따지고 보면 그는 지난 일 년 사이에 자신이 사랑하던 사람을 모두 잃은 셈이었다. 그의 부모와 아내… 게다가 라비스는 그 시신마저 잃어버려 미카엔의 가슴을 더욱 아프게 했다.

미카엔은 눈을 내리깔았다. 그러자 라비스의 초상화를 바라보는 동안 감정이 가득했던 그의 은보랏빛 눈동자가 차갑게 식었다.

행복했어야 할 그날 이후 시작된 악몽이 그치질 않았다. 아마도 이 지독한 악몽은 계속될 듯했다.

Change Of Destiny

제1장

다시 피어나다!

 다시 피어나다!

[내가 가진 생명은 이제 그대의 것…….]

어둡다.
나는 지금 어디에 서 있는 것일까.
아직까지 나에게 안식이 주어진 것이 아니란 말인가.
누군가가 미치도록 보고 싶다.

[나는 당신의 대리자이자 또 하나의 분신이며 그림자, 여러 얼굴들
중 하나… 나는 이제 그대를 위해 소멸의 길을 걷습니다.]

눈물이 난다.
그가 흘린 눈물이 나의 가슴을 아프게 한다.

[그대를 위해 존재해 왔던 것처럼, 나는 소멸합니다. 나의 생명은 이제 그대의 것… 그대에게 주어졌던 육체의 그릇은 또 한 번의 기회를 갖습니다.]

지금 나에게 들려오는 저 목소린 무엇일까.

누군가 나를 위해 소멸한다고 말하고 있다. 그것은 내가 바라는 것이 아니다.

아! 내가 꿈을 꾸고 있는 것일까.

나를 사랑하는 누군가가 나로 인해 불행해지는 것은 싫다. 그것으로 인해 내가 행복해질 순 없을 테니…….

누군가의 불행이 나의 불행을 낳는다.

"으음……."

나는 감고 있던 눈을 떴다. 그러자 눈부신 빛이 나의 각막을 자극하여 얼굴을 살짝 찡그려야 했다. 왠지 속이 텅 빈 듯 공허하게 느껴졌다. 뭘까? 이 공허한 기분은…….

"아! 깨어났군요."

내가 누워 있는 침대 곁에서 서 있던 여자들이 나에게 말했다. 그녀들은 모두 젊은 여자들이었는데 하나같이 모두 흰색의 치렁치렁한 옷을 입고 있었다.

"라비스님, 괜찮으세요?"

"누구……?"

그들 중 한 소녀가 나에게 묻자 나는 가냘픈 목소리로 그녀에게 되물었다. 그러자 그녀는 싱긋 웃어 보이며 약간 발랄해 보이는 어투로 나의 질문에 답했다.

"여긴 셀레네스의 신전입니다. 저는 이곳 신전의 견습 신관이고요."

"셀레네스의 신전이라고요? 셀레네스의 신전이 있는 곳이라면, 그럼 여긴 자이라스인가요?"

"네, 맞아요."

그녀의 말에 나는 벌떡 일어났다. 자이라스라니… 대체 어찌 된 일일까? 나는 한동안 갈피가 안 잡혀 굳은 듯한 나의 머리를 열심히 굴려야 했다.

분명 로히얀스의 왕성 안에 있어야 하는데… 그렇다면 내가 전쟁이 끝나고 아직 자이라스에서 로히얀스로 돌아가지 못했던 것인가? 그것은 아니다. 나는 분명히 로히얀스로 돌아갔었고 미카엔과… 미카엔과 결혼식을… 아!

나는 순간 얼굴에서 핏기가 썰물 빠지듯 빠져나가는 것을 느꼈다. 나의 몸이 부들부들 떨렸다. 그러자 여신관들은 나를 걱정스러운 눈으로 바라보며 무언가 말을 건네려고 하였다. 그러나 그녀들은 그럴 기회를 갖지 못했다.

"으윽!!"

죽음 직전의 기억, 그리고 죽음이 가져다 주었던 지독한 충격이 나를 강타하여 나는 고통스런 신음성을 내뱉어야 했다.

"아, 안 돼! 루이스… 거짓말이야! 루이스, 아니지? 아닐 거야!"

나는 발작하듯 비명과도 같은 외침을 지르기 시작했고, 당황한 여신관들은 나를 붙잡고 진정시키려 애를 썼다.

"라비스님! 정신 차리세요!"

"흑~ 거짓말이야! 루이스가 그럴 리가 없어. 그럴 리가 없어. 난 이 대로 죽기 싫어!"

"라비스님!"

"미카엔… 정말 미안해요. 좀 더 일찍 깨달았어야 하는데……."

"라비스님, 무엇을 깨달아야 한다는 거죠?"

"나는 미카엔을 만나러 온… 만나러 온… 나의 영혼은……."

"라비스님?"

여신관들 중 가장 나이가 많아 보이는 한 여인이 눈물을 흘린 채 발작하는 나를 달래며 묻고 있었다. 그녀의 눈빛은 마치 중요한 답변을 기다리기라도 하는 듯 굉장히 진지했다. 하지만 내가 방금 말하고자 했던 내용은 잠시 머리 속에서 번뜩 하고는 이내 사라져 버려서 나는 더 이상 말을 잇지 못하고 눈물만 흘렸다.

결국 나를 달래던 그 여신관은 나의 답변을 기다리는 걸 포기하고는 뒤에 서 있는 나머지 여신관들에게 눈길을 주며 외쳤다.

"모두 나가거라! 지금 이 소녀는 안정이 필요하니!"

그러자 대부분 소녀들이었던 여신관들은 이런 나의 모습이 안타깝기도 하고 궁금하기도 하였는지 아쉬운 기색으로 나를 힐끔거리며 방을 나갔다. 그렇게 여신관들이 나가자 여인은 나의 눈을 직시하며 다시 입을 열었다.

"라비스님."

"흑! 흐윽~! 이대로 죽고 싶지 않아."

여신관이 열심히 나의 이름을 불렀지만 나는 그녀의 목소리를 제대로 인식할 수가 없었다. 그저 눈물만 나오고 가슴이 찢어질 듯 아팠다. 누군가 나의 심장을 쥐어짜고 있기라도 하는 듯.

"라비스님, 정신 차리세요. 라비스님은 죽지 않아요. 지금 이렇게 숨을 쉬고 살아 계시잖아요?"

"미카엔, 미안해요!"

그가 나로 인해 흘린 눈물 때문에 더욱 슬펐다. 그리고 믿었던 루이스의 배신이 나를 지독히도 괴롭게 했다. 그렇게 믿었고 그녀를 의지했는데… 마지막 순간에 몹시도 흔들렸던 루이스의 눈빛, 그리고 그녀의 절규가 나의 가슴을 후벼 팠다.

"라비스님, 아직도 죽음의 충격에서 깨어나시지 못한 건가요? 죽음 직전의 기억이 라비스님을 고통스럽게 하나요? 그럼 잊으세요! 라비스님, 만약 그런 고통스런 기억이 있다면 차라리 잊어버리세요. 뭔가 상처가 있다면 그것이 다 아물고 나서 기억해도 늦지 않아요. 이래서는 라비스님의 정신은 온전치 못하게 될 거예요. 고통스런 기억은 당분간 잊어요."

그녀의 말에 문득 나는 울음을 멈추고 그녀에게 눈길을 주었다. 나의 눈에 맺혔던 눈물방울들이 아래로 뚝뚝 떨어졌다.

"잊어……?"

마치 최면에 걸린 듯 나는 그녀의 말에 반응했다. 그러자 여인은 자상해 보이는 미소를 살짝 머금고 고개를 끄덕였다. 그녀의 자상한 미소에 나의 격한 감정은 금세 차분하게 가라앉았다. 정말 이상한 일이다. 그녀에게는 거친 폭풍우를 잠재우는 기이한 마력이라도 있는 것일까?

나는 계속 흐르는 눈물을 닦을 생각도 하지 못하며 그녀를 바라보았다.

"잊어요?"

내가 다시 묻자 그녀는 나의 눈물을 닦아주며 고개를 가만히 끄덕였다. 그리고 나직한 목소리로 입을 열었다.

"그래요. 고통스런 기억은 잊고 행복한 것만 기억하세요."

그녀의 말에 이번에는 내가 고개를 끄덕였다. 그녀는 다시 말을 이었다.

"…그리고 편히 쉬도록 하세요. 라비스님은 여신의 축복을 받은 존재이니 곧 좋아질 거예요. 몸이 어느 정도 좋아지면 로히얀스 왕성으로 가야겠죠? 셀레네스의 뜻이랍니다."

"아! 로히얀스 왕성… 이젠 돌아가야 하겠군요. 전쟁은 끝났으니."

희미하게 느껴지는 목소리로 내가 그렇게 말하자, 여인은 잠시 굳어진 얼굴을 하였으나 이내 미소를 지어 보였다. 그리고 기억하고 싶지 않은 일들이 나의 뇌리에서 잠시나마 감추어지려는 듯 나는 다시 잠에 들었다.

그 후 시간이 조금 지나 저녁 무렵이 되었을 때…….

끼익~

잠들었던 나는 방문을 여는 소리에 다시 깨어났다. 처음 눈을 떴을 때는 평소 때처럼 그저 내가 눈을 뜬 곳이 나의 침실이려니 생각했다. 그러다 이곳은 나의 침실이 아닌 낯선 방 안이라는 것을 깨달았다.

"일어나셨네요?"

침대에서 몸을 일으켜 다가오는 견습 여신관복을 입은 그녀를 바라보자 그녀는 조금은 쾌활한 어조로 나에게 말을 걸었다. 그녀는 나와 비슷한 또래로 보이는 견습 신관인 듯했는데 쟁반을 들고 있었다. 아마도 나의 식사를 가지고 온 모양이다.

'아! 그러고 보니 나는 셀레네스 신전에… 나는 로히얀스로 돌아가던 중이 아니었던가?

"저녁을 가지고 왔어요. 라비스님은 아직 몸이 좋지 않으시니 죽을 드셔야 할 거예요."

그녀가 살짝 웃어 보이며 말하자, 나 역시 그녀에게 희미한 미소를 지어 보이며 죽 그릇을 받아 들었다. 흐음, 죽은 그다지 먹고 싶지 않은데.

"저어… 저는 로히얀스로 돌아가던 길이 아니었나요? 뭔가 자꾸 헷갈리는군요. 우리 군이 무사히 로히얀스로 돌아간 것인지 궁금하기도 하고… 왜 저만 이렇게 신전 안에 머물러 있는 거죠?"

"음, 라비스님은 로히얀스로 가시던 중이었나요? 저는 얼마 전에 막 들어온 견습이라 자세한 것을 몰라요. 제 생각엔 라비스님이 로히얀스로 돌아가시려 하던 중에 갑자기 쓰러지셔서 우선은 이렇게 신전 안에서 요양을 하고 있는 것이 아닐까요? 고위 신관님들에게 들은 바로는 라비스님이 쓰러지실 때의 기억을 잘 하시지 못한다고 들었거든요."

"아, 그래요?"

나는 고개를 갸웃거리며 수저를 떴다.

"어머나! 라비스님이 끼신 그 은반지 말이에요. 굉장히 예쁘네요. 가운데 박힌 자수정도 너무 예쁘고… 그거 약혼반지인가요? 그냥 반지 같지는 않은데요? 굉장히 기품있고 화려해요."

문득 그녀가 눈을 반짝이며 나에게 호들갑스럽게 물었고, 나는 겸연쩍게 웃으며 답했다.

"네, 그런 셈이죠."

"어머, 좋겠네요. 아! 팔찌랑 세트인가요? 아니네? 팔찌는 백금으로 만들어져 있군요. 정말 디자인이 너무 예뻐요."

내가 하고 있는 아티펙트에 지대한 관심을 보이는 그녀의 모습에 약간 불편한 마음이 들었지만 그녀에게 지어 보이고 있던 미소를 잃지 않으며 입을 열었다.

"액세서리와 보석에 굉장히 관심이 많은 모양이군요."

"네, 저는 개인적으로 반짝이는 것을 너무 좋아하거든요. 호호, 저는 가난해서 그런 비싸 보이는 액세서리는 제대로 구경해 본 적이 없었어요. 아! 내 정신 좀 봐~ 신관님들이 시키신 일들이 잔뜩 쌓여 있는데, 제가 수다를 떨었네요. 그럼 이만 가볼게요."

그녀는 그렇게 말하고는 급하게 방을 나갔다. 나는 그런 그녀의 모습을 보며 피식 웃어 보이다가 앞으로 흘러 내려오는 나의 머리카락에 눈길을 주었다.

"응?"

나는 의아한 기색을 띤 음성을 내었다.

황금빛이어야 할 나의 머리 색이 흑단 같은 검은빛이었던 것이다. 내가 언제 일루전을 걸었던가? 나는 의아해하며 침대에서 일어나 거울 쪽으로 걸어갔다. 아무리 생각해도 요즘 나는 정신이 너무 없는 것 같다.

"앗?!"

거울에 비친 나의 모습을 본 나는 짧은 비명을 질러야만 했다. 나의 외모가 조금 바뀌어 있었던 것이다. 생소해 보이는 나의 외모로 인해 놀라 다리가 풀려 후들거리는 몸을 억지로 지탱하며 나는 눈을 똑바로 뜨고 거울을 응시했다. 놀란 가슴이 두근거리기까지 했다.

"이, 이게… 뭐야? 저건 누구지?"

정말 황당하기 짝이 없는 일이었다. 그러고 보니 예전에도 이런 비슷한 경험이 있었던 것 같은데… 그때는 남자였던 내가 라비스의 모습으로 바뀌어 있었던 거고 지금은…….

길고 곧은 머리칼이 검은빛을 발하며 여전히 치렁치렁하게 등허리까지 흘러 내려와 있었고, 여전히 새하얀 피부와 붉은 입술이 도드라져 보였다. 그런 면에서는 예전과 별다르게 달라진 점이 없었지만 분위기가 좀 더 성숙하고 여성스럽게 변해 있었다.

예전 나의 외모는 화려한 미색을 자랑했지만 지금은 차분한 여성스러움이 돋보였다. 게다가 지금 나의 이목구비는 약간 부드럽게 변해 동양적인 분위기가 물씬 풍겼다. 그때나 지금이나 눈이 아플 정도로 아름다운 미색은 여전했지만.

커다란 까만 눈망울은 가련한 사슴의 눈을 연상시키고 그다지 날카롭지 않은 부드러운 선으로 오뚝 솟은 코는 여성스러운 미의 극치를 이루었다. 그리고 붉은 장밋빛 입술은 내가 보아도 절로 키스하고 싶어지게 만든다.

"기, 기가 막혀! 나 정말 꿈꾸고 있는 것일까?"

나는 볼을 살짝 꼬집어보았다.

"아얏~!"

결국 나는 숱 많은 머리칼을 쥐어뜯으며 또다시 일어난 이 황당한 일에 머리를 쥐가 나도록 굴렸다.

"서, 설마 또다시 이상한 세계로 떨어지거나 그런 것은 아니겠지? 아니야! 아까 여신관이 로히얀스라는 단어를 당연한 듯 언급했었으니까 그런 것은 아닐 거야. 그나저나, 으으… 이런 황당한 일이 왜 나에게 자꾸 일어난 거야?! 또 아멘시타가 장난친 거야?! 뭐가 어떻게 돌아가는 거지?"

나는 발광하듯 그렇게 처절한 독백을 하며 방을 왔다 갔다 하다가 정령의 이름을 불렀다.

"아젠! 리엔! 샤르으~!! 아멘시타, 아무나 빨랑 나와!"

내가 그렇게 불렀음에도 불구하고 아무런 응답이 없자, 나는 흠칫하다가 이곳이 신전 안임을 상기하였다. 원래 정령들은 왕성 안이나 신전, 혹은 마법사들의 탑 같은 곳들에서는 응답을 듣지 못했다.

그들이 직접 이곳으로 찾아온다면 모를까. 정령들은 지금 내가 이곳에 있는지 모를 테니 말이다.

결국 나는 입술을 잘근잘근 깨물며 다시 방 안을 왔다 갔다 하다가 신전 밖으로 나가야겠다고 생각했다. 그래서 방문을 벌컥 열어젖혔는데, 마침 내가 있던 방 안으로 들어오려던 참이었는지 상당히 엄숙하게 생긴 아줌마가 문 앞에 서 있다가 움찔하였다.

아마도 갑작스레 문이 거칠게 열린 것으로 인해 깜짝 놀란 모양이었다. 훗~ 내가 조금 터프하기는 하지.

"깨어나셨군요. 셀레네스님을 위해 감사 예배를 드릴 시간입니다. 라비스님은 셀레네스님의 축복을 받으신 분이니 오늘은 감사 예배를 드려야지요."

"아, 네. 네?"

얼떨결에 답한 나는 내 자신에게 생긴 황당한 일에 대해 뭔가 그녀에게 물으려 하였으나 그녀는 그대로 뒤를 돌아 어디론가 발걸음을 향했다. 결국 나는 기회를 봐서 물어야겠다고 생각하며 그녀를 따라갔다. 팔자에도 없는 감사 예배를 드리기 위해서 말이다.

그나저나 무슨 감사를 드릴 것이 있다고 감사 예배를 드려야 된다는 것인지 모르겠다. 게다가 이곳 신관들은 어떻게 된 것인지, 나는 말한 기억도 없는데 전부 다 나의 이름을 알고 있어서 정말 의아했다. 내가 그렇게 유명했었나?

나는 앞서 가는 여신관을 가까이 따라붙으며 그녀에게 물었다.

"그런데 제가 셀레네스의 축복을 받았나요?"

왠지 멍청하게 느껴지는 질문이었다.

"라비스님은 셀레네스님의 대리자에게서 가장 소중한 것을 받으셨습니다."

"네에?"

"셀레네스님께 진심으로 감사드리세요. 셀레네스님의 대리자가 곧 셀레네스님이니까요."

이 아줌마 신관은 갈수록 알쏭달쏭한 얘기만 했다. 대체 무슨 소리인지…….

"저어… 근데 제 외모가 조금 바뀐 것 같은데… 어떻……."

"그것은 셀레네스님이 주신 축복에 대한 결과라고 생각하세요."

"대체 무슨 축복이기에 그 셀레네스인지 뭔지 하는 분은 왜 멀쩡한 얼굴까지 바꾸고 그러죠?"

나는 계속 알 수 없는 말만 하는 여신관의 태도에 발끈하여 그렇게 외쳤다. 지금도 여전한 미색이라 예전의 화려한 외모와 별반 다를 바 없었지만, 그래도 하루아침에 본의 아니게 외모가 바뀌게 된 셈이었으니 나로서는 침착해질 수가 없었다. 물론 바뀐 이 외모가 굳이 마음에 안 드는 것은 아니었지만 말이다.

여신관은 우뚝 걸음을 멈추어 서더니 나의 얼굴을 바라보았다.

"그분은 라비스님께 생명을 주셨습니다. 자신에게 가장 소중한 생명을 말입니다. 물론 그분은 셀레네스님의 대리자이시지만 그분 역시 고귀한 분이십니다."

저 여신관이 나에게 화를 내는 것 같다는 느낌이 들었다. 왠지 적반하장(賊反荷杖)이라는 말이 떠오른다. 누가 생명을 달라고 했던가? 그리고 내가 생명 따위가 필요했던가? 화를 내야 할 사람은 나인데 오히려 저 여신관이 화를 내고 있었다.

어쩐지 오늘은 정말 내가 라비스로 바뀌고 나서 그 두 번째로 황당한 하루인 것 같다. 하아~ 왕성으로 돌아가게 된다면 나를 보고 놀라게 될 미카엔에게 뭐라고 말해야 될까?

어쨌든 셀레네스 신전의 예배실에 들어선 나는 예배실 정면에 디바인 마크가 걸려 있는 모습을 보며 이상한 느낌을 받았다.

은으로 만들어진 그것은 원형 테 안에 복잡한 모양의 표식이 자리 잡고 있었는데, 그 표식은 눈의 결정 모양 같기도 했고 별 모양 같기도 했다. 그리고 그것은 고대어(마법어와 상통한다)로써 셀레네스 이름의 약자가 되기도 하고, 조금 더 모양을 다르게 보면 드래곤이란 뜻도 포함되고 있었다.

아무튼 복잡하고도 많은 의미가 담긴 성표인 듯했다.

예배실 안에는 벌써 몇 명의 신관들이 모여 있었다. 그녀들은 모두 정식 신관들이자 고위 신관들인 듯했다. 신관복들이 모두 품위가 있어 보였기 때문이다.

그나저나 나는 그동안 셀레네스를 나 자신과 밀접한 관계가 있을 거라고 생각했었는데, 어쩌면 그것이 사실일지도 몰랐다. 왕비의 일기장에 적혀져 있는 내용에 따르면 라비스의 어머니 셀레나는 크리스티나와 동일 인물이었고 범상치 않은 능력을 가지고 있었다.

여신관들이 내게 셀레네스의 축복을 받았다느니 어쨌다느니 하는

발언을 늘어놓고 있는 것을 보아서는 어쩌면 그녀가 셀레네스일지도
몰랐다.

또한, 여신관의 말로는 내가 대리자에게 생명인지 뭔지를 받았다는
데, 그것은 나의 영혼이 셀레나의 딸인 라비스의 육체를 받아 라비스로
서 또 한 번의 생을 시작하게 된 것을 의미하는 것 같았다. 그리고 셀
레네스의 대리자란 셀레네스의 딸을 의미하는 듯했다.

그렇다면 이 여신관들이 내가 라비스의 육체를 가진 다른 영혼이라
는 것을 알고 있다는 얘기가 되었다. 나는 새삼 여신관들의 얼굴을 다
시 쳐다보았다. 저 여신관들은 셀레네스가 행한 일의 어디까지를 알고
있는 것일까? 왠지 기분이 나빠진다.

본의 아니게 엉뚱한 곳에 끌려와서 이 고생을 하고 있는 나인데 그
것을 축복이라 운운하다니… 그리고 우연히 이곳 신전으로 오게 된 나
에게 감사 예배에 참여하기를 요구하다니… 저 여신관들이 뻔뻔한 것
인지, 아니면 셀레네스가 뻔뻔한 것인지 아무튼 기분이 나빴다.

하긴, 다른 면에서 어쩌면 나는 셀레네스에게 고마워해야 할지도 몰
랐다. 이곳에서 나는 미카엔을 만나고 루이스를 만나고 정령들을 만났
기 때문이었다. 그들은 모두 나에게서 소중한 존재였다.

결국 나는 군소리없이 감사 예배에 참석하며 기도하는 척했지만, 속
으로는 그렇게 셀레네스에 대한 잡생각을 하며 따졌음은 두말하면 잔
소리이다. 셀레네스가 과연 이곳에 존재하고 있을지는 의문이었지만
말이다. 그녀는 본래의 라비스가 5살 때 죽었다고 했었으니.

여신이라는 그녀가 죽었다는 것이 꽤나 미심쩍었지만 셀레네스인
셀레나는 힘을 잃은 여신이자 내쫓긴 신족이라고 했으니, 아마도 지금
은 그녀가 존재하고 있지 않은 것이 사실일 듯싶었다. 그리고 셀레네

스가 없는 지금은…

내가 원래 세계로 돌아갈 방법도 없는 듯했다.

그날 밤, 방으로 돌아온 나는 한 여신관에게 내일 이곳을 떠나도 좋다는 말을 들었다. 물론 그녀는 나에게 정식 신관 두 명을 붙여주겠다고 했다.

비록 정식 신관이라고는 하나 힘을 잃은 여신을 모시고 있는 이들이었기에 신성력은 쓸 수는 없지만 그래도 많은 도움이 될 것이라 했다. 그녀들은 그저 신성력만 쓰는 일반 신관들이 아니라 전투 신관이었기 때문이다.

전투 신관이란, 신력에 중점을 두는 신관이 아닌 신전과 일반 신관들을 보호하는 역할을 하는 전투력을 가지는 것에 중점을 둔 신관들이었다.

어쨌든 나는 그녀에게 고맙다는 말을 하고는 잠자리에 들기 위해 침대에 누웠다. 사실 나는 아젠샤르의 힘으로 로히얀스로 단숨에 날아갈 생각을 가지고 있었으나—아젠샤르의 힘으로 웬만큼 떨어진 지역은 당일로 도착할 수 있었다. 물론 먼 지역은 시간이 걸리지만—이런 나의 능력을 모르는 여신관들은 나에게 호위 신관을 붙여주었고, 나는 몇 번의 거절 끝에 승낙을 한 것이다.

똑똑!

문득 노크 소리에 나는 들어오라는 말을 하였고, 이에 방문이 열리며 아까 낮의 호들갑스럽던 견습 신관인 소녀가 들어왔다.

"아! 주무시려던 중이었나요? 방해가 되었다면 죄송해요."

"괜찮아요."

그녀의 말에 내가 빙긋 웃어 보이며 답하자, 그녀는 가져온 차와 꿀 과자를 내려놓으며 친근한 태도를 보였다. 굉장히 붙임성이 좋은 소녀인 듯했다.

"잠깐 얘기나 할까 하구요. 내일이면 라비스님은 떠나시잖아요? 섭섭하기도 해서 이렇게 실례를 무릅쓰고 라비스님을 찾아왔어요. 음… 너무 궁색한 변명인가? 호호. 사실은 전 라비스님과 친해지고 싶어서 찾아왔어요. 전 라비스님처럼 아름답고 우아하신 분을 무척 동경해 왔거든요. 게다가 라비스님은 마치 왕족처럼 고귀해 보이세요. 오늘 밤은 라비스님과 친해질 수 있는 마지막 기회라서 이렇게 용기를 내었답니다."

"하하, 그러셨어요? 잘 찾아왔어요. 실은 저도 잠이 안 오고 심심하던 차였는데 잘되었군요."

왠지 나를 치켜세우는 그녀의 발언에 쑥스러워지는 나였지만 싫지는 않았다. 나도 아부에 약한 성격인 모양이다. 하지만 이곳 세계에서는 마음을 터놓는 또래 친구가 없어서 은연중 친구가 하나쯤은 있었으면 하는 생각을 가지고 있던 나였기 때문에 아부가 아니더라도 그녀의 이런 접근이 오히려 기분 좋았다.

"라비스님은 올해 몇이세요? 라비스님같이 아름다운 분은 약혼자분도 굉장히 멋진 분이시겠지요?"

약혼자라는 말을 들으니까 미카엔이 절로 떠올랐다. 그와 정식으로 약혼까지 한 것은 아니지만 그가 준 이 실버 반지는 정표이자 약속의 반지였다. 그가 나를 정식 부인으로 맞겠다는 의미가 담긴 그런 약속말이다.

어쨌든 나는 미소를 지어 보이며 그녀가 했던 질문에 대한 성실한 답변을 했다. 그녀가 묻지 않았던 말까지 그녀에게 주절이 답한 것이다.

"전 올해 열여덟이에요. 그리고 이 반지를 주었던 분은… 정말 멋진 분이에요. 이 반지는 그저 약혼반지가 아닌 많은 의미가 담긴 소중한 것이죠. 그분 어머니의 유품이기도 한 반지거든요."

아, 내가 이렇게 정에 굶주려 있었던가? 나는 내 자신이 마음을 준 누군가가 나를 배신할지도 모른다는 생각은 절대 안 한다. 어쩌면 이런 나의 성격이 장차 왕비가 될 나에게 약간의 장애가 될 수도 있을 것이다.

하지만 누군가를 끝없이 의심하고 그 누군가에게 믿음을 주는 것을 어려워한다면 나는 누군가를 사랑하는 것이 매우 힘들어지게 될 것이다.

그것은 곧 불행이다.

내가 사랑하는 이들… 미카엔과 루이스, 그리고 나의 정령들은 언제까지고 나를 사랑해 주리라 믿어 의심치 않는다. 그러고 보니 라비스가 된 뒤로 너무 감상적이게 된 나인 것 같다.

"아, 그래요?"

나의 주절대는 말에 답변하는 그녀의 눈빛이 문득 번뜩인다고 생각되었지만, 아주 찰나의 순간 그 눈빛은 사라져서 내가 잘못 본 것이라 단정했다. 내가 찻잔을 들어 한 모금 마시고는 다시 내려놓자 그녀는 다시 입을 열었다.

"전 열일곱 살이에요. 이름은 '레니' 구요. 이곳 신전에 들어오기 전까지는 어느 마법사 댁에서 하녀로 일했었죠."

"근데 왜 갑자기 셀레네스의 여신관이 된 거죠?"

"그건… 솔직히 말하자면 셀레네스 신전 안으로 들어오게 된다면 우선은 돈을 벌기 위한 걱정은 할 필요가 없어서예요. 게다가 셀레네스의 여신관들은 어차피 신성력을 사용 못하기 때문에 신력을 쌓기 위해서 열심히 기도하고 명상할 필요는 없거든요. 이곳엔 저 같은 애들이 많이 있어요."

그녀의 말에 따르자면, 이곳 셀레네스의 신전 안의 견습 신관들은 전부 능력도 없는 가난한 소녀들만 우글거리고 있다는 얘기가 되었다. 여기가 무슨 불쌍한 소녀들을 거두어주는 그런 자선 수용소도 아니고, 지금까지 신전이 무너지지 않고 버텨온 것이 신기하게 느껴졌다.

레니는 그 뒤로도 여러 가지 수다를 늘어놓았고, 비슷한 또래인데다가 그녀가 붙임성이 좋아서 그런지 나는 어느새 말을 터놓고 그녀와 많은 얘기를 하게 되었다. 그러다가 그녀와 나는 어느덧 친구하자는 말까지 이르게 되었다.

"라비스, 우리 친구하지 않을래? 너처럼 성격 좋고 예쁜 애랑 친구가 될 수 있었으면 좋겠어."

"좋아. 나도 너 같은 친구가 있었으면 했어."

나는 그녀의 제의를 기쁘게 받아들였다.

"와~! 너무 기쁘다. 라비스, 너랑 나랑 친구가 되다니! 나중에 언제 한번 로히얀스로 너를 만나러 갈게. 그때 나 반겨주는 거 잊지 마."

"물론!"

그렇게 얼마 동안 얘기를 하느라 나는 단것을 별로 좋아하지 않음에도 불구하고 꿀과자와 차를 말끔히 먹어치웠다. 왠지 유쾌한 밤이었다. 나에게 친구가 생긴다는 것… 예전에는 그것이 무척 즐겁고 소중한 일이라는 것을 미처 몰랐었다.

그나저나 내가 과자와 차를 마실수록 왠지 혀가 뻣뻣해지는 느낌이 었는데 레니와 얘기하는 것에 정신이 팔린 나는 그다지 크게 신경 쓰지 않았다.

밤늦게 잠든 나는 다음날 부스스한 모습으로 자리에서 일어나게 되었다. 온몸이 찌뿌둥하고 왠지 기분이 멍한 것이 아침 컨디션이 꽤 저조했다.

나는 자리에서 일어나다가 나의 손가락에 끼워져 있어야 할 실버 반지가 보이지 않는다는 것을 알아챘다. 가슴이 철렁 내려앉은 나는 손가락에서 빠진 것이 아닌가 해서 침대 곳곳을 찾아보았으나 반지는 아무 곳에도 보이지가 않았다. 감쪽같이 사라진 것이다.

뿐만 아니라 내가 하고 있던 단거리 공간 이동 아티팩트인 백금 팔지도 없어져서 나를 더욱 당황케 했다.

"아……."

'이게 어떻게 된 거야?'라는 말을 중얼거리려 하였으나 어찌 된 일인지 나의 혀는 굳어졌는지 마비되었는지 아무런 말도 할 수가 없었다. 그저 '아'라는 음성밖에는 낼 수가 없었다.

나는 당황한 얼굴로 입술에 손가락을 가져갔다. 심장이 빠르게 뛰었다. 눈앞이 그야말로 캄캄해졌다. 뭐가 잘못된 것인지 알 수가 없었던 나는 다시 한 번 말을 중얼거리려 했으나, 계속 '아'라는 음성 외에는 아무런 말도 할 수가 없었다.

나의 혀가 하룻밤 사이에 마비되어 버린 것이다.

나는 입술을 깨물었다. 누군가가 나의 물건을 훔쳐 간 모양이다. 그리고 내가 아무런 말도 할 수 없게끔 나의 물건을 훔쳐 간 그 존재는 나의 혀를 마비시켜 놓은 듯했다. 누구지, 이런 짓을 한 자가?

나는 하얗게 질린 얼굴로 어젯밤의 일을 상기했다.

'설마, 레니?'

믿을 수가 없다. 그리고…

말을 할 수 없게 되었다는 것과 나의 소중한 것을 잃어버렸다는 절망감에 나의 몸은 떨려왔다. 순진하고 발랄해 보이는 얼굴을 하고 나에게 친근하게 대했던 레니의 가증스런 모습에 분노가 느껴졌다.

나는 주먹을 꽉 쥐었다. 내가 말을 할 수 없게 되면 정령을 부를 수도 없고 마법 스펠도 캐스팅할 수가 없게 된다. 그렇다면 나는 의사 소통할 수 있는 능력뿐만 아니라 나의 힘도 한꺼번에 잃어버린 셈이 된 것이다.

'바보 같아… 그 친근한 모습에 넘어가 버려 쉽게 그녀를 믿고 이렇게 당해 버리다니!'

갑자기 나의 두 눈에서 눈물이 흘러나왔다. 잠시나마 마음을 열었던 존재에게 발등을 찍히고 그 믿음을 배신당한 것에 나는 분노와 함께 문득 슬픔이 느껴졌다. 당연히 분노의 감정만 느껴야 할 일에 슬픔이 느껴지다니… 나는 의아했다.

'언제 이런 비슷한 일이 있었던 것 같은데… 내가 믿었던 존재에서 독이 든 차를 마시고, 그리고… 믿었던 존재? 아, 루이스!'

나의 몸이 심하게 떨려왔다. 잠시 잊혀졌던 기억들이 마치 주마등처럼 빠르게 나의 머리 속에서 스쳐 지나갔다. 너무 고통스러워서 기억하고 싶지 않았던 기억들.

그 기억들이 한순간에 다시 잊혀졌던 공간에서 기어나와 나를 사슬처럼 죄기 시작했다. 그 기억들의 내용은…

나는 전쟁을 끝내고 로히얀스로 돌아갔었다. 그리고 미카엔과… 미카엔과 결혼식을 했었다. 그전에 루이스가 준 차를 마셨고, 나는 예식을 거의 끝마친 순간 마지막 숨을 내쉬었다.

그가 흘리는 눈물을 보며.

언제나 자상했던 루이스의 흔들리는 눈빛과 그녀의 처절한 절규를 들으며.

지독한 한기로 인해 육체적 고통과 영혼을 찢는 슬픔으로 괴로워하며.

충격으로 인해 어지럼증이 느껴지는 것 같다. 하지만 이대로 주저앉을 수는 없는 일이다. 무너져 내릴 것 같은 스스로의 감정을 나는 수습하려 애썼다. 그리고 어느 정도 안정이 되었을 무렵 나는 레니를 찾기 위해 몸을 움직였다. 이렇게 눈물을 질질 짜고 있을 수는 없는 일.

어찌 되었든 나는 로히얀스의 왕비이며 인페르디아 전쟁을 승리로 이끈 여자 영웅이지 않은가. 그때 내가 가졌던 용기와 노력을 떠올렸다. 그리고 일단 스스로의 고통을 억지로 묻어버린 나는 우선 레니를 조용하게 찾기로 마음먹었다.

내가 호들갑스럽게 여신관들을 다 동원한다면 그녀는 겁을 먹고 달아날 것이다. 그녀가 나에게 굳이 말을 못하게 하는 약을 먹였다면, 레니는 이곳 신전에서 나갈 생각이 없다는 얘기가 되었다.

아마도 그녀는 나의 신분을 알지 못하고 그런 대담한 짓을 저질렀을 것이다. 내가 셀레네스와 긴밀히 관계되어 있다는 것은 고위 신관들만 한정적으로 알고 있는 일이었기 때문이다. 그녀는 견습 신관이었으니.

나는 신전 구석구석을 뒤지며 레니를 찾다가 그녀가 신전 앞 정원에서—대신관의 방에 놓을 꽃을 꺾고 있는 중인지—꽃들을 한 움큼 들고 서 있는 것이 눈에 들어왔다. 그녀를 본 순간 나는 화가 치밀었지만 일단 감정을 삭였다. 그녀가 달아나기라도 한다면 반지를 찾는 것이 힘들어진다.

나는 조용히 그녀에게 다가갔다. 하지만 레니는 나의 기척을 알아챘는지 고개를 돌려 나의 모습을 보더니 얼굴색이 변하여 들고 있던 꽃묶음을 나에게 던지며 그대로 뒤돌아 뛰기 시작했다.

내 앞으로 알록달록한 꽃들이 사방의 허공으로 흐트러져 떨어져 내렸다. 이런 상황만 아니라면 눈길을 주고 감상했을 아름다운 광경이었으나 지금은 나의 시야를 가려 잠시 나의 발을 묶는 방해물일 뿐이었다.

레니는 날쌔게 뜀박질을 했다. 하지만 그런 그녀를 놓칠 내가 아니었다. 나에게는 소중한 실버 반지였기 때문이다.

나는 잽싸게 몸을 움직였다. 나의 몸은 연약하고 조금(?)은 운동 신경이 둔한 편이지만 나름대로 몸은 유연했고 다리도 무척 길었다. 둔한 운동 신경으로 발이 꼬이지만 않는다면…

나는 레니를 잡을 수 있을 것이다.

"라비스, 왜 쫓아오는 거야?!"

"……."

레니는 도망가면서 나에게 외쳤다. 참나, 너는 왜 도망가는데? 그녀의 외침에 어이없어지는 나였다. 나는 힘껏 달리며 그녀를 향해 손을 뻗었다. 그녀가 곧 잡힐 듯하다.

"난 아무것도 안 훔쳤어!!"

"……."

레니는 곧 잡힐 듯하자 다급한 나머지 자신이 반지를 훔쳤음을 짐작하게 할 발언을 외치고 말았다. 그런 그녀의 모습에 나는 분노한 감정에도 불구하고 헛웃음이 나왔다.

그러다 나는 그녀의 펄럭이는 신관복 옷자락을 잡을 수 있었다. 하지만 레니는 계속 죽자살자 달렸기 때문에 본의 아니게 내가 붙든 그녀의 옷자락은 찢어지고 말았다.

찌익—

"꺄악!"

"앗?!"

그로 인해 레니는 조금 주춤하게 되었고 나는 그녀를 붙잡을 수 있게 되었다.

"뭐야? 왜 남의 옷은 찢고 그래?!"

"……."

등 부분의 옷자락이 조금 찢어지자 레니는 나를 휙 돌아보더니 그렇게 외쳤다. 그녀의 찢어진 옷자락 천을 들고 있던 나는 도리어 성을 내는 그녀에게 하마터면 '아! 미안~' 이라는 의미가 담긴 사죄를 할 뻔하였다.

그녀의 지금 태도는 적반하장의 경지를 넘어 아주 당당한 철면피 같았다. 나는 이마에 힘줄을 세우고 그런 그녀를 매섭게 노려보았다. 나의 매서운(?) 눈길에 반지를 내놓으라는 의미를 담아서 말이다.

하지만 레니는 나의 눈길에 담은 의미를 읽기에는 많은 부족함이 있었는지 아무 말을 못하는 나를 잠시 응시하더니 피식 웃고는 그대로 신전으로 돌아가려고 했다. 정말 뻔뻔해도 유분수지!

더욱 화가 치민 나는 손을 뻗어 그녀의 팔을 붙잡았다. 그리고 그녀를 붙잡지 않은 다른 손으로…

철썩!

그녀의 뺨을 세게 치고 말았다. 아, 이런 상황 정말 싫다.

어쨌든 레니의 고개는 내가 때린 방향으로 돌아갔고 나는 계속 그녀를 노려보았다. 이번에도 그녀가 나를 무시하는 뻔뻔함을 보이면 가만두지 않겠다. 하지만 이번에 레니는 약간 겁을 집어먹은 기색을 보였다.

"아앗(내놔)!"

"뭐야? 때릴 것까지는 없잖아? 그깟 은반지 하나쯤 불쌍한 소녀에게 적선했다고 치면… 아! 백금 팔찌도 있었지."

그깟 은반지라니? 그 반지는 나의 약혼(?)반지이자 그것을 준 존재의 어머니 유품이라는 것을 알고 있으면서도 그녀는 그 실버 반지를 그깟 은반지라고 말하고 있다.

"아아, 아앗(그건 나에게서 소중한 거야! 내놓으란 말야)!"

"그건 이제 나에게 없어. 이만 포기하는 것이……."

"아아앗(어디 있어)?"

나는 그녀의 멱살을 붙잡고 흔들었다.

"케헥! 그건 어젯밤에 이미 도둑 길드로 넘어갔단 말야. 원한다면 거기서 받은 돈 줄 테니까 이거 놔줘! 그 은반지는 생각보다 더 많은 돈을 받았어."

그녀의 말에 나는 멈칫하였다. 실버 반지를 이미 팔아넘겨 버렸다니… 그녀를 붙잡고 있는 나의 손에서 힘이 쑥 빠져나가는 것이 느껴졌다. 여전히 뻔뻔스러운 얼굴을 하고 있는 그녀의 얼굴을 나는 한 대더 치고 싶었지만 꾹 참았다.

나는 그녀를 붙잡은 채 벽돌 담장이 있는 쪽으로 끌고 가서 거기에다가 손가락으로 몇 마디 글씨 모양을 써 보였다. 그녀에게 반지의 행방을 묻기 위해서였다.

「반지는 어디 있어?」

"그, 그건 아마도 로히얀스로 건너가게 될 거야. 로히얀스는 자이라스보다 잘사는 나라이고 돈 많은 귀족들도 많으니깐 보석류는 그곳에 위치한 길드로 넘어가게 되어 있어. 그냥 포기하는 것이 좋을걸? 한번 길드 안으로 들어간 물건은 죽었다 깨어나도 못 찾아."

그녀의 말을 들은 나는 다시 두 눈에서 눈물이 주룩 흘러나왔다. 다시 찾을 수 없다니… 외지에 혼자 남겨진 외톨이가 되어선지 지금 내 상황이 너무 서글프게 느껴졌다. 하지만 나는 흐르는 눈물을 닦아내며 입술을 깨물었다.

여기서 물러설 수는 없다. 어떻게든 그 반지를 되찾고 싶었다. 지금 나의 모습으로는 미카엔을 만날 수는 없기에, 게다가 미카엔이 준 중요한 반지를 잃어버린 상태에서 한심한 몰골로 그와 재회할 수는 없기에 나는 일단 반지를 찾아야 했다.

미카엔에게 내가 라비스임을 증명할 수 있는 수단이 완벽히 사라진 지금, 나에게 남아 있는 것은 실버 반지뿐이었다. 하지만 반지가 도둑 길드로 이미 넘어가 있다면 반지를 되찾기 위해서는 싫더라도 레니의 협조가 필요할 것 같다.

나는 벽에 손가락으로 다시 글씨를 써 보이며 위압적인 눈빛으로 그녀를 쏘아보았다. 그녀를 바라보는 눈빛에 그녀에 대한 분노뿐만 아니라 나의 굳은 신념을 담아서 말이다.

「나는 반지를 포기하지 않아. 그건 나에게서 소중한 거야. 그 반지의 행방을 찾아내! 그렇지 않으면, 너는 셀레네스 신전에서 너의 부도덕함에 대한 단죄를 받게 될 거야.」

그러자 그녀는 나의 눈빛에 순간적으로 압도되었는지, 아니면 얼결이었는지 지금까지의 그 뻔뻔함에도 불구하고 고개를 끄덕여 보였다. 물론 그녀의 이런 수긍이 그다지 믿음이 가지 않지만 나는 일단 여기서 만족하고는 그녀를 다시 신전으로 끌고 갔다.

시 작 된 여 정

시작된 여정

하늘은 구름 한 점 없고, 붉은 태양의 열기는 강렬해져 이젠 완연한 여름의 날씨를 나타내고 있었다. 하얀 대리석으로 건축된 셀레네스의 신전이 햇살을 받아 그 모습이 더욱 돋보였다.

나는 두 명의 전투 여신관과 레니와 함께 신전을 나섰다. 셀레네스의 대신관이 내어준 여비, 10루실 골드(5루아 골드=1루실 골드=여관 하루 숙박비 3루아 골드)와 여행용 신관복을 받아 입고는 마침내 여행길에 오른 것이다.

신전을 나온 순간부터 밧줄에 묶인 채 투덜대는 레니가 가끔 두 명의 전투 여신관에게 타박을 받는 것이 눈에 들어왔다. 그녀들의 이름은 아네샤와 에스라였고 둘 다 스물이 갓 되어가는 나이인 듯했다.

대신관은 나에게 재물을 훔치고 해를 가한 죄를 범한 레니의 처분을 전적으로 맡겼다. 그래서 나는 그녀의 자유를 속박하여 끌고 오게 된 것이다. 훗, 레니의 죄상을 듣고 얼굴이 새하얗게 변하던 대신관의 모습이 지금도 눈에 선하다.

우리는 자이라스 국경 근방으로 가는 마차를 구하기 위해 신전의 영역을 벗어났다. 그러다 나는 신전의 영역에서 막 벗어난 지점인 번화가로 향하는 길에 어떤 남자가 누군가를 기다리듯 서 있는 것을 보았다.

나는 미카엔과 비슷해 보이는 훤칠한 키에 고급스런 옷을 입고 있는 그 청년에게 눈길을 주었다. 짧은 에메랄드 빛 머리칼이 햇빛을 받아 반짝여서 무척이나 눈에 띄었다.

내가 그에게 눈길을 주자 그 청년 역시 나를 바라보았다. 나의 위치가 점점 더 그와 가까워질수록 나는 내심 그의 화려하고도 준수한 외모에 감탄해야 했다.

그러다 나는 그를 바라보던 눈길을 돌려 버렸다. 노골적으로 나를 뚫어져라 바라보는 그 눈길에 거부감이 느껴졌던 것이다. 나는 그를 무심히 스쳐 지나갔다. 문득 실바람이 불어와 나의 흑발을 가볍게 날리게 했다. 무더운 지금, 나에게 불어오는 작은 실바람이 무척 시원하게 느껴졌다.

나와 함께 걷는 여신관들이 저 반짝 머리칼의 청년을 힐끔힐끔 쳐다보는 듯했다. 하긴 저 정도로 화려한 외모의 남자라면 더욱 신기해서 한 번이라도 더 쳐다보고 싶어질 테지.

문득 나의 육체인 라비스의 외모와 저 남자의 화려한 외모가 왠지 같은 부류의 아름다움을 가진 것 같다고 생각했다. 신비하면서도 눈을 찌를 듯한 화려함.

"이봐요!"

그 남자는 그냥 스쳐 지나가려는 우리를 불러 세웠다.

이에 우리는 멈추어 서서 그에게 눈길을 주었다. 여신관들은, 특히나 레니는 호기심 어린 얼굴을 하고 있었다. 그 남자는 그 특유의 표정일 듯한 차갑고 무심한 모습으로 여신관들을 그대로 지나쳐 나에게 다가왔다.

그가 나에게 한 발짝 다가올 때마다 나는 알 수 없는 감정이 느껴졌다. 그것은 뭔가 거부감의 일종이었다.

그는 나의 앞에 서더니 나직하게 입을 열었다.

"셀레네스의 여신관이십니까?"

그의 질문에 나는 잠시 머뭇거렸다. 아까 신전을 나서기 전에 신관 행세를 하라며 대신관이 나에게 했던 당부를 떠올렸기 때문이다. 그녀가 한 당부에는 뭔가 이유가 있을 것이다.

대신관은 나의 질문에 그저 셀레네스의 뜻이라고만 말했지만 여행을 하는 동안 여신관 행세를 하는 것도 그다지 나쁘지 않을 듯하다. 결국 여신관 행세를 하기로 마음먹은 나는 그에게 고개를 살짝 끄덕여 보였다. 그러자.

"그렇군요."

그는 약간 실망한 기색을 보였다.

"호호, 무척 잘생긴 분이신데 라비스님에게 반한 건가요? 여신관이라서 실망하신 모양이네~ 아무튼 이봐요! 꿈 깨세요. 라비스님은 이래 봬도 고귀하신 분이라구… 아얏!"

아름다운 에메랄드 빛 머리칼과 여름철임에도 불구하고 투명할 정도로 새하얀 피부가 왠지 이질적으로까지 느껴지는 이 잘생긴 청년을 보며, 에스라는 고결한 여신답지 않은 발언을 하다가 아네샤에게 꼬집힌 듯 짧은 비명 소리를 내었다.

　그러자 그는 에스라의 노골적인 발언에 약간 불쾌한 표정을 지었다
가 에스라가 '고귀하신'이라는 말을 꺼냈을 무렵엔 날카로운 듯한 눈
빛을 보였다.

　"호호, 라비스님은 차기 대신관이 되실 고귀한 분이시거든요."

　"그리고 라비스는 아름답지만 말을 못해요."

　아네샤가 뭔가 만회를 하려는 듯 그렇게 웃으며 말했고, 그 뒤를 이
어 레니가 눈을 빛내며 그렇게 말을 했다. 그녀는 내가 말을 못한다는
사실을 저 화려 번쩍한 머리칼을 가진 남자에게 꼭 말해 주고 싶은 모
양이다.

　그 청년은 에메랄드 빛의 눈동자로서 나의 투명하고도 흑요석처럼
빛나는 눈동자를 직시하며 나에게 다시 질문을 했다. 보석 가루를 뿌
려놓은 듯한 그의 화려한 머리 색이 예전 나의 황금빛 머리칼처럼 윤
기가 흘러 빛을 발하다 못해 금속성의 빛을 띠었다.

　"그럼, 혹시 이곳 신전에 황금빛의 머리칼을 가진 소녀가 있습니
까?"

　"저희 신전에는 황금빛의 머리칼을 가진 소녀는 없습니다만, 왜 저
희 신전에서 그런 소녀를 찾으시는 거죠?"

　그의 질문에 아네샤가 다시 나섰다. 비슷비슷한 나이이지만 그래도
우리 중에서 제일 연장자인 아네샤에게서는 차분하고 큰언니와 같은
이미지가 느껴졌다.

　"제가 꼭 찾아내야 할 존재가 셀레네스의 신전 안에 있을 거라 생각
되어 이렇게 실례를 무릅쓰고 신관님들께 여쭈게 되었습니다. 라비스
님이시라고 했습니까? 아름다우신 분이군요. 그녀와 왠지 많이 닮았습

니다. 그래서 약간의 기대를 걸었지만 당신은 아닌 것 같군요. 그녀는
적어도 이곳의 여신관이거나 벙어리는 아닐 테니까요. 그럼 실례했습
니다."

그는 정중한 어투로 나에게 말을 마치고는 미련없이 발길을 돌렸다.
정중한 태도였지만 왠지 냉랭하리만큼 차가운 인상이었다. 인간적인
감정이 결핍된 듯한 그런 차가움 말이다.

나는 어디론가 향하는 그의 뒷모습을 바라보았다. 그나저나, 황금빛
머리칼을 가진 소녀가 꼭 찾아내야 할 존재라니? 그가 말하는 황금빛
머리칼의 소녀는 아마도 나를 말하는 것일 듯했지만 나는 그가 누구인
지 알 수가 없었다.

내가 언제 기억 못하는 사이에 저 녀석을 알았던가? 그는 왜 나를 찾
는 것일까?

나는 고개를 갸웃거렸다. 멀어져 가는 그를 붙잡아 누구인지, 도대
체 왜 나를 찾고 있는지 묻고 싶었지만, 내 속에 잠재된 뭔가 알 수 없
는 본능이 그러지 말 것을 경고하고 있었다.

왠지 그와의 만남이 기이한 느낌으로 나의 가슴속에 남는다.

자이라스 국경까지 가는 마차를 빌리고 마부를 고용한 우리 일행은
마차 안에서 느껴지는 일정한 진동을 느끼며 무료한 시간을 보내고 있
었다. 나는 들고 있던 책 한 권 크기만한 얇은 석판에 분필 비슷한 것
으로 글자를 쓰고는 그것을 레니에게 보였다.

「너, 나에게 쏜 독이 뭐야? 영영 나을 길이 없는 거야? 만약 내가 영영 낳지 못한다
면 나도 너에게 그만큼의 고통을 되돌려주겠어.」

내가 그렇게 독살스런 내용의 글을 일부러 써보았지만, 뻔뻔함의 대

가인 레니는 아랑곳하지 않았다.

"라비스, 너 정말 악필이구나? 그나저나, 이 밧줄은 언제 풀어줄 거야? 우린 친구잖아? 흑! 내가 너에게 잘못한 것은 사실이지만, 솔직히 그깟 돈 몇 푼 정도는 열심히 일해서 물어주면 되잖아? 난 돈이 너무 궁했단 말야. 아까 에스라님이 너보고 고귀한 존재라고 말한 것을 보아서 너는 귀족의 딸인 듯한데, 이건 너무한 거 아냐? 넌 찢어질 듯 가난했던 나의 심정을 몰라. 귀족인 너에겐 그깟 보석들은 아무것도 아닐 거 아냐? 그런데 이런 식으로 가녀린 소녀를 핍박하다니!"

사정을 모르는 누군가가 들으면 내가 불쌍한 친구를 핍박하는 줄 알겠다. 이제는 가련함을 가장하는 것인가?

그녀의 말에 나는 도끼눈을 하고는 그녀를 노려보았다. 친구? 친근한 태도로 나에게 접근하고 고통을 주었던 그녀를 정말 용서 못할 것 같았다. 아무리 돈이 궁해도 그렇지, 어떻게 그런 짓을 할 수 있을까? 그러고도 친구라는 말이 나올까?

실버 반지는 나에게서 중요한 것이었다. 그것은 나와 미카엔을 연결시켜 주는 하나의 고리였다. 그리고 지금 모습이 변한 이 시점에서는 나를 증명할 만한 물건이기도 했다. 그런데 그녀는 나에게서 소중한 것을 훔쳐 내다 팔고는 벙어리로 만들었다.

나도 모르게 다시 화가 치민 나는 그녀의 멱살을 또다시 붙잡고 외쳤다.

"아아앗(그럼, 너는 그깟 돈 몇 푼 때문에 나에게 상처 주고, 속이고, 벙어리로 만들었던 거냐)?!"

"이거 놔! 난 너에게 크게 잘못한 것은 없어! 내가 너에게 먹였던 것도 극약이 아니야! 그건 단순히 많이 섭취하면 혀가 굳어지는 현상이 생기는데, 그런 건 며칠 지나면 다시 저절로 풀려. 진짜야!"

"아아(정말이야)?"

그녀의 말에 나는 부여잡고 있던 그녀의 멱살을 스르르 놓으며 눈을 크게 떴다. 며칠이 지나면 나의 혀에 걸린 마비가 풀린다니… 나는 가슴이 뛰었다. 다시 말하게 되는 것은 정말 어려운 일이라 생각했는데, 내 앞에 다가온 한 가지 희망에 나는 몸이 떨렸다.

멀쩡히 말을 할 수 있다는 것이 얼마나 축복받은 일인지, 그 사소한 한 가지도 행복이 될 수 있다는 것을 뼈저리게 느끼는 나였다.

암튼, 레니의 말에서 약간의 희망을 발견하게 된 나는 마비된 혀가 더욱 빨리 풀릴 수 있도록 열심히 혀 운동(?)을 하였다. 물론 레니와 여신관들의 시선을 피해가면서 틈틈이 말이다. 굳이 목소리는 내지 않고 뻣뻣해져 있어 움직임이 무척 힘겹게 느껴지는 혀를 나름대로의 방법으로 풀어주었다.

이거야 원! 상황만 조금 다르지 완전히 갓난아기가 옹알이 연습하는 것 같다. 레니 덕분에 나는 이러한 눈물겨운 상황에 놓인 셈이었지만, 어떻게 보면 그녀는 아주 절망스러운 상황으로만 나를 몰고 갔던 것은 아닌 것 같았다.

지금에 와서야 생각해 보건대 만약 그녀가 아니었다면 나는 이 고생은 하지 않겠지만, 그녀가 아니었다면 나의 죽음 직전의 기억도 어쩌면 기억해 내지 못했을 것이다.

레니의 행동으로 인해 내가 루이스를 기억해 냈던 것이고 죽음 직전의 고통을 기억해 냈던 것이다. 기억하고 싶지 않았던 기억들. 하지만 기억해 내야 하는 기억들. 그 고통은 어차피 내가 다 감수해 내야 하는 것들이었다.

그리고 나는 그것을 상황의 절박함에 맞서 나름대로 이겨내고 있었다. 또한 이렇게 미카엔에게 돌아가기 위해 반지를 찾으려 하고 있었다. 만약 내가 죽음의 순간을 기억해 내지 못하고 스스로의 고통을 피해서 저 어딘가에 꽁꽁 감추어두고 있었다면, 나는 미카엔에게 돌아가겠다는 생각을 그다지 절실히 하지 않았을지도 모른다.

참으로 아이러니한 상황이다. 나를 절박하게 만든 존재로 인해 나는 고통스런 상황을 이겨내기 위한 의지와 오기를 가지게 된 셈이니.

훗… 레니에게 감사의 말을 해야 하나? '기억을 찾게 해주어서 고마워!' 하고 말이다.

어쨌든 다시 미카엔과 루이스가 생각났던 나는 심장이 죄어옴을 느꼈으나 더 이상 눈물은 흘리지 않았다.

"라비스, 네가 고민하고 있는 것이 뭐지? 약혼 반지? 그건 귀족 영애들만이 할 수 있는 고민이겠지?"

"……?"

그러다 문득 나에게 눈길을 주던 레니가 말문을 열었다. 그녀의 표정은 진지해 보였다. 그저 뻔뻔스러워 보이기만 했던 그녀의 얼굴이 평소의 그녀답지 않게 조금 어두운 기색마저 띠었다.

"넌 가난하고 아무것도 가진 것이 없는 나 같은 애들이 어떻게 살아가는지 모를 테지? 난 너같이 부족한 것 하나 없는 애가 순수하고 고고한 척하는 것이 정말 싫어! 난 잘난 척하는 귀족들이나 왕족들을 보면 밟아주고 싶다는 생각밖에 안 들어. 세상은 말이야, 우정이나 의리도 아닌 돈이라는 것에 모든 것이 움직여. 쿡! 예전에 어머니를 죽게 만든 귀족에게 복수하는 법을 가르쳐 주었던 한 친구가 말해 주었지. 나는 그 친구에게 많은 것을 배웠어. 나 같은 애가 세상을 사는 방법을… 도둑 길드에 속해 있던 그 친구에게 말이야."

그녀의 충격적인 말에 나는 눈을 커다랗게 뜨고 그녀를 바라보았다. 그러자 그녀는 냉소적인 웃음을 흘리며 나에게 말했다.

"왜? 넌 이런 얘기는 동화책에나 나오는 슬픈 얘기인 줄 알았어? 하긴, 넌 귀하게 자랐을 테니 나의 이런 점을 이해 못할 테지. 내가 왜 이런 얘기를 하는지 알아? 난 네가 싫어! 그리고 네가 한심해! 넌 지금 자신이 무슨 비극의 여주인공이나 된 것쯤으로 알고 있겠지?"

나는 한동안 침묵을 지켰다. 무거운 침묵이 우리 사이에서 잠시 흘러갔다. 아네샤는 조용한 얼굴로 우리를 지켜볼 뿐이었고 에스라는 이런 분위기가 불편하게 느껴졌는지 꽤나 겸연쩍은 표정을 짓고 있었다.

잠시 후 나는 석판에 글을 써 보였다.

「그래, 슬퍼. 세상은 우정이나 의리도 아닌 돈이라는 것에 모든 것이 움직인다는 너의 말이 너무 슬퍼. 네가 배운 세상을 사는 방법은 누군가를 밟고 올라서는 거니?」

그리고는 그녀에게 손을 가져가 그녀를 묶은 밧줄을 풀어주었다. 물론 그녀의 어두운 과거에 마음이 약해지고 눈시울이 뜨거워져서 그녀를 풀어주는 것은 아니었다. 나는 그녀가 안타까웠다.

나는 석판에 다시 글씨를 썼다.

「네 말을 들으니 내가 한심해지는 것 같아. 그래, 너의 입장에서 보면 약혼반지 따윈 별로 중요한 것은 아닐 테지. 하지만……」

나는 거기까지 쓰고 잠시 망설였다. 그녀에게 어떤 방법으로 대처해야 현명한 행동이 되는 걸까? 성급하게 내가 그녀를 깨우치려 든다면 레니는 아마도 받아들이지 않을 것이다. 그렇다면…….

잠시 생각하던 나는 그녀에게 씨익 미소를 지어 보였다. 그리고 글을 쓴 석판을 레니에게 보여주고는 그것을 다시 대충 쓱쓱 지워 이어서 계속 글씨를 썼다.

「넌 간과하고 있는 것이 하나 있어. 넌 세상에서 가장 소중한 돈을 위해서라면 무엇이든 할 테지? 사실, 넌 막대한 손해를 보고 있는 거야. 그 실버 반지는 돈으로 환산할 수 없는 엄청난 가치를 지녔거든. 그건 대단한 아티펙트인데, 마법사들에게 팔면 엄청 비싸. 근데 네가 받은 돈은 얼마지? 아깝지 않아? 나는 너에게 많은 돈을 줄 수도 있어. 네가 나를 도와 그것을 다시 찾기만 한다면 말이야. 나는 네가 경멸해 마지않는 돈이 아주 많은 신분이거든.」

그러자 레니의 안색이 바뀌었다.

"아앗! 멍청이! 난 역시 아직 멀었어! 그런 비싼 물건을 못 알아보고 그대로 싼값에 팔아넘기다니! 좋아! 라비스, 협력할게. 난 그 반지가 어디로 흘러갈 건지 대충 짐작하고 있어. 정말 많은 대가를 치러줄 거지? 그리고 그동안 나를 먹여주고 재워주는 것은 다 네가 해야 할 몫이야!"

그녀는 아까의 진지 모드가 다 어디로 갔는지 금방 헤헤거리며 나에게 웃어 보였다.

나는 그녀를 믿지 않는다. 그녀는 분명 반지를 찾더라도 나에게 그것을 넘기지 않고 자신이 꿀꺽 하거나 나의 뒤통수를 칠지도 몰랐다. 그래도 뭐, 상관은 없었다. 우선 급한 것은 반지를 찾는 것이니. 레니는 반지를 찾기 전엔 나를 배신하지 않을 것이다.

'레니, 난 너에게 가르쳐 줄 거야. 돈보다 더 소중한 것이 많다는 것을. 네가 배운 배신으로써 세상을 사는 방법은 한동안은 네가 밟고 올라선 존재 위에서 날개를 펼칠 수 있겠지. 하지만 짧아. 넌 언젠가는 떨어질 거야. 너와 같은 강한 부류에 의해서. 나는 그 점을 너에게 가르쳐 주겠어.'

속으로 뭔가 계산을 하고 있을 레니를 바라보며 내가 한 생각이었다.

레니가 나에게 자신의 과거 일을 조금이나마 털어놓는 것을 보면… 흠, 그녀의 어둡게 물든 마음을 내가 치유할 수 있다는 가능성이 생기는 것일지도 모른다.

훗, 아마도 이곳에 와서 처음으로 친구로 사귀었다고 생각했던 그녀였기에 쉽게 미련이 버려지지 않는 모양이다.

나는 마차의 창밖으로 하늘을 올려다보았다. 날이 저물어가고 있었다. 많은 일이 있었던 오늘 하루가.

파랗던 하늘이 이젠 붉은 황금빛으로 빛났다. 짙어져 가는 석양이 마치 뭔가의 부활처럼 느껴졌다. 붉은 황금빛이 이렇게 숭고하게 느껴졌던 적은 미카엔과 바닷가에서 보았던 석양 외에 두 번째가 되는 것이다.

그때의 석양은 뭔가 꺼져 가고 사라지는 듯한 느낌이었는데, 오늘의 석양은 기이하게도 그 반대의 느낌이었다. 왠지 기나긴 여정의 시작을 알리는 듯했다.

우리 일행은 어느덧 자이라스 국경 근처까지 오게 되었다. 여기까지 오게 된 시일은 모두 3일 밤낮이 걸렸다.

생각보단 별다른 큰일 없이 여기 국경까지 오게 된 것 같아 나는 안심이 되었다. 사실 지금까지 아예 아무 일이 없었던 것은 아니었지만 아네샤와 에스라가 나서서 모두 무사히 넘겼다.

그녀들의 전투 실력은 생각보다 출중했었다. 여기사로서 활동해도 무방할 정도였다. 숲에서 만난 도둑 떼를 그녀들은 모두 혼쭐을 내주었던 것이다. 물론 그 도둑들이 오합지졸이었긴 했다.

그들은 인페르디아 전쟁 후 더욱 흉흉해진 자이라스의 결과물들이었던 것이다. 평범한 농부들이 도둑으로 그 직업을 바꾼……

왠지 마음이 쓰렸다. 아네샤의 말로는 자이라스의 국왕은 며칠 전에 자살했다고 했다. 그는 엔카루스가 심어놓았던 마법 도적단의 일원이었던 듯. 아마도 엔카루스에게 충성했을 그는 치욕스런 회담 이후에 괴로움을 이기지 못하고 자살한 듯했다.

그 후로 로히얀스의 아세룬 공작이 자이라스로 보내져서 국왕 비슷한 노릇을 하고 있는데, 아직은 자이라스의 구석구석까지 미카엔의 손길이 닿지 않는 모양이었다. 이렇게 인심이 흉흉해져 있는 것을 보면.

내가 힘을 되찾으면 자세히 알아보겠는데 지금은 그럴 여력이 없다.

우리 일행은 국경 근처에 위치해 있는 한 여관으로 들어섰다. 예전과는 달리 로히얀스와 자이라스로의 통행이 활발해져 있어서인지, 이곳 국경 근방은 허름한 여관들을 비롯하여 크고 고급스런 여관도 많았다.

"아! 배고픈데 식사부터 할까요?"

에스라가 쾌활한 목소리로 우리에게 외쳤다.

우리는 돈을 아껴야 함에도 불구하고 레니는 비싸고 화려한 여관으로 갈 것을 우겼지만 나는 그녀의 주장을 과감히 묵살하였다. 그리고 조금은 허름한 여관으로 들어섰던 우리는 에스라의 제안대로 1층의 식당에서 식사 주문을 하였다.

사실 나도 왕성 생활에 익숙해져 있어서 그런지 화려하고 고급스러운 여관에서 묵고 싶은 마음이 굴뚝같았으나, 나는 일부러 조금 허름한 이곳을 택했다. 이곳이라면 국경을 오가는 용병이나 여행자들이 많이 묵고 있을 것이니 자이라스와 로히얀스 사이에 돌아가는 나라 사정의 입소문을 어느 정도 주워들을 수 있기 때문이었다.

레니가 비싼 정식으로 주문하는 것을 미처 말리지 못하며, 나는 열심히 사방팔방으로 귀를 열어 식당 안에서 떠들어대는 이들의 말소리들을 엿들었다.

"며칠 전에 정말 굉장했다며? 바다에서 갑자기 폭풍이 미친 듯이 불고 로히얀스 전역에서도 돌풍이 불었다고 하더군. 게다가 각지에 있는 활화산까지 폭발하고 난리도 아니었던 모양이야!"

"기상 이변(氣象異變)인가?"

"멍청하긴, 그것은 불길한 징조야! 그날 동대륙 최고의 미인이라고 칭송받던 로히얀스 왕비가 결혼식 날에 죽었다고 하던걸?"

"아! 그 라비스 크로시벨 말이지? 그 여자, 아주 유명하지. 그 여자는 얼굴도 미인이지만 여걸이라던데? 이번 전쟁은 그녀가 지휘를 해서 루젠다르와 이곳 자이라스가 묵사발이 된 거라고 하더군. 게다가 그녀는 궁극의 마법을 자유롭게 사용하는 마스터 마법사라고 하더라. 그 뭐냐? 드래곤인가? 푸른빛의 드래곤이라고 하던데 아마도 블루 드래곤인 모양이야. 그 블루 드래곤도 그 여자가 부리고 있다고 하더군. 정말 대단한 여자라니깐. 일찍 생을 마감하기에는 아까운 여자이지."

"그녀가 일찍 생을 마감한 것은 자이라스나 루젠다르로서는 다행한 일이지. 그녀가 차라리 자이라스 인이었으면 좋았을 것을… 따지고 보면 우리 자이라스가 이 지경이 된 것은 그녀 때문이잖아? 그런데 인페르디아에서는 그녀를 추앙하는 이들이 많다고 하더군."

옆 테이블에서 사내들이 떠들어대는 잡담 내용에 나는 황당하기도 했지만 웃음도 나왔다. 라센샤르가 어느덧 블루 드래곤으로 탈바꿈해 있었고 나는 마스터 마법사가 되어 있었던 것이다.

물론 로히얀스 왕성 안에서도 내가 마스터 마법사라는 소문이 돌기는 했었지만, 이렇게 자이라스에서도 이런 소문이 돌고 있으니 왠지 재미있었다.

나는 속으로 피식 웃다가 나를 빤히 바라보는 레니의 눈길이 느껴져 그녀를 바라봤다. 아네샤와 에스라도 나를 놀란 눈으로 바라보고 있었다. 그녀들은 로히얀스 왕비의 이름이 라비스라는 것까지는 몰랐던 모양이다.

"라비스! 동명이인(同名異人)이겠지? 하긴 네가 로히얀스의 왕비일 리는 없겠지. 그녀의 머리 색은 찬란한 황금빛이라는데… 게다가 그녀는 이미 죽었다는데."

'그래, 나는 죽었었지. 하지만 되살아났어. 어떤 힘에 의해서.'

내가 셀레네스 신전에서 깨어났던 것은 아마도 셀레네스와 어떤 연관이 있는 것 같았다. 처음 고위 신관들이 셀레네스의 은총으로 대리자의 생명을 받았다고 했었을 때는 그저 내가 라비스로서 또 한 번의 생을 시작하게 된 것을 염두에 두고 말한 것이라 생각했었지만, 다시 생각해 보니 그것은 아닌 듯했다.

아마도 나는 셀레네스를 모시는 대리자로 불리는 한 고귀한 존재의 생명을 대신 받은 듯했다. 그녀가 누구인지는 아직까지 알 수 없었지만 나는 일단 그 누군가에게 고마운 마음을 갖기로 했다.

곧 급사는 식사를 내왔고 나는 하던 생각을 접고 간단히 식사를 한 다음 생맥주를 주문했다. 더운 여름이라 그런지 시원한 맥주가 간절했던 것이다. 하지만 이곳 세계의 맥주는 맛은 괜찮았으나 생각만큼 시원하지는 못한 것 같아 조금은 아쉬웠다.

"자아, 건배하도록 하죠! 즐거운 여행을 위해!"

에스라가 나무로 만들어진 맥주잔을 들며 호탕한 목소리로 외쳤다. 그녀는 술을 마실 수 있다는 사실로 인해 매우 신이 나는 모양이었다.

그런 그녀의 모습에 나는 빙긋 웃으며 잔을 들었다. 오늘은 정말 오랜만에 유쾌한 기분이 들었다. 우리는 이 순간만큼은 사심없는 모습으로 나무잔을 부딪쳤고, 나는 예전 버릇처럼 맥주를 쭈욱 들이켰다.

가슴을 채우고 있던 답답한 마음들이 술과 함께 아래로 내려가는 것 같았다. 그래서 기분이 좋아진 나는 스스로의 주량을 망각하며 또 한 잔의 맥주를 마셔 버리고 말았다. 어느덧 취기가 오르는지 정신이 몽롱해지는 것이 느껴졌다.

술이 들어가자 레니와 에스라는 죽이 잘 맞아 시끄럽게 떠들어대었고, 아네샤는 그런 모습을 보며 미소를 짓고 있었다. 다들 아직은 모두 쌩쌩한 모습들이었다. 나만 취한 모양이다.

나는 풀린 눈으로 주위를 둘러보았다. 그러다 옆 테이블에 용병으로 보이는 한 젊은 녀석과 눈이 마주쳤다. 나는 그에게 해죽 웃어 보였다. 그리고는 다시 눈을 돌려 입구에 새로 들어오는 두 명의 남자들을 바라보았다.

한 명은 기사였고 다른 한 명은 키가 훤칠한 마법사였다. 그는 고급스런 흰색 로브의 후드를 쓰고 있었는데 왠지 행동이 기품있어 보였다. 마치 왕족이나 고귀한 귀족일 것 같은 느낌이 드는 이였다. 그런데 저런 고귀한 자가 왜 이런 허름한 곳으로 들어오는 것일까? 하는 의문이 들었다.

그들은 구석에 위치한 테이블에 자리하였고, 한 소녀 급사가 그들에게 달려가 주문을 받았다. 나는 그들을 바라보며 잔에 조금 남아 있던 맥주를 모두 들이켰다.

'흠… 마법사가 꽤 잘생겼나 보지?'

마법사의 얼굴을 보며 주문을 받는 소녀의 얼굴이 붉어지는 것을 본 나는 그렇게 짐작했다. 문득 피곤함이 느껴져서 방으로 올라갈까 하였으나 내심 저 마법사의 얼굴이 궁금했던 나는 계속 그를 주시했다. 저 남자에게서 풍기는 왠지 모를 기품과 고귀함이 나의 눈길을 자꾸 붙잡았던 것이다.

그러다 마법사가 후드를 벗는 것이 눈에 들어왔다. 후드를 벗자 은빛의 고운 머리칼과 반듯하고 단아한 이목구비가 드러났다.

순식간에 식당 겸 주점인 홀 안이 밝아지는 느낌이었다. 그렇지 않아도 뭔지 모를 고귀함으로 눈길을 끌던 그였는데, 후드까지 벗자 그는 홀 안에서 식사를 하고 술을 마시던 모든 이들의 눈길을 한 몸에 받았다.

나는 갑자기 심장이 멈추는 듯한 기분이 느껴졌다. 내가 너무 취한 모양이었다. 얼마나 미카엔을 보고 싶어했으면 이렇게 헛것까지 보이게 되는 걸까? 이런 나의 모습이 정말 우습게 느껴졌다.

'미카엔……'

나는 몸을 일으켜 비틀비틀 그에게 다가갔다. 더욱 깊어지는 취기로 인해 나의 시야가 팽글팽글 돌았다.

"멕스, 네가 찍은 여자가 저놈에게로 다가가잖아?"

아까 용병들이 앉아 있던 테이블에서 그런 내용의 말이 들려왔지만 나는 흘려들었다.

"무슨 일이십니까?"

내가 미카엔이 자리한 테이블 앞으로 다가가자 미카엔 맞은편에 앉아 있던 기사가 경계의 눈빛을 하고 나에게 그렇게 물었다. 하지만 나는 그를 무시했다.

미카엔의 은보랏빛 눈동자가 약간 놀라움을 띠며 나를 바라보고 있었다.

'진짜 미카엔 같잖아? 미카엔이 이곳에 있을 리가 없는데.'

취기로 인해 여전히 미카엔의 환상을 보고 있는 것이라 생각한 나는 손을 들어 그의 얼굴에 가져가려 했다. 그러자.

"이런 무엄한!"

기사가 그렇게 외치며 벌떡 일어났으나 나는 다리가 풀렸는지 미카엔 앞에서 힘을 잃고 픽 쓰러졌다. 그러자 미카엔은 나를 받쳐 들며 나에게 말했다.

"아, 여신관님, 괜찮습니까?"

미카엔이 왜 나를 여신관님이라 부르는 걸까? 그는 언제나 라비스라는 이름으로 나를 불렀는데… 나를 낯설게 대하는 그의 모습이 비록 취중에 보이는 그의 환상이고 나의 착각이라 하지만 왠지 서운했다.

나는 눈을 들어 그의 얼굴을 바라보았다. 깨끗한 피부에 단아한 이목구비, 내가 만나고 싶어하던 얼굴이었다. 하지만 그 얼굴이 수척해 보였다. 그동안 뭔가 큰 고통이 그의 가슴 깊이 자리 잡고 있었던 듯.

수척해 보이지만 한없이 고귀해 보이는 그의 얼굴에서는 뭔가 표정이 감돌기 시작했다. 촛불의 조명을 받아 좀 더 짙은 자수정빛으로 빛나는 그의 눈동자가 나의 얼굴을 혼란스러운 듯 내려다보았다. 그는 그렇게 나를 한동안 못 박힌 듯 바라보았다.

마치 이대로 시간이 멈추어 버린 듯했다. 미카엔이 나를 부축하고 나의 얼굴을 바라본 순간, 흘러가던 시간은 갑자기 정지되어 버린 것처럼 미카엔은 그렇게 나를 바라보았다. 그의 아름다운 눈동자는 나에게서 애타게 그리워하던 무언가를 찾으려는 듯했다.

그는 내가 라비스라는 것을 깨닫지 못했음에도 불구하고 나에게서 무언가를 느꼈던 모양이었다. 하지만 아직 취기가 가시지 않은 탓인지 나는 꿈을 헤매는 것처럼 정신이 몽롱했다.

다물어진 미카엔의 입술이 뭔가를 말하려는 듯 살짝 벌어진 순간, 잠시 멈추어 버린 듯했던 시간을 깨어버리는 듯한 목소리가 들려왔다.

"폐… 아니, 마법사님, 이곳은 식사를 하기에는 적당하지 못한 곳 같습니다. 그냥 나가시죠. 어차피 오늘 밤에 돌아가셔야 하지 않습니까?"

미카엔과 동행으로 온 기사의 말이었다. 그러고 보니 그는 나도 예전에 한번 본 적이 있었다. 미카엔의 사촌 여동생이라던 아이나스의 약혼자인 제시라는 애칭을 가진 미카엔의 측근 기사였다.

"음, 그래야겠군. 하지만…….."

미카엔은 망설이는 말을 하며 나의 얼굴을 다시 들여다보았다. 그의 얼굴에는 짙은 그림자가 드리워져 있었다.

"왕, 아니, 라비스님을 닮은 여자에게 또 눈길을 주시는 겁니까? 이것은 그분을 모독하시는 겁니다."

제시는 그렇게 말하며 미카엔의 부축을 받고 있는 나를 떼어내 밀쳤다. 그러자 나는 균형을 잃고 뒤로 엉덩방아를 찧고 넘어지고 말았다. 제시는 라비스를 닮은 여자들이 자신의 왕을 혼란케 한다고 생각해서 화가 났던 모양이다.

"앗! 이게 무슨 짓인가! 제시, 힘없는 소녀를 밀치는 것은 기사다운 태도가 아니라는 것을 모르는 것인가!"

내가 넘어지자 미카엔은 제시에게 그렇게 외치며 탓하고는 나에게 손을 내밀었다. 하지만 마음이 상했던 나는 그의 손길을 외면했다. 눈물은 이제 흘리지 않기로 마음먹었건만 또다시 눈물이 나오려 했다.

나의 육체는 너무도 나약하고 눈물이 많은 모양이다. 이럴 땐 연약한 소녀인 나의 육체에 화가 치민다.

"라비스님!"

그때 아네샤와 에스라가 나의 곁으로 달려나왔다. 그녀들은 술을 마시고 있다가 내가 넘어지는 모습을 본 모양이었다.

"라, 라비스라고?"

나의 이름을 부르는 소리에 미카엔은 약간 떨리기까지 한 목소리로 그렇게 반문했다.

"정신 차리십시오! 왕비 전하를 흠모해 그 이름을 일부러 비슷하게 쓰는 소녀들은 꽤 됩니다. 게다가 시녀들도 금발 머리로 염색하고 이름 역시 비슷하게 바꾸는 이들이 꽤 되지 않습니까?"

제시는 흥분한 어조로 자신의 국왕을 나름대로 일깨우려 했다. 그리고 그는 바닥에 주저앉아 있는 나를 경멸스런 눈으로 쏘아보았다. 내가 언제 그의 경멸스런 눈길을 받을 만한 짓을 한 적이 있었던가? 나는 천천히 몸을 일으켰다. 왠지 비굴한 모습은 보이기 싫다.

"어이, 예쁜 아가씨~ 퇴짜맞은 모양이지? 저 녀석에게 매달리지 말고 나한테 오라구! 예뻐해 줄 테니."

홀 안에서 술을 마시던 사내들의 조롱하는 목소리가 들려왔다. 식당 안은 금세 그들의 웃음소리로 와자지껄해졌다. 정말 최악이었다.

나는 입술을 깨물며 그 사내들을 쏘아보았다. 그리고 미카엔에게 고개를 돌려 그를 노려보았다. 왠지 그에게 화가 치밀었다. 나를 못 알아보는 것은 이해할 수 있지만, 단지 나(?)를 닮은 사람을 봤다는 이유만으로 냉정해지지 못하는 그의 모습을 생각하자 화가 났다.

지금의 상황을 보아도 알 수 있었다. 변한 나의 모습을 보고 라비스라는 것을 알아채지 못했음에도 불구하고 이렇듯 관심을 내보이는 것은 나에게서 라비스로서의 무언가를 느꼈기 때문일 것이다. 그렇다면 그는 나를 조금이라도 닮은 여자라면 모두 지금처럼 관심을 내보일 것이다.

미카엔은 사내들의 저속한 발언에 불쾌감을 느꼈는지 얼굴에 분노의 기색이 살짝 스쳤다. 하지만 그는 혈기 왕성한 평범한 청년이 아니었다. 그는 한 나라의 왕이었다. 무지한 자들의 조롱하는 말에 분노하여 섣부른 행동을 하지는 않았다.

대신 저들의 면상을, 드래곤 피어를 살짝 담은 눈길로 한 번씩 쏘아봐 주었다. 그러자 시끄럽던 식당 안은 찬물이 끼얹어진 것마냥 한순간에 무거운 정적이 돌았다. 누군가가 들고 있던 맥주잔을 놓쳐 엎지르는 음향만 들려올 뿐.

그 강도가 약하여 일반인들은 그것을 그저 살기라고만 느꼈을 미카엔의 드래곤 피어가 만약 그 영향력을 모두 드러내었다면 이곳에 있는 사내들은 모두 게거품을 물었을 듯했다.

어쨌든 그는 나에게 손을 뻗더니 나의 팔을 꽉 잡고는 그대로 식당 밖으로 끌고 나갔다. 그의 행동은 약간 거칠기까지 했다. 그의 갑작스런 행동에 약간 황당한 기분마저 느껴지는 나였다.

"앗?!"

나는 많은 의미가 내포된 짧은 비명을 내지르고는 그의 손을 뿌리치려 했으나, 나의 팔은 단단하게 붙잡혀 있었다. 그리고 속절없이 끌려가는 나였다.

"앗! 이봐요~ 뭐 하는 짓이에요!"

아네샤와 에스라가 달려와 미카엔을 저지시키려 했으나 그녀들은 미카엔의 눈길을 받는 순간 얼어붙은 듯 그 자리에서 멈추어 섰다.

평소 자제력 강한 미카엔의 모습으로서는 꽤나 감정적이 된 모습이었다. 무엇이 그를 이토록 이성을 잃게 만들었을까?

"폐… 마법사님!"

제시의 망연자실한 외침이 들려왔다. 마법사님이란 호칭 앞에 꼭 '폐' 자를 붙이다 마는 것을 보아서는 그는 미카엔을 다른 호칭으로 부르는 것에 무척 적응을 못하고 있는 듯했다.

어쨌든 그의 눈에는 자신의 국왕이 한 순결한 여신관을 납치하듯이 억지로 끌고 가는 것처럼 보였을 텐데 얼마나 황당했을지 짐작이 간다.

"아잇!!"

얼마간 끌려가던 나는 잡혀 있는 팔을 비틀며 그런 외침 소리를 내었다. 나의 머리 속에는 별별 망상이 다 들기 시작하고 있었다. 미카엔이 라비스를 닮았다고 생각하는 나를 억지로 데려다가 첩으로 삼으면 어쩌나 하는 망상 말이다.

아무튼 내가 그렇게 외침 소리를 내자 미카엔은 우뚝 걸음을 멈추었다. 그리고는 고개를 돌려 나의 얼굴을 바라보았다.

"아! 이런……."

미카엔은 입을 열어 그런 소리를 내더니 잡고 있던 나의 팔을 놓아주었다. '아! 이런…' 이라니? 대체 저 반응은 무엇인지… 설마 자기도 모르게 나를 끌고 왔다는 것은 아니라고 나는 믿고 싶다.

나는 그를 차갑게 쏘아보았다. 그러자 미카엔은 가라앉은 목소리로 나에게 말했다.

"여신관님께 제가 실례를 했군요. 하지만 순결하신 여신관님께서 저런 천박한 곳에서 저속한 말을 듣고 있는 모습을 보니, 나도 모르게 나의 소중한 한 존재가 생각나서 이런 무례를 저질렀습니다."

미카엔은 그렇게 말하며 나에게 한 발짝 더 가까이 다가왔다. 그리고 다시 끊었던 말을 이었다.

"제 무례를 용서하십시오."

"……."

그는 그렇게 말하고는 나에게 눈길을 주었다. 그리고 나의 눈동자를 응시하며 침묵을 지켰다. 그는 나에게서 라비스의 모습을 애타게 찾고자 하는 듯했다.

"당신은… 아! 그럴 리가 없는데… 내가 무슨 생각을 하고 있는 것인지."

"……."

미카엔은 뭔가 많이 망설이는 듯한 기색으로 나에게 말을 하다가 결국은 허탈한 웃음을 지었다. 그러다 자신의 감정을 수습하는 듯하더니 다시 말을 이었다. 한결 침착해지고 감정이 배제된 목소리였다.

"전 로히얀스의 왕실 마법사로 있습니다. 언제 혹시라도 로히얀스의 수도인 로히아나로 오시게 된다면 왕성에 한번 들러주십시오."

그는 그렇게 말하더니 나의 손목을 잡아 들어 올리고는 손바닥 쪽의 손목 가운데에 자신의 입을 맞추었다. 그런 그의 행동에 놀라 내가 눈을 동그랗게 뜨자 미카엔은 살짝 웃어 보이더니 입을 열었다.

"이 표식을 왕성에 있는 자들에게 보이면 여신관님을 무사히 왕성 안으로 들여보내 줄 겁니다. 제가 여신관님께 이런 행동을 하는 것은 그저 나의 소중한 그 존재와 닮아서가 아닙니다. 왠지 꼭 이래야만 한다는 생각이 들어서입니다. 당신은 꼭 보호해야만 할 것 같은… 아, 이런 나의 심정을 뭐라고 표현해야 할지 모르겠군요."

그의 말에 나는 그가 입맞춘 손목을 내려다보았다. 그러자 나의 손목에서 뭔가 빛을 발하더니 이내 그 빛이 사그라지고 그 부분에 조그만 원형의 표식이 자리 잡고 있는 것이 눈에 들어왔다.

이것은 마법 표식이었다.

그 표식을 만들어준 시전자를 다시 만나게 되면 그 표식이 저절로 사라지게 되는, 일반적으로 마법사들이 뭔가 증표 같은 것을 줄 때 사용하는 기본적인 마법이었다.

'미카엔……'

나는 속으로 그의 이름을 불러보며 미카엔을 바라보았다. 문득 바람이 불어와 나와 미카엔의 머리칼을 살짝 날리게 했다. 나의 긴 흑발의 머리칼 중 한 가닥이 나의 얼굴로 내려왔다. 그러자 미카엔은 그 머리칼을 뒤로 넘겨주더니 눈을 내리깔고는 말했다.

"여관을 옮기셔야 하겠군요. 저를 따라오십시오. 큰 여관에서 묵어야 아까와 같은 일이 생기지 않을 겁니다. 아무래도 그런 곳엔 귀족들이나 귀한 신분을 가진 자들이 묵게 마련이니까요. 물론 숙박비는 제가 지불하도록 하죠. 일행 분은 제 호위 기사를 시켜 데리고 오도록 하겠습니다."

그는 여전히 부드럽지만 정중한 어조로 나에게 말했다. 그래서 왠지 그가 낯설게 느껴졌다. 미카엔을 따라가던 나는 걸음을 멈추었다. 그러자 그는 나를 돌아보았다.

"역시 불편하신 모양이군요. 단순한 호의입니다. 거절하지 마십시오. 그나저나 정말 이상하군요. 당신의 눈빛이 왜 나의 가슴을 아프게 하는지 모르겠습니다."

그는 내가 말할 수 없다는 것을, 아까의 혀가 굳은 듯한 짧은 외침 소리로써 대충 눈치 챘었나 보다. 이제는 나에게 대답을 기대하지 않고 자신의 말만 했다.

정말 미카엔과 나는 이상한 인연이었다. 이렇게 뜻하지 않은 곳에서 만나 나를 알아보지 못함에도 불구하고 그의 도움을 받게 되다니.

'미카엔, 나는 금방 돌아갈 거예요. 이런 초라한 모습이 아닌 로히얀스의 왕비이자 미카엔의 정실 부인으로서의 당당한 모습으로. 기다려 줘요, 미카엔. 힘을 다시 찾고, 반지 역시 다시 찾고 나서 미카엔에게 돌아갈 거예요.'

그날 나는 미카엔의 도움을 받아 한 호화 여관에서 묵게 되었다. 물론 미카엔은 그의 기사와 함께 그날 밤 자신의 나라로 돌아갔다. 그는 이곳 자이라스의 사정을 친히 알아보기 위해 이곳까지 왔었던 모양이다.

나는 미카엔을 믿는다. 지독한 슬픔과 고통에도 불구하고 여전히 국왕으로서의 책임을 훌륭히 하고 있는 그의 모습을 보며, 나는 그를 언제까지라도 믿기로 마음먹었다.

반지를 찾아서!

 반지를 찾아서!

감미로운 빗소리가 나의 영혼을 적시듯 들려왔다. 낮인데도 불구하고 까맣게 덮인 비구름이 사방을 어둡게 했다. 이제 본격적인 여름 우기에 접어든 모양이다.

나는 여관의 이층 홀 테라스에 나와서 내리는 비를 구경하고 있었다. 왠지 청승맞아 보이는 나이다. 가끔 불어오는 비바람이 순수한 밤의 여신 머리칼과도 같은 나의 흑발을 살며시 어루만졌다. 오늘은 어쩐지 기분이 묘했다. 싱숭생숭하다고나 할까?

벌써 이 여관에 묵은 지 이틀이 지났다. 나와 일행은 사실 그저께 국경을 넘으려 했지만 갑작스레 밀어닥친 호우로 인해 여행하는 것을 조금 뒤로 미루게 되었다. 그래서 비가 그칠 때까지 이곳에 머물게 되었는데, 이곳 호화 여관 측에서는 우리 일행을 매우 극진히 대했다.

물론 여관의 객실 지배인은—고급 여관이라 그런지 다른 여관과는 달리

주인장 외에 지배인이 따로 있었다―실실 웃는 얼굴로 언제까지든 묵어도 상관없다고 말했다. 돈을 더 지불하지 않고서도 말이다.

아마도 미카엔이 돈을 많이 주었든지, 아니면 뭔가 지시를 했던 모양이다. 말하지 않아도 과일이나 고급 와인 같은 것을 객실로 서비스 보내왔고, 세심하게 우리를 배려하는 것을 보면 그렇게 생각되었다.

레니는 여관에 묵고 있는 내내 입이 찢어져 있었다. 그녀로서는 이런 여관에서 극진한 대접을 받는 것은 처음이었던 것이다. 그녀는 여관에 있는 동안 자신이 귀족이 된 듯한 착각에 빠져 있는 듯했다.

귀족을 경멸한다더니… 역시 그녀는 경멸과 함께 귀족의 생활을 동경하고 있었던 것이다.

나는 낮아진 기온으로 인해 조금 떨려오는 몸을 움츠리며 방으로 돌아가기 위해 몸을 돌리려 했다. 하지만 그 순간, 번개가 쳤는지 사방이 번쩍 하였고 천둥 소리가 엄청난 음향으로 나의 고막을 때렸다.

화들짝 놀란 나는 심하게 움찔하였다. 그러다 어느 한 방향의 허공을 보고 눈을 커다랗게 떴다.

내리는 비 사이로 뭔가 흐릿한 영상이 눈에 들어온 것이다. 처음에 희미하게 보이기 시작하던 그것은 점차 그 모습이 뚜렷해져 갔다.

"아!"

그것이 어둠 속으로 보이는 하나의 허상이라는 것은 알고 있었지만, 나는 그것을 향해 앞으로 발걸음을 내디뎠다.

'셀레나?'

화려한 금발을 등허리까지 길게 늘어뜨린 한 젊은 여인이 순결해 보이는 신관복을 입고서 셀레네스 성표 앞에 무릎을 꿇고 기도하고 있는 모습이 나의 눈에 들어왔다. 성스러움이 그녀의 주위를 감싸고 도는 것만 같았다.

흐릿하게 보이는 그 영상에 나의 가슴은 뭔가 그리움과 같은 감정으로 물결쳤다. 평소 그녀를 원망하고 있었음에도 불구하고.

'셀레나.'

나는 홀리듯이 그녀를 향해 앞으로 나아갔다. 나의 바로 앞에 테라스 난간이 있는 이층이라는 것을 잊은 채.

빗소리는 계속 나의 귓가를 적셨다. 하지만 나는 그 빗소리가 감미로운 셀레나의 음성같이 들렸다. 그러다…

"까악!"

나는 난간 앞에서 몸의 균형이 앞으로 쏠리는 것을 깨닫고는 비명을 질렀다.

"누나!"

누군가가 나를 누나라고 부르며 달려와 아래로 떨어지려는 나의 손을 잽싸게 붙잡았다. 그는 부드럽고 따뜻해 보이는 갈색 눈동자와 옅은 갈색 머리칼을 가진 소년이었다. 그 소년은 귀족인 듯 고급스런 옷을 입고 있었는데 대략 열일곱 정도 먹어 보였다.

소년은 힘껏 나를 끌어 올려 구하였고, 나는 비에 홀딱 젖은 모습으로 바들바들 떨었다. 몸이 젖어 체온이 내려간 것이다.

갸름한 얼굴 선을 가진 그 소년은 놀라움과 그리움이 교차하는 듯한 표정을 잠시 짓고 있다가, 어느 순간 그 표정은 풀어지고 실망한 듯한 얼굴이 되었다. 그러다 소년은 떨고 있는 나를 보더니 자신의 겉옷을 벗어 나에게 걸쳐 주었다.

"무슨 일로 여기서 뛰어내리려 하셨는진 모르지만 어리석은 행동은 하지 마십시오."

'어? 내가 이곳에서 뛰어내리려 했었나?'

나는 고개를 갸웃했다.

"…그리고 죄송합니다. 제가 여신관님을 누나라고 부른 것은… 여신관님이 제 누님과 닮으셔서 잠시 착각을 한 것 같군요. 그럼 감기 드시기 전에 들어가세요."

나는 고개를 들어 그를 바라보았다. 그의 누나가 나와 닮았다고? 요즘 들어 나를 닮았다고 말하는 인간들이 왜 이리 많은 건지.

소년은 그렇게 말하고는 돌아서려 했다. 하지만 나는 그 소년에게 다가가 그를 붙잡았다. 그에게 '잠깐만요!' 하고 외칠 수 없으니, 나는 이렇게 그를 붙잡을 수밖에 없었던 것이다. 소년이 의아한 얼굴로 나를 바라보자 나는 겸연쩍은 얼굴로 벽에 손가락으로 글자를 써 보였다.

「제가 누님과 많이 닮았나요?」

그러자 소년은 잠시 나를 바라보더니 고개를 끄덕였다.

"네, 많이 닮았어요. 뿐만 아니라 저의 누님은 여신관님처럼 셀레네스를 모시는 여신관이십니다. 누님은 가족의 반대에도 불구하고 아주 어렸을 때 셀레네스 신전으로 들어가셨거든요."

그는 흐릿하게 웃어 보이며 입을 열었다.

「그런데요?」

나는 그 소년의 눈을 고요한 눈빛으로 직시하며 계속 질문했다. 그러자 소년은 잠시 머뭇거렸다. 솔직히 처음 보는 여자에게 사적인 얘기를 해야 할지 말아야 할지 고민되는 모양이다.

하지만 나의 고요한 눈길을 받은 소년은 알 수 없는 그 무언가에 홀려 마음이 움직였는지 머뭇거리던 입술을 다시 떼었다. 나도 모르게 그에게 모든 것을 털어놓도록 최면을 건 것일까?

"물론 제 누님은 처음부터 아가씨와 닮은 외모를 가졌던 것은 아닙니다. 원래 저와 같은 갈색의 머리칼에 조금은 평범한 외모를 가진 누님이셨는데, 어느 순간 외모가 변해 있더군요. 훗… 제 말이 이상하게 들리시겠죠?"

그의 물음에 나는 고개를 가로저었다. 그리고는 계속 듣고 싶다는 의미를 담은 눈빛으로 그를 바라보았다.

"신전이 자신의 집이 되고 동료 여신관들이 이제는 자신의 가족이 되어버린 누님을 저는 종종 찾아가곤 했습니다. 부모님은 이미 발길을 끊으셨지만 저는 계속 누님을 찾아갔습니다. 하지만 마법 기사단이 이곳 자이라스를 장악할 무렵 신전에 있는 누님을 찾아갔을 때… 그때의 누님의 모습은……."

소년은 그 부분에서 말끝을 흐렸다. 하지만 다시 그는 입을 열었다. 내가 재촉을 하지 않음에도 불구하고 그는 자신의 얘기를 다 털어놓고 있었다. 무엇이 이 소년의 감정을 부추기고 있는 것일까? 처음 만난 나에게 이런 속마음을 얘기하도록 말이다. 나는 그의 얘기를 들으며 뭔가 기이한 감정에 사로잡히는 듯한 기분이 들었다.

"…화려하고도 순수한 황금빛의 머리칼과 눈동자를 가진 아름다운 여인의 모습으로 변해 있더군요. 인간이 그런 순수하고도 찬란한 황금빛의 머리칼을 가질 수 있다는 것은 그때 처음 알았습니다. 처음에 저는 누님을 알아보지 못했었습니다. 하지만 누님은 저를 알아보더군요. 예전과 같은 따뜻한 얼굴로. 그 후로 저는 몇 번 누님을 찾아가기는 했었지만 왠지 낯설었습니다. 그리고 인페르디아 전쟁이 마무리될 즈음에 저는 다시 누님을 볼 수 없었습니다. 그게 마지막… 아! 제가 초면인 아가씨께 무슨 소리를……."

그가 그렇게 말을 마쳤을 땐 나의 두 다리가 후들거리고 있었다. 나를 닮은 황금빛 머리칼의 여인이라니… 그런 외모를 가진 존재는 어머니인 셀레나밖에 없었다. 그런데… 그런데 저 소년은 자신의 누나가 그런 모습이었다고 말하고 있다.

나는 머리 속이 뒤죽박죽되는 것을 느꼈다. 혼란스러웠다. 인페르디아 전쟁이 터져 전쟁을 승리로서 마무리 짓고 자이라스를 거쳐 돌아가는 길에서 나는 신관복을 입고 있었던 셀레나를 닮은 여자를 잠깐 본 적이 있었다.

그때는 단순히 잘못 본 것이라 생각했었는데… 스물을 조금 넘긴 듯한 셀레나를 닮은 그녀가 이 소년의 누나였던 것일까? 그럼 그녀는 대체 누구인 것일까? 혹시 셀레네스였던 셀레나가 라비스 말고 또 다른 딸을 낳았던 것일까? 그렇다면 왜 그녀는 처음부터 금발의 모습이 아니었고 나중에 모습이 변했던 것일까? 알 수가 없었다.

나의 안색이 창백해지자 소년은 나에게 걱정스레 물어왔다.

"괜찮으세요?"

"네에……."

이제는 발음에 쉬운 하나 간단한 음절 정도는 뻣뻣하게나마 말할 수 있었던 나는 그렇게 답했다. 그러자 그 소년은 고개를 갸웃거렸지만, 나에게 벙어리인지의 여부에 대해서는 질문하지 않았다.

나는 소년에게 가까이 다가가 그의 손을 살짝 쥐었다. 이에 소년은 약간 움찔했으나 뿌리치거나 하지는 않았다. 나는 왠지 그가 남동생같이 느껴졌다. 뭐가 어떻게 된 것인지는 잘 모르겠지만, 어쨌든 이 소년과 나는 운명이 어떤 한 방향으로 연결되어 있는 듯했다. 그의 누나가 셀레나와 닮은 모습으로 변한 것을 보면 말이다.

내가 그의 손을 잡고 있는 것이지만 소년의 손이 나의 차가워진 손을 데웠다. 말로는 표현 못할 나의 감정이 그에게 전해졌는지 소년은 희미하게 웃어 보이더니 입을 열었다.

"전 루이안트라고 합니다. 그냥 루이라고 부르세요. 음… 보기에는 어려 보이시지만 왠지 느낌이 저보다 한두 살은 많을 것 같군요. 이름을 물어도 될까요?"

그의 말에 나는 고개를 끄덕이며 벽에 라비스라고 써 보였다. 그러자 귀타나 보이는 그의 얼굴에 환한 미소가 감돌았다.

"라비스님? 예쁜 이름이군요. 근데 이 여관에서 머무시는 것을 보니 지금 자이라스로 오시는 것이거나 로히얀스로 가시는 길이겠군요. 전 로히얀스로 가는 중입니다. 누님을 마지막으로 보았을 때 누님께서 저에게 말씀하셨거든요. 로히얀스에서 폐하와 왕비 전하를 위해 일하라고… 그래서 가는 길입니다."

나는 잡고 있던 루이안트의 손을 더욱 꽉 쥐었다. 이 소년의 누나는 대체 누구이기에 미카엔과 나를 위해 일하라고 말했을까?

나는 잡고 있던 그의 손을 놓고는 벽에 다시 글자를 썼다.

「루이, 나와 동행하겠어요? 저도 로히얀스로 가는 길입니다.」

나는 왠지 이 소년에게 믿음이 갔다. 그것은 루이안트의 인상이 좋아서가 아니라 그에게서 느껴지는 그 무언가가 그를 신뢰하도록 만든 것이다. 어쩌면 이 소년은 나의 운명이 엮어준 인연 중 하나가 될 듯했다.

비가 지겹도록 내렸던 며칠이 지나고 나서 우리는 여관을 나와 국경을 넘었다. 물론 루이안트 역시 우리 일행과 합류하였다.

국경의 관문은 금방 통과할 수 있었다. 아마도 우리가 신관 차림을 하고 있어서인 모양이었다. 어느 정도 관문에서 멀어져 왔을 때 나는 석판에 글을 써서 레니에게 보였다.

「레니, 네 생각에 반지는 로히얀스 어디쯤에 있다고 생각해?」

그녀를 한번 떠보기 위해 반지의 행방에 대해 질문을 하자 그녀는 성의없어 보이는 대답을 했다.

"아직 몰라~ 내가 그쪽 길드와 접촉을 해봐야 알아."

그녀의 말에 나는 눈을 가늘게 떴다. 그리고는 다시 석판에 글을 썼다.

「너, 엉뚱한 생각은 말아. 그럼, 혼쭐을 내줄 테니.」

약간 허풍과도 같은 말을 써서 그녀에게 보여주자 레니는 코웃음을 쳤다.

"훗~ 네가 어떻게 나를 혼쭐 내줄 건데? 그리고 나도 양심이 있다구. 너에게 미안하게 생각하고 있어. 게다가 네가 반지를 찾으면 많은 대가를 준다는데 왜 내가 엉뚱한 생각을 하겠어? 난 손해 볼 짓은 안 한다구."

딱!

그때 옆에서 걷던 에스라가 레니의 머리를 쥐어박았다.

"레니, 너 정말 반성하고는 있는 거냐? 대신관님께서 너를 처벌하시려는 것을 라비스님이 말려서 데리고 온 거니까 넌 고마워해야 돼. 그리고 셀레네스를 모시는 신관으로서 부끄러운 줄 알아라! 만약 너, 라비스님 말대로 엉뚱한 생각을 품으면 용서 안 한다! 난 라비스님을 호위하는 입장이라는 걸 잊지 말라구!"

레니의 말을 듣고 있던 에스라가 끼어들어 그렇게 말하자 레니는 자신의 선배에게는 말대꾸를 할 수 없었는지 뚱한 표정을 지었다.

"하하, 저분은 굉장히 터프하신 분인 모양이군요. 근데 라비스님, 조금 쉬어 가면 어떨까요? 어차피 마을까지는 한참 걸어야 할 것 같은데."

"네."

내가 루이안트의 말에 답하자 레니가 목뼈에 소리가 날 정도로 홱! 고개를 내 쪽으로 돌렸다. 저런! 목이 아프지 않을까?

"라비스! 너 말할 줄 알아?"

그녀의 말에 나는 별다른 표정 없는 얼굴로 석판에 글자를 써서 그녀에게 보였다.

「아니, 간단한 음절 외에는 아직.」

"음… 그래? 너, 말하게 되면 나에게 말해. 그래야 축하라도 해주지."

레니는 생긋 웃어 보이며 축하해 준다고 말했지만 나는 그녀가 정말 진심일까 하는 생각이 들었다. 어쨌든 일행들은 숲의 적당한 곳에 자리를 잡아 몸을 쉬었고 나는 그들이 쉬고 있는 곳에서 조금 떨어진 곳으로 걸음을 옮겼다.

아마도 그들은 내가 화장실(?)이라도 가려는 것이라 생각할 것이다. 그들에게서 어느 정도 멀어지게 되자 나는 호흡을 가다듬었다. 무척 긴장이 된다. 과연 그녀가 나를 알아봐 줄까?

"라센샤르."

나는 조금 나직하지만 힘있는 목소리로 바다의 정령 이름을 불렀다. 아! 오랜만에 목소리를 제대로 내니깐 떨리기까지 했다. 이 감격을 누구한테 전할까?

아무튼 내가 정령의 이름을 부르자 금방 반응이 나타나기 시작했다. 위대하게까지 느껴지는 한 정령의 기운이 느껴지는 순간, 나의 앞에는 투명하고 푸른빛의 한 젊은 여인이 모습을 드러냈다.

"누가 나의 이름을 부르는 거지?"

아, 정말 오랜만에 들어보는 라센샤르의 목소리였다. 마음 같아서는 포옹이라도 해주고 싶을 정도로 그녀가 반가웠다.

"내가 불렀어요. 그대가 돕길 원했었던 라비스인 내가……."

아직은 어눌하게 들리는 발음이었다. 하지만 여관에서 며칠을 지내던 동안 나의 혀는 많이 풀려 있었다. 이렇게 마비된 혀가 풀려 있음에도 불구하고 나는 그동안 일행들에게 말 한마디도 하지 않았었다.

물론 어제 즈음부터 말을 할 수 있게 되었지만, 그동안 갑갑해서 죽는 줄 알았다. 하지만 그냥 이대로 말 못하고 아무런 능력 없는 라비스 연기를 당분간 하는 것이 나을 것이라 생각했기에 말을 할 수 있게 된 것을 일행들에게 숨긴 것이다.

"라비스?"

라센샤르의 눈이 처음에는 가늘게 뜨여졌다가 점점 크게 떠졌다.

'아, 라센샤르, 네가 그렇게 눈을 크게 뜨면 무섭게 보인다구!'

나는 그런 생각을 하며 초조한 기색으로 그녀를 바라보았다. 그리고 그녀의 말이 다시 이어지기를 기다렸다. 그녀가 만약 나를 알아보지 못하면 나는 어떻게 해야 할까?

"아아… 라비스! 얼굴이 다르군요. 그런데 당신의 영혼은 라비스로서 느껴져요. 환생한 건가요? 정말 라비스인가요?"

라센샤르는 처음엔 의혹의 빛을 띠는 듯하였으나 이내 나를 알아봐주었다. 나를 알아봐 준 그녀의 말에 나는 기쁜 표정을 지어 보이며 잠시 감격의 순간을 누렸다. 이 자리에 다른 정령들도 함께했으면 더욱 좋았을 것이라는 생각이 든다.

그나저나 라센샤르… 나에게 환생을 했냐고 물어보다니! 환생을 며칠 만에 뚝딱 하는 경우가 어디 있을까? 뭐, 어쨌든…….

라센샤르의 두 눈에서 투명한 빛의 눈물이 흘러나오고 있었다. 라센샤르가 눈물을 흘리다니… 그녀가 나를 보고 눈물까지 흘릴 줄은 몰랐다. 울보인 리엔시타가 나를 보고 울음을 터뜨린다면 그러려니 하겠지만.

그녀가 나에게 가까이 다가와 얼굴을 살짝 만졌다. 그러자 차갑고 시원한 기이하기 짝이 없는 촉감이 느껴졌다. 그녀의 눈물은 조금 의외라고 생각했지만 나는 라센샤르에게 미소를 지어 보이며 입을 열었다.

"맞아요. 당신의 친구인 라비스예요. 아, 라센샤르, 나는 여기서 길게 말할 시간이 없어요. 한 가지 부탁할게요. 들어줄 수 있겠죠? 여기서 돌아가면 제 실버 반지의 행방을 찾아주세요. 반지는 지금 로히얀스에 있는 도둑 길드에 있을 거예요. 반지를 찾게 되면 은밀히 나에게 와주세요. 물론 나의 일행이 눈치 채지 못할 때에 말예요. 들어주시겠죠?"

나는 그녀에게 나직한 음성으로 하고 싶은 말을 단숨에 하고는 그녀의 대답을 기다렸다. 그러자 그녀는 평소 엄숙했던 표정을 잃어버린, 여전히 흥분한 얼굴로 나에게 고개를 끄덕여 보였다.

"꼭 라비스의 물건을 찾아낼 겁니다. 위험할 때면 언제든 저를 불러주세요. 라센샤르는 라비스가 다시 눈을 떠서 기쁘군요. 그리고 나중에 이 라센샤르에게 당신의 목숨을 한번 앗아갔었던 존재를 찾아 응징하게끔 허락해 주세요. 라센샤르는 언제나 받은 만큼 돌려줍니다. 죽음은 죽음으로써… 저는 그 존재에게 돌려주어야 합니다."

라센샤르의 마지막 말은 왠지 나를 오싹하게 했지만 내색은 하지 않았다. 그러고 보니 예전에도 이런 비슷한 일이 있었다. 아젠샤르가 리엔시타를 소멸 직전까지 몰고 갔었을 때, 라센샤르 역시 그 보복으로써 아젠샤르를 죽음 직전까지 몰고 간 적이 있지 않았던가.

그렇게 라센샤르를 돌려보내고 나서 일행들에게 돌아가기 위해 나는 다시 발걸음을 옮겼다. 숲의 공기가 왠지 상쾌하게 느껴졌다. 아마도 며칠 간 내렸던 비가 묵은 공기를 모두 씻겨내 버린 모양이다.

하늘은 구름 한 점 없이 청명했다. 내 마음까지 개운해지는 듯했다.

이제 다시 슬슬 시작되는 무더위 때문인지 치렁치렁한 머리칼에 부담을 느낀 나는 주머니에 있던 가죽 끈을 꺼내 들어 나의 긴 머리를 한데 모아 질끈 묶어버렸다. 그러자 나의 새하얀 목덜미가 드러나 조금은 시원해지는 것 같았다.

"음… 이제 돌아오게 될 반지를 기다리면서 레니의 가증스런 행동이나 지켜볼까나?"

나는 힘찬 걸음걸이로 일행들에게 다가가면서 스스로에게 기합을 넣었다. 아자! 아자! 하고 말이다.

숲을 빠져나와 저녁 무렵에 간신히 마을에 당도한 우리는 한 조그만 여관에서 짐을 풀고 몸을 쉬었다. 그리고 나는 그들이 모두 잠들었을 즈음에 여관에서 살짝 빠져나와 라센샤르의 보고를 받았다.

"라비스, 실버 반지는 지금 길드에 없어요. 그 반지는 이 근방의 길드로 흘러 들어오긴 했었지만 이미 다른 곳으로 빠져나간 모양이에요."

그녀의 말에 나의 표정은 심각해졌다.

"그럼 반지가 어디로 간 걸까요?"

"아직은 확실하지 않지만 제가 계속 찾아보고 라비스에게 보고할게요. 반지는 금방 찾을 수 있을 테니 걱정하지 말아요. 그리고 라비스의 근처에서 신족의 기운이 어렴풋이 느껴져요. 아까 낮에도 그런 것을 느꼈는데, 정말 이상하군요. 아까 확인을 해보았지만 별다른 것은 발견되지 않았는데……"

"흠, 그건 라센샤르가 과민하게 느낀 게 아닐까요? 제 근처에 신족이 있을 리 없잖아요? 라센샤르가 그렇게 느낀 것은 제 주위에 여신관들이 있어서일지도 모르겠군요."

그녀의 위로하듯 하는 말에 기분이 조금 풀린 내가 빙긋 웃으며 그렇게 말하자, 그녀는 고개를 조금 갸웃거렸으나 더 이상 그것에 대해 언급하지는 않았다.

"그럴 수도 있겠군요. 전 이만 가보겠어요. 반지를 찾게 되면 다시 라비스님께 오도록 하죠."

라센샤르는 말을 마치고는 이내 사라졌고, 나는 그녀가 사라진 곳을 잠시 바라보다가 하늘을 올려다보았다.

암흑만이 존재하는 듯한 시커먼 하늘이 눈에 들어왔다. 아까 낮에는 맑았지만 그새 흐려졌는지 밤하늘은 별이 거의 없었고 달도 구름에 반쯤 가려져서 희미했다. 풀벌레 소리가 듣기 좋은 음향으로 나의 귀에 들려왔다. 나는 잠시 밤 산책을 해야겠다고 생각하며 걸음을 옮겼다. 다시 여름이 되니깐 예전 생각이 떠오른다.

작년 이맘때 즈음에 나는 미카엔의 측실로서 매일 밤 침실로 찾아오는 그로 인해 매우 곤혹스러워하고 있었다. 그래서 그에게 수면제를 탄 차를 먹이곤 했었는데, 그 당시 마카엔은 그다지 의심없이 그 차를 마시고는 금세 잠들곤 했다. 아마도 그는 황태자로서의 많은 직부 때문에 자신이 피곤해서 금방 잠들어 버렸다고 생각했었던 듯하다.

피식~

그때의 일을 생각하자 나는 웃음이 나왔다. 그때는 나름대로 곤혹스럽고 절박하다고 생각했었는데…….

내가 지금 밟고 있는 이곳은 미카엔이 있는 로히얀스… 그의 나라이다. 내가 로히얀스 땅을 밟고 있다는 사실만으로도 나는 남다른 기분을 느꼈다. 그에게 조금 더 가까이 다가간 느낌이었다.

저벅저벅.

그때 누군가가 이쪽으로 다가오고 있는지 발자국 소리가 들려왔다. 나는 고개를 갸웃하며 그 누군가가 모습을 드러내기를 기다렸다. 그러다,

"거기 누구예요?"

다가오는 그것에 왠지 모를 불안감을 느끼고 나는 기척이 들려오는 쪽을 향해 낮게 외쳤다. 곧 어둠에 묻혀 가려져 있던 한 남자가 모습을 드러내었는데 그는 셀레네스 신전 앞에서 보았던 에메랄드 빛의 머리칼을 가진 미청년이었다.

"다시 뵙는군요."

"앗! 당신은 그때의 반짝 머리?"

내가 그렇게 놀라며 외치자 그는 얼굴 표정이 약간 기묘해졌다.

"훗… 반짝 머리라니, 당신이 붙여준 별명인가요? 셀레나, 아! 애칭보다는 그냥 셀레네스라고 부르는 것이 낫겠군요. 아무튼 당신이 그렇게 모습을 바꾸고 벙어리 행세까지 할 줄은 정말 몰랐습니다. 하마터면 속을 뻔했죠."

그의 말에 나는 문득 황당함을 느꼈다. 저 남자가 나보고 셀레나라고 말하다니! 하긴, 내가 셀레나를 닮긴 했다. 그럼 저 남자는 셀레나와 아는 사이인 것일까?

"당신은 누구죠?"

"이제 와서 저를 모르는 척하면 이대로 넘어갈 수 있을 거라 생각합니까? 저는 아사드, 한때 당신을 우러러본 적이 있었죠. 하지만 이젠 아닙니다. 당신은 힘을 잃은… 더 이상 신족이 아니니까요. 당신을 미

행하면서 알게 된 사실인데 반지를 찾고 있는 중이더군요. 로히얀스 도둑 길드에 있을 실버 반지에 대해 얘기하는 것을 들었습니다. 그래서 저는 며칠 전에 신전 앞에서 마주쳤던, 대리자에게 정신을 잃은 채 안겨 있던 당신의 모습을 기억해 냈습니다. 그때는 당신의 손가락에 평범하지 않은 실버 반지가 끼어져 있었죠. 바로 이 반지 말입니다."

그는 그렇게 말하며 반짝이는 실버 반지를 꺼내 들어 나에게 보였다.

"앗! 내 반지! 이봐요! 제 반지 돌려줘요! 그리고 왜 셀레나를 찾고 있는 거죠? 전 셀레나가 아녜요. 전 그녀의 딸일 뿐입니다. 사람을 잘못 보셨어요."

나의 외침에 아사드는 멈칫해 보였다. 그의 에메랄드 빛 눈동자에 의문의 빛이 감돌았다. 하지만 그건 아주 잠깐일 뿐이었다. 그는 뭔가 확신하고 있는 듯 나에게 외쳤다.

"정말 교활하군요! 딸이라고요? 후훗, 내가 그런 교활한 거짓말에 속을 줄 알았습니까? 당신은 이곳에 있으면 안 되는 존재임에도 불구하고 멋대로 이곳에 발을 들여놓았습니다. 저는 그런 당신을 창조신 아덴의 이름으로 징벌하겠습니다!"

그의 기세에 뭔가 위험을 느낀 나는 스스로를 보호하기 위해 정령을 불러야겠다고 생각했다.

"라센샤르!"

하지만 라센샤르는 나의 부름에 응답하지 않았다.

"후후… 셀레네스, 당신의 정령은 듣지 못할 겁니다. 당신은 정령의 여신이기도 하니 정령을 부를 것이라 예상했지요."

그는 이곳에 결계를 친 모양이었다. 그렇다면 믿을 것은 나의 마법력밖에 없다. 나는 우선 방어 실드의 스펠을 캐스팅했다. 그가 신력으로 공격해 올 것을 대비하기 위함이었다. 셀레나를 동급으로 치면서 말하고 있는 것을 보면 그 역시 신족인 듯했다. 셀레나는 여신인 셀레네스였으니.

어쨌든 내가 무슨 마법인지 모를 스펠을 캐스팅하자 아사드는 나의 마법력이 위력적일 거라 지레짐작했는지 나의 앞에 단거리 공간 이동으로 다가왔다.

"헉!"

갑자기 바로 눈앞에서 모습을 드러낸 그를 보고 놀란 나는 헛바람을 들이켰고, 그는 나에게 손을 뻗어 나의 가느다란 목을 움켜잡았다.

"윽!"

그로 인해 숨이 막히게 되자 나는 더 이상 스펠을 캐스팅할 수 없게 되었다. 하지만 그때!

"라비스님!"

밖에서 소란스러운 소리가 들리자 깨어났는지 에스라가 창밖으로 고개를 내밀고 나의 이름을 불렀다. 그리고 내가 위험한 것을 보곤 잽싸게 무기를 들고는 창밖으로 뛰어내렸다. 참으로 날랜 몸짓이었다.

또한 그녀의 우렁찬 목소리에 다들 잠에서 깨어난 듯 아네샤와 루이안트 역시 여관 밖으로 뛰어나오고 있었다. 물론 레니는 덩달아(?) 여관을 나왔다.

"놔, 놔줘……."

나는 하얗게 안색이 변하여 그에게 간신히 입을 열었다. 그가 나의 목을 조르고 있어서 숨이 막혀왔다.

"라비스님을 놔줘! 이 나쁜 자식아!!"

역시나 터프한 에스라가 달려오는 이들의 선두에 서서 그렇게 소리쳤다. 하지만 아사드의 눈동자가 뭔가 번쩍 하고 빛을 발하는 순간, 에스라를 비롯한 저들은 뒤로 나자빠져 나는 절망감을 느껴야만 했다.

"셀레네스, 당신의 대리자가 걸어준 가면을 이제 그만 벗어버리시지요?"

"나… 셀레… 나가 아니야……."

하지만 아사드가 무슨 조화를 부렸는지 나의 육체에서는 무언가 변화가 일어났다. 흑발의 직모로 찰랑거리던 나의 긴 머리칼이 다시 순수한 황금빛으로 되돌아오는 것이었다.

나는 나의 어깨 위로부터 부드러운 곡선을 그리며 내려오는 찬란한 황금빛의 머리칼을 볼 수가 있었다. 이렇듯 나의 머리칼 색이 다시 예전의 빛깔로 돌아오는 것을 보면, 나의 눈동자 색이나 이목구비 역시 예전의 모습으로 돌아왔을 듯했다.

"라비스님?"

아마도 나를 바라보는 이들의 눈들이 모두 휘둥그레져 있을 거라 짐작되었다. 여신관들은 내가 지금 위험하다는 것마저 망각해 버렸는지 멍청한 기색이 도는 목소리로 나의 이름을 중얼거렸고, 나의 목을 조르고 있던 아사드 역시 조금 놀란 듯한 눈을 하고 있었다.

그가 조르고 있던 손에서 약간 힘이 빠지는 것이 느껴졌다. 나는 그 틈을 놓치지 않고 그를 힘껏 밀치고는 그에게서 떨어져 여신관들이 있는 쪽으로 잽싸게 달려갔다. 그러자 아네샤와 에스라, 그리고 루이안트는 나의 앞에 서서 아사드를 경계하는 포즈를 취했다. 그리고…

힘차게 도움닫기를 하며 아사드에게 달려나갔다. 다들 용맹하고 날렵한 모습들이었다. 그러나 평소 때라면 믿음직한 모습들이었지만 지금은 저들이 걱정스러웠다. 상대는 신족이었기 때문이다.

내가 예전에 왕성 서재에서 읽은 책에 의하면…

신족이란, 마족과 비슷하게 고위와 하위 신족으로 나뉘어지는데 그 레벨이 천차만별이라고 하였다. 고위 신족은 이곳 인간계에서 신으로 받들어지고 하위 신족은 그런 고위 신족들의 수족이 되기도 한다고 적혀 있었다.

물론 그들 중 아주 하급의 신족들은 아예 능력이 없어서 인간과 별로 구별되지 않는 경우도 있다고 하는데, 책에 있는 그런 내용들이 모두 사실인지의 여부는 확실하지 않다. 그렇다면…

책에 있는 내용으로 따진다면 아사드는 고위 신족은 아닌 듯했다. 이 세계에 존재하는 수많은 신들 중에서 아사드라는 이름은 못 들어봤기 때문이다. 그럼 그는 창조신이라는 존재의 수족인 것일까? 아까 창조신의 이름을 운운하던 그의 모습을 보자면 그렇게 짐작이 되었다.

그나저나 대체 셀레나는 왜 저 신족과 적대적인 관계가 된 것인지, 그리고 그녀는 왜 신계에서 추방당하고 힘을 잃어버렸는지 이해가 가지 않는다. 셀레나가 혹시 창조신의 자리를 넘보고 반란을 일으켜서 신계에서 추방되었던 것은 아닐까? 그렇지 않으면… 으음……

셀레나는 원래 창조신이란 작자의 부인이었는데, 다른 신족이란 존재와 바람을 피다가 남편의 노여움을 받아 추방되었던 것일까?

나의 망상은 그렇듯 황당한 방향까지 꼬리를 물고 이어졌다.

어쨌든 나의 동료들은 아사드가 신족인지 몰라서 그런지 용기있게 각자의 공격법으로 아사드에게 달려들었으나, 그들은 아사드의 한번의 눈짓으로 저만치 꼴사납게 나가떨어졌다.

"우아앗!"

"에구구!"

어떻게 보면 한심해 보일 정도로 무력한 모습들이었다.

나는 나를 위해 애써주는 동료들을 생각해서 저들을 구경하고 있지만은 않았다. 동료들이 아사드를 공격하고 있는 동안 나는 가장 짧은 캐스팅 시간으로 최대의 공격력을 낼 수 있는 파이어 볼 스펠을 재빨리 캐스팅했다. 그리고는 내가 봐도 멋지고 힘있는 목소리로 마법 시동어를 폼나게 외쳤다.

"파이어 볼!"

왠지 뿌듯한 순간이다. 내가 이렇듯 실전에서 민첩하게 공격 마법 스펠을 캐스팅하고 있다니!

내가 시동어를 외친 순간, 내 주위에서 마나의 기운들이 결집되고 변형을 일으키더니 이내 한 개의 파이어 볼이 형성되었다. 그것은 야구공만한 크기인 구형의 불덩어리였다. 아아, 야구공만한 크기라니! 뭔가 한심하게 보이는 파이어 볼이었다. 그래도 나의 마법력 정도면 적어도 배구공보다 약간 작은 크기의 파이어 볼이 나올 줄 알았는데…

그러다 나는 빙계에만 소질을 보였을 뿐 화염계에는 그다지 출중하지 못했었다는 사실을 그제야 떠올렸다.

아! 예전에 파이어 링의 실패로 인해 새카만둥이가 되어 연회에서 쪽팔림을 당했었던 악몽이 떠오른다. 그럼, 나는 탁구공만한 크기의 파이어 볼이 나오지 않음을 다행으로 생각해야 하는 걸까?

"와!"

저만치에서 나자빠져 있는 나의 동료들은 내가 마법사라는 사실이 무척 놀라운 모양이었다. 그들의 탄성에는 약간의 존경심마저 엿보였다. 그들은 마법적 지식이 전혀 없어서 이것이 한심한 파이어 볼이라는 것을 모르는 모양이다.

어쨌든 나의 파이어 볼은 아사드를 향해 힘차게 날아갔다. 거기까진 좋았는데… 아사드 바로 앞까지 날아간 나의 파이어 볼은 아사드에게 약간의 그슬림조차 입히지 못하고 그의 앞에서 가볍게 픽 하고 꺼져 버렸다.

"엥?"

에스라의 뭔가 의문을 담긴 음성이 들려왔다.

그나저나 이거 왠지 김빠지는 장면. 그래도 위력적인 화염 공격 마법인 파이어 볼이라는 이름을 가진 마법인데, 어찌 저렇듯 촛불 꺼지듯 가볍게 꺼져 버릴 수가 있는 것인지. 여기서 나의 스타일이 또 한 번 구겨진다.

아사드 역시 기가 막힌다는 듯한 표정을 하고 있었다. 차라리 비웃는 표정을 지으면 덜 비참할 것 같았다. 기분 나쁜 자식!

"셀레네스, 그것 역시 나를 속이기 위한 연기입니까? 이제 그만두시는 것이 어떻습니까?"

저 녀석도 정말 어지간하다. 끝까지 나를 셀레네스로 믿고 의심치 않으니… 정말 내가 신족이고 셀레네스라면, 나는 권능인 신력을 잃어버렸어도 이렇듯 한심한 능력을 보이지는 않을 것이다.

'아! 빙계 계열의 마법을 보자면 그리 한심한 것도 아닌데……'

나는 애써 스스로를 위안하며 또 다른 공격 마법을 캐스팅할 준비를 했다. 이번에는 콜드 레이(Cold Ray)이다. 이것은 제대로 발현될 것이 분명했지만 스펠 캐스팅 시간을 아사드가 기다려 줄지 의문이었다.

"라비스! 너 말할 수 있는 거야?"

그때, 내 근처에 서 있던 레니가 나에게 그렇게 질문을 했다. 긴박한 상황에서 그녀는 저런 질문을 할 정도로 내가 말할 수 있는 여부가 중요했던 것일까? 내가 그녀의 질문에 답하기도 전에 아사드가 나에게 외쳤다.

"셀레네스! 이제 그만 본모습을 드러내십시오!"

"이봐요! 난 셀레네스가 아니라니깐요! 대체 왜 내 말을 믿지 못하고 무조건 적대적인 모습을 보이는 거예요? 나는 셀레나와 닮았긴 했지만 셀레나가 아니라 그녀의 딸일 뿐이에요! 난 당신을 처음 본다구요!"

"훗, 과연 그럴까요? 지금 당신에게 말 걸었던 소녀… 당신의 친구겠지요? 그럼, 저 소녀를 한번 구해보시죠! 당신의 힘을 드러내어 나의 공격을 막아 저 소녀를 구해보란 말입니다!"

"앗! 그게 무슨 소리죠? 레니는 내 친구가 아녜요!"

나는 재빨리 그에게 그렇게 외쳤건만 그는 내가 레니를 보호하기 위해 거짓말을 하는 것이라고 짐작했는지 의미를 알 수 없는 미소만 지어 보일 뿐이었다. 그리고 곧 그에게서 뭔가 빛이 번쩍 하더니 섬뜩할 정도로 날카롭게 느껴지는 빛줄기가 레니에게 쏘아져 들어갔다.

레니의 눈이 휘둥그레지는 순간이었다.

"아!"

저것은 공격성을 담은 신성력이었다. 겉보기로 보아 한 대 맞으면 그대로 황천행할 것만 같은 위력적인 신성 공격이었다. 역시 신족이라 그런지 신의 힘을 빌려 신성력을 행하는 성직자들과는 차이가 있어 보였다.

내가 저 신력을 막기 위해 실드 스펠을 캐스팅하자면 시간이 턱없이 부족할 텐데… 비록 얄밉지만 나로 인해서 레니가 희생되려는 순간이었다. 그것도 황당한 이유와 오해로 인해서 말이다.

아아, 이럴 땐 어떻게 해야만 하는지…….

'아! 하느님, 부처님, 저 좀 도와주세요. 황당하고 다급하고 위험한 이 위기를 저는 어떻게 넘겨야 할까요?'

나를 셀레나라고 믿고 있는 저 아사드라는 남자가 나를 도발하기 위해 레니를 공격하고 있는 이 시점에, 나는 절망스러울 때면 신들을 죄다 찾는 버릇대로 마음속으로 울부짖고 있었다. 하지만 나에겐 방법이 없었다.

나의 곁에는 나를 도울 만한 인물은 아무도 없었기 때문이다. 정말 기적처럼 이 위급한 상황에 하느님이나 부처님이 짜안~ 하고 나타나 나를 도와줄 리는 만무했기 때문에 나는 한 가지 선택을 해야만 했다.

레니를 구할 것인지, 아니면 이대로 모른 척을 해서 그녀를 나로 인해 황당한 죽음의 길로 인도할 것인지의 선택 중 말이다.

나는 결국 한 가지 선택을 했다.

레니의 바로 곁에 있었던 나는 조금 몸을 움직였다. 이것은 역시 짧은 순간 동안 내가 선택을 내리고 취한 행동이었다. 어쨌든 내가 그렇게 몸을 살짝 옆으로 움직이자 아사드의 신성 공격에 노출되어 있던 레니는 나의 육체에 의해 거의 가려졌다. 그리고 대신 내가 아사드의 공격에 노출되게 되었다.

레니와 아사드의 눈이 휘둥그레지는 순간이었다.

만약 이대로 죽게 되면 나는 더 이상 미카엔의 얼굴을 볼 수 없게 될 텐데… 저번에 보았던 낯선 모습의 미카엔이 나에게는 마지막이 되는 것이다. 그가 만약 이 사실을 알게 된다면 아마도 이런 나를 어리석다고 할 것이다.

나의 앞에서 에메랄드 빛깔의 눈부신 섬광이 번쩍 했다.

찰나와 같은 순간이었지만 나는 그렇게 미카엔의 얼굴을 떠올렸다.

역시 나는 바보인 모양이다. 하지만 나는 두려웠다. 누군가가 나로 인해서 불행해지는 것이.

누군가의 불행은 나의 불행을 낳는다.

내가 행복해지기 위해 누군가를 불행으로 몰아넣는 것은 나의 불행을 부추기는 행동이다. 나를 삼켜 버릴 것 같은 신성 공격이 바로 코앞에서 느껴졌다. 그것이 가까이 다가온 것만 해도 나의 육체는 고통을 느꼈다.

"까아악!"

나는 찢어지는 듯한 비명을 질렀다.

나의 비명은 고통으로 인한 것이 아니었다. 또다시 찾아올 죽음의 두려움에 대한 비명이었다. 한번 안식을 맛보았었던 나는 죽음이라는 것이 무엇인지 잘 알고 있었다. 그런데 그때!

파앗―

아무튼 나의 앞에서 당도한 에메랄드 빛의 신성 공격은 번쩍 하며 수십 개의 갈래로 갈라져 사방으로 퍼져 나가 버렸다. 다시 말해, 그 공격은 나의 앞에서 순식간에 사방으로 흩어져 버린 것이다.

몸이 부들부들 떨려왔다. 커다래진 눈으로 나를 바라보고 있는 이들의 모습이 눈에 들어왔다.

저벅저벅.

아사드가 나에게 성큼 다가왔다. 그의 얼굴은 혼란스러움이 가득했다.

"아마도 내가 잘못 본 걸까요?"

"……"

"당신은 끝까지 능력을 드러내지 않는군요. 아무리 셀레네스라고 해도 방어없이 제 공격을 받는 것은 죽음뿐이었을 텐데."

"……."

"결국 당신은 셀레네스가 아닌 것일까? 아니면… 훗."

그는 왠지 허탈한 기색이 도는 웃음을 흘렸다. 그런 그를 보며 나는 다리가 풀려 바닥에 털썩 주저앉았다. 그에게 답변하고 따질 힘도 남아 있지 않았다. 다만 죽음을 피해간 것에 대한 안도감만 남아 있을 뿐이었다.

"오늘은 이대로 돌아가겠습니다. 하지만 당신이 셀레네스라는 것이 확신이 될 때에 나는 다시 찾아올 겁니다. 아! 그리고 이건 돌려드리겠습니다."

그는 그렇게 말하고는 나에게 실버 반지를 내주었다. 나는 얼결에 그것을 받아 들었고, 아사드는 자신의 볼일이 다 끝났다는 듯 몸을 돌려 어디론가 발걸음을 옮겼다. 미안하다는 말도 없이 사라지는 그였다.

아까 그의 공격이 나의 앞에서 흩어졌던 것은 아마도, 아사드가 자신의 공격을 재빨리 소멸시켰기 때문인 것 같다. 내가 셀레네스라는 것이 확실치 않아 공격을 회수했던 것일까? 신족들이란 아무 상관도 없는 존재에게 실수로 영향을 주는 행동은 하지 않는 모양이다. 여하튼 나는 그렇게 생각되었다. 그리고…

아! 정말 셀레나 때문에 겪는 수난이 한두 가지가 아니었다. 이 세계에 와서 육체가 바뀐 것을 시작으로 해서… 그 후로도 그녀는 나를 이렇듯 괴롭게 하고 있는 것이다. 지금은 하마터면 죽을 뻔하지 않았던가!

꿈에 나타났던 그녀에게 따뜻함을 느끼곤 했던 나였는데, 이제는 다시 그녀에게 원망의 감정이 싹튼다.

아사드가 사라지고 나자 일행들은 나에게 몰려들었다.

"괜찮으세요, 라비스님?"

"네."

나는 아네샤와 에스라의 부축을 받으며 몸을 일으켰다. 물론 실버 반지는 나의 손가락에 끼우는 것을 잊지 않은 채 말이다. 이젠 내 물건은 내가 잘 챙겨야겠다.

"왜!"

"……?"

"왜 아까 막으셨던 거야?"

멍하니 있던 레니는 겨우 정신을 차렸는지 나에게 따지듯 외쳤다. 설마 자신을 왜 구했냐고 따지는 것은 아닐 테지? 나는 그녀에게 미소를 지어 보였다. 나의 미소가 상대방의 마음을 일단 누그러뜨리는 데에 탁월한 효과가 있다는 것을 나는 잘 알고 있었다.

이것을 일명 미소 어택(Smile Attack)이라 하지 아마? 적을 나의 아군으로 만드는 무서운 마력(?) 공격.

아무튼 나는 미소를 지으며 입을 열었다.

"내가 아까 너를 막으셨던 건 네가 아닌 나를 위해서였어. 어쩌면 아까 그 남자의 말대로 나는 셀레네스가 아니라는 것을 증명하기 위한 무의식에서 작용한 행동일지도 모르지. 나는 셀레네스가 아니라 라비스 크로시벨이니까."

"넌… 넌……?"

다시 바뀐 나의 황금빛 머리칼과 눈동자로 인해 알아차렸을 그녀를 보며 나는 빙그레 웃어 보였다.

"그래. 라비스 크로시벨이 누구인지 이젠 감이 잡히겠지?"

그러자 여신관들을 비롯한 루이안트는 갑자기 나의 앞에 무릎을 꿇더니 고개를 조아렸다. 레니 역시 덜덜 떠는 모습으로 나의 앞에 무릎을 꿇어 보였다. 이런 일행들의 모습에 나는 당황한 모습을 보였다.

"절… 죽여주세요. 흑! 왕비 전하!"

레니가 나에게 울먹이는 목소리로 외쳤다. 그리고 루이안트는…

"아! 왕비 전하, 제가 우매해서 전하를 미처 알아보지 못했었습니다. 용서하십시오! 그리고 만나뵙게 되어 영광입니다. 저의 누님이 왕비 전하를 닮은 모습으로 변했었던 것은 신의 뜻이라 생각됩니다. 저를 받아주십시오! 왕비 전하, 전하를 뵙고 모시기 위해 모든 것을 버린 저를 부디 받아주십시오!"

아아, 점점 더 당황스러운 나였다.

아네샤와 에스라 역시 고개를 조아린 채 앞서 말한 이들의 말과 비슷한 내용의 말을 하려 하고 있었다. 그런 그녀들의 모습에 나는 얼른 입을 열었다.

"이제 그만들 하세요. 여러분들은 저에게 무례를 한 것이 없어요. 전 오히려 여러분들의 스스럼없는 행동이 좋았답니다. 그리고 레니."

레니는 자신의 이름이 호명되자 흠칫했다.

"예, 왕비 전하."

"방금 너는 이렇게 말했지? 죽여달라고."

그러자 레니의 안색이 창백해졌다. 그녀의 눈에서 눈물이 그렁그렁 맺히기 시작했다. 그녀는 나에게 눈물 작전을 쓰는 것인가? 하지만 그녀의 입에서 나온 말은 뜻밖이었다.

"네, 죽여주세요. 어차피 왕비 전하는 저의 우상이시니까요. 전하의 손에 죽는 것은 제 영광입니다. 흑! 전하이신 줄도 모르고 전하를 괴롭게 했던 제가 어리석게 느껴져 괴롭습니다. 희망없고 비참한 제 인생에서 왕비 전하는 귀족들 중에 유일하게 동경하는 분이었어요. 당당하고 강한 모습으로 여자임에도 불구하고 단숨에 전쟁을 승리로 이끄셨던 전하의 모습을 동경하고 저의 희망으로 삼았었는데… 흑! 저는 전하가 돌아가신 줄로만 알았어요. 그래서 더 이상 희망을 가지고 있지 않았는데… 그토록 만나뵙고 싶어했던 전하가 제 앞에 계신 분인지도 모르고 그런… 흑흑!"

아! 정말 마음 약해진다. 레니의 의외의 모습에 나까지 눈물이 그렁그렁해지는 것 같다.

"난 너의 나라 자이라스를 무너뜨린 장본인이야, 레니."

"훌쩍. 전하, 저는 자이라스가 무너졌다고 생각하지 않습니다. 다만 주인이 바뀌었을 뿐이지요. 원래 자이라스는 인페르디아 속국이었지요. 그러다 마법 도적단이라는 존재에 의해 자이라스 왕실은 주인이 바뀌었어요. 하지만 그들은 강압적이었어요. 게다가 흑마녀들이 무척 활개를 쳤지요. 전 자이라스를 증오합니다. 물론 그건 애증(愛憎)이에요. 전 자이라스에서 태어났으니까요. 전 왕비 전하께서 자이라스에 희망과 변혁을 가져다 주신 거라고 믿어요. 비록 로히얀스의 손길 아래 있지만, 자이라스의 가난한 백성들은 오히려 이제는 잘살 수 있겠구나 생각하고 있거든요."

그녀의 말에 나는 잠시 침묵을 지켰다. 그러자 일행들 역시 침묵을 지키며 나와 레니를 바라보았다.

잠시 후 나는 무겁게 입을 열었다.

"그래, 레니. 난 한번 더 너를 믿어볼 거야. 네가 나를 동경하고 있다고 해서가 아니야. 그냥 너를 다시 한 번 믿어보고 싶어. 레니, 누군가에게 믿음을 주는 것이란 결코 어리석은 것이 아니야. 처음에 난 너와 친구가 될 수 있어서 정말 기뻤어. 내가 느꼈던 그 기쁨을 너 역시 느꼈으면 좋겠다. 배신이라는 거, 언젠가는 사람을 멍들게 해. 배신을 받은 사람, 준 사람 양쪽 다에게 말이야."

내가 그렇게 조용히 말을 마치자 레니는 울음을 터뜨렸다. 감정이 심하게 복받쳐 흐끅거리는 소리를 내었다. 나는 그런 그녀에게서 눈을 돌려 루이안트를 바라보았다.

"루이안트, 그대를 받아들이겠어요. 저와 같이 왕성으로 돌아가도록 하지요. 그대의 누님은 아마도 나의 대리자였던 것 같아요. 대리자가 무엇을 뜻하는 것인지… 어떤 인연과 운명으로 연결된 것인지 나 역시 잘 모르겠지만 나는 그대를 꼭 받아들여야 할 것만 같군요."

그러자 루이안트는 나에게 가까이 다가와 무릎을 꿇고 나의 손등에 입을 맞추었다. 그리고는 맹세의 말을 했다. 왠지 기사가 하는 맹세의 말같이 느껴졌다.

"저를 받아주셔서 감사합니다. 루이안트 아스칼리테는 지금 이 순간부터 왕비 전하이신 라비스 크로시벨님께 목숨을 바쳐 충성할 것을 자애와 정령의 여신 셀레네스, 혹은 미의 여신이기도 한 크리시아나께 맹세합니다."

이것으로 나는 왕비로서의 첫발을 내디딘 것일까? 나는 지금 이 순간이 행복하게 느껴졌다.

누군가의 진실된 마음을 받는다는 것!

그것은 정말 행복한 일이다.

훌륭한 왕비가 되기 위한 지침

훌륭한 왕비가 되기 위한 지침

어느덧 7월의 한 달도 기울어가기 시작하고 있었다. 여름의 계절도 이제 중턱에 이른 셈인 것이다.

나와 내 일행들은 이제 로히얀스의 수도 로히아나를 지나고 있었다. 조금은 허름한 평민들의 주택가를 마차로 지나 상권이 형성된 번화가로 진입하게 되자 제법 깔끔한 차림을 한 사람들이 북적였다.

가끔 지나는 길에는 귀족의 레이디나 귀부인들을 위한 의상 샵 같은 뷰티샵도 눈에 띄었다. 또한 화려한 보석 가게들과 고급 레스토랑들도 경쟁하듯 즐비하게 서 있었다.

이곳은 귀족들을 위한 거리인 듯했다. 평민들이 즐겨 찾는 뒷골목이나 허름하고 잡다한 거리와는 확실히 품격이 달라 보였다. 같은 도시 안에 있는 거리의 모습이 이렇듯 다르다니… 왠지 아쉬운 생각이 들었다.

로히얀스는 귀족들을 위한 거리와 서민들을 위한 거리가 따로 분리

되어 있는 모양이다. 그렇다면 이 화려하고 고풍스런 모습의 거리를 지나는 대부분의 사람은 귀족들일 듯싶다.

"와아~ 정말 멋진 거리예요, 전하! 역시 로히얀스예요."

레니가 눈을 반짝이며 호들갑을 떨고 있었다. 그녀는 매우 들떠 있었다. 내가 짐작하건대 그녀의 머리 속은 지금쯤 장밋빛으로 물들어 있을 듯하다. 나는 그녀를 시녀로 삼겠다고 말했었는데 그 후로 레니는 계속 저렇게 들떠 있는 것이다.

하긴, 왕비 측근 시녀가 된다면 웬만한 귀부인보다 더 영향력이 생기는 것이고 화려한 왕성 생활을 할 수 있는 것인데 기분이 좋지 않고 배기겠는가?

그렇게 번화한 거리들을 지나 우리가 탄 마차는 왕성의 입구까지 도착했다. 위엄있는 로히얀스 왕성의 모습을 다시 보게 되자 무척 설레고 긴장되었다. 아마 미카엔의 모습도 곧 다시 보게 될 것이다. 그가 나의 모습을 보고 놀랄 생각을 하니 웃음이 새어 나왔다.

그러다 나는 루이안트를 돌아보았다. 그 역시 긴장이 되는지 얼굴 근육이 빳빳이 굳어 있었다. 그런 그의 모습에 나는 살짝 미소를 지어 보였다. 그런데 그때.

"멈추시오!"

왕성의 입구를 지키는 경비병들이 우리가 탄 마차를 제지하였다. 우리는 왕성에 출입할 수 있는 신분이 확인되지 않았기 때문에 저지당한 것이다. 나는 마차의 창으로 얼굴을 내밀어 밖의 상황을 살폈다.

그러자 마차를 몰던 로히얀스의 시골 출신 마부가 경비병들에게 굽실거리며 허락받지 못한 평민은 왕성에 출입할 수 없다는 것을 몰랐다며 사죄하고 있는 것이 눈에 들어왔다.

으음… 아마도 내가 나서야 할 것 같다. 하지만 내가 미처 나서기도 전에 누군가가 당당히 경비병들 앞에 섰다. 그는 나의 충실한 기사(?)가 된 루이안트 아스칼리테였다.

"문을 열어라! 감히 누구의 앞을 막는 것이냐?!"

역시 귀족 출신이라 그런지 그의 목소리에는 위엄이 있었다. 그의 그런 당당한 모습에 경비병들은 잠시 움찔하는 모습을 보였으나, 루이안트와 우리가 타고 있던 마차의 행색을 보고는 다시 의기양양해져 비웃음을 흘리며 입을 열었다.

"거참, 황당한 녀석이군. 우리가 누구의 앞을 막고 있는데?"

"저 마차 안에 계시는 분은 로히얀스의 위대하신 왕……."

"루이안트, 그만두세요."

루이안트가 거기까지 말했을 때였다. 나를 소개하는 루이안트의 거창한 서두에 부담감을 느끼며 그의 말을 잘랐다. 굳이 여기서 왕비라고 신분을 밝히고 싶진 않았다. 어차피 나는 여기서 죽은 걸로 되어 있는 데다가 저들은 나의 얼굴을 모를 테니 말이다.

나는 우아한 몸짓으로 마차에서 내렸다. 그리고는 경비병들을 향해 저 하늘에 떠 있는 태양만큼이나 눈부신 미소를 지어 보였다. 저들의 입과 눈이 크게 벌어지는 순간이었다.

허름한 마차 안에서 참으로 고귀하게 느껴지는, 하강한 천녀나 신녀와 같은 초절정 미소녀가 나올 줄은 몰랐던 모양이다. 하하, 내가 너무 우아한 척을 했나?

"저희들이 지나갈 수 있도록 왕성의 문을 여세요."

"네, 그러죠. 헤헤… 아, 이게 아니지. 이곳은 아무나 들어가실 수는 없습니다."

경비병들 중 하나가 헤벌쭉해져서 나의 당당한 요구에 얼떨결에 답하다가 로히얀스의 왕성을 지키는 자답게 재빨리 정신을 수습하고는 그렇게 외쳤다.

"그럼… 이 표식이 있으면 들어갈 수 있나요?"

나는 한쪽 손목을 내밀어 그에게 보여주었다. 얼마 전 미카엔이 나에게 직접 남겨주었던 표식이었다. 이것이 있으면 왕성 안에 있는 자들이 나를 무사히 안으로 들여보내 줄 것이라 그가 말했었다.

"앗! 이건……!"

표식을 본 경비병은 놀라며 외쳤다. 아마도 미카엔은 이 표식을 가지고 있는 소녀가 있으면 안으로 들여보내라고 모든 이들에게 명령을 내렸을 것이 분명했다. 그가 남겨준 기이한 문양의 표식을 이렇게 써먹게 될 줄은 몰랐는데.

미카엔이 나에게 이것을 남겨줄 당시에는 그저 모습만 바뀌면 나는 무난히 왕성 안으로 출입할 수 있을 거라 생각했던 것이다. 이 표식이 있어서 나는 다행이라는 생각이 들었다.

아무튼 경비병은 당황한 기색을 감추지 못하며 나에게 굽실거리기 시작했다.

"아이고! 귀하신 분이었군요. 몰라뵈었습니다. 어서 들어가십시오, 여신관님. 제가 연락하여 중앙 궁성의 귀빈 응접실에 여신관님을 모시도록 조치를 취하겠습니다."

"고마워요. 그럼."

그의 배려에 나는 감사의 말을 하고 다시 마차에 올라탔다. 그러자 마차 안에 있던 일행들은 지금의 상황에 대해 의아한 표정들을 지어 보였다.

"어떻게 된 거예요, 전하?"

"별거 아냐. 그저 예전에 폐하께서 직접 주신 출입증을 제시했을 뿐이야."

레니의 질문에 나는 가벼운 어조로 답했다. 그러다 나는 한 가지 장난기가 발동하는 것을 느꼈다. 이 기회에 미카엔을 한번 놀려주는 것이다.

결국 나는 아네샤에게서 여신관들이 성스런 예식에 참여하거나 할 때 쓰이거나 긴 여행길에서 뜨거운 햇빛 같은 것을 가리는 데 쓰이는 천을 빌려 그것으로 나의 긴 머리칼과 얼굴을 가렸다.

나중에 내가 라비스라는 것을 알게 된다면 미카엔은 얼마나 놀랄까? 그의 표정이 정말 기대가 된다.

나는 일행들에게 내가 왕비임을 잠시 동안만 비밀로 하라고 일러두었다. 일행들은 나의 엉뚱한 요구에 의아해했지만 나는 그들에게 씨익 웃어 보일 뿐이었다.

아무튼 마차는 그렇게 한참을 달려 중앙 궁성의 앞에 당도했다. 중앙 궁성은 입구에서 꽤나 깊숙이 들어가기 때문에 꽤 멀었던 것이다. 나는 중앙 궁성의 시종에게 도움을 받아 마차에서 내렸다. 그들은 벌써 경비병의 연락을 받은 모양이다.

하긴, 이곳 왕성에서는 다양한 마법 시스템 같은 것이 있으니 금세 연락이 가능할 것이다. 마차에서 내린 나는 바로 앞에 위엄있게 자리 잡은 중앙 궁성의 모습을 잠시 멍한 얼굴로 바라보았다.

이곳이 위대한 로히얀스의 국왕이자 내가 보고 싶어했던 미카엔이 있는 곳이다. 이곳에서 나는 비서관으로서 그를 보필했고 왕실 부수석 마법사로서 마법사들을 이끌었었다.

내가 이곳에 다시 온 것이다. 많은 일이 있었던 방황을 마치고 그의 옆에서 이곳 로히얀스를 바라보기 위해.

왠지 감정이 북받치고 기묘해진다. 그리고 가슴이 뛴다. 잠시 흩어졌던 것이 모두 제자리로 돌아가는 순간이 온 듯했다. 나는 내가 있어야 할 곳에 다시 돌아온 것이고 나의 운명은 다시 제자리를 찾아 원래 흘러가던 한 방향으로 흘러가기 시작한 것이다.

그렇게 혼자 감동에 휩싸인 나는 코끝이 찡해지는 것을 느끼며 시종의 재촉에 의해 중앙 궁성 안으로 발을 들여놓았다.

"까아! 여기가 정말 왕성이야? 에스라님, 여기 정말 멋지지 않아요?"

"쉿! 레니, 조용해! 저 시녀가 너를 째려보고 있잖아."

우리는 화려한 중앙 궁성의 홀을 지나 3층에 있는 귀빈실로 가게 되었는데 3층부터는 어떤 시녀의 안내를 받게 되었다. 그녀는 호들갑스런 나의 일행이 거슬리는지 무척이나 인상이 험악해져 있었다.

그녀는 중앙 궁성의 상급 시녀 직분을 나타내는 시녀복을 입고 있었는데 그 태도가 꽤나 오만해 보이는 중년 여성이었다.

그녀의 안내를 받아 그렇게 복도를 지나다가 나는 문득 예전 일이 떠올랐다. 후원을 볼 수 있는 복도에서 창문으로 미카엔의 검술 대련 모습을 지켜보았던 일이.

나는 시녀를 따라가다 말고 이 복도가 그때의 그 장소라는 것을 상기하고는 창을 내다보았다. 그러자 거짓말처럼 후원의 적당한 장소에서 미카엔이 그의 나이 든 스승과 검술 대련을 펼치는 것이 눈에 들어왔다.

챙! 챙!

이렇게 쉽게 그의 모습을 볼 수 있게 될 줄은 몰랐다. 이상하게도 심장 박동이 아까보다 더 빨라지는 것이 느껴졌다. 설마 나의 심장이 미카엔의 모습을 보고 반응하는 것은 아니겠지.

나는 다시 보게 된 미카엔의 모습에 기이한 감동을 느끼며 잠시 그의 모습을 바라보았다. 그렇게 그의 모습을 바라보며 기쁨의 순간을 홀로 누렸다.

내가 시녀를 따라가다 말고 한눈을 파는 것을 일행은 미처 눈치 못 챘는지 계속 시녀를 따라가며 멋진 궁성의 내부에 감탄을 했다. 훗… 그들은 왕성은 처음이니 그렇게 정신이 팔릴 수도 있을 것이다.

아무튼 고조된 나의 감정이 조금은 평정을 되찾아가자 나는 주머니를 뒤져 동전 하나를 꺼냈다. 화폐 단위가 가장 낮은 조그만 동전이었다. 무게도 가벼운 것이 현실 세계에서 쓰였던 50원짜리 동전과 비슷했다.

나는 짓궂은 미소를 살며시 머금고는 창으로 얼굴을 조금 내밀었다. 그리고 신중하게 목표(?)를 조준하여 가볍게 던졌다. 나의 동전은 우아한 포물선을 그리며 검술 대련에 열중하고 있는 미카엔을 향해 주저없이 날았다.

나의 동전은 자신이 부딪치게 될 존재가 한 나라의 국왕이자 드래곤의 아들이라는 것에 아무런 거리낌이 없는 모양이다.

"아얏!"

동전은 자신의 목표 지점에 가서 정확히 떨어졌는지 문득 미카엔이 짧은 외침 소리를 내었다. 그의 외침 소리가 의외로 조금 귀엽게(?) 들려온다. 이에 나는 잽싸게 숨었고 킥킥댔다. 나의 조준 실력에 매우 흐뭇해하며 말이다.

그렇게 내가 던진 동전으로 인한 파장은 미카엔의 짧은 외침으로 그치지 않았다. 미카엔은 떨어진 동전의 소재지를 파악하려는지 내가 내다보던 창문 쪽으로 눈길을 주었고 이에 그의 스승은 미카엔의 빈틈을 놓치지 않고 공격을 가해왔던 것이다.

"폐하! 오늘은 집중력이 떨어지시는군요."

"앗! 리프먼 경, 그대의 기사답지 못한 태도는 여전하군!"

"폐하, 이번엔 무엇에 한눈을 파셨습니까? 폐하의 상념을 어지럽힐 수 있는 존재는 딱 하나지 않습니까? 하하."

"물론 그렇지! 그런데 방금 뭔가 기이한 느낌이 들었는데?"

"오, 이런! 혹시 방금 떨어진 동전에게서 무슨 전율이라도 느끼셨습니까? 아니면 조그만 동전으로 폐하께 감히 장난을 칠 수 있는 존재를 그새 하나 만드신 겁니까?"

"으음… 리프먼 경, 그만 하시오. 어쨌든 확인은 해야겠군. 저곳에 숨은 고양이가 누군지."

미카엔은 그렇게 말하며 그의 장검을 거두고 내가 있는 곳을 향해 시선을 주었다. 그리고 천천히 몸을 움직여 떨어진 동전을 주웠다. 나는 눈만 내밀어 그 모습들을 보고는 일단 몸을 피해야겠다고 생각했다.

이쯤에서 그를 놀려줄 기회를 접고 싶지 않았다. 그래서 몸을 돌려 달리기 위해 도움닫기를 하려는 순간 누군가가 나의 팔목을 세게 움켜잡았다.

'에구!'

그새 미카엔은 단거리 공간 이동을 하여 내 앞에 나타나 나의 팔목을 잡은 모양이었다. 아, 놀라라~ 나는 천을 최대한 뒤집어쓴 모습으로 얼굴이 드러나지 않게 애쓰면서 그를 힐끔 보았다.

미카엔은 잡은 나의 팔목에 새겨진 표식을 보고 있었다. 나의 손에 새겨진 그 표식은 미카엔이 그것을 확인한 순간 잠시 빛을 내더니 이

내 사라져 버렸다. 표식을 새긴 시전자를 만났기 때문이다.

　그러다 그가 고개를 드는 것을 보고 나는 얼른 다시 고개를 숙이고 눈을 내리깔았다. 왠지 긴장되는 순간이다.

　"아! 그때의 여신관님이시군요."

　미카엔은 그렇게 아는 척을 했다. 그런 그의 말에 나는 그가 나를 못 알아봤다는 서운함에 앞서… 이야~ 미카엔을 속였다! 하며 내심 기뻐했다.

　아아, 상황에 따라서는 내가 이렇게까지 단순하게 변하는구나 하는 생각이 드는 순간이었다. 하지만 기쁜 내색은 하지 않고 그의 말에 살며시 고개를 끄덕여 보였다. 자꾸 웃음이 나오려 했지만 나는 애써 눌러 참았다.

　"동전은 돌려드리지요."

　그는 그렇게 말하며 잡고 있던 나의 손에 동전을 쥐어주었다. 그러면서 나의 손을 잡고는 나에게 눈길을 주었다. 동전을 돌려주었으면 손을 놓아줄 것이지 놓지 않고 계속 붙들고 있는 것은 대체 무엇인지.

　미카엔이 나를 직시하는 것이 느껴졌다. 그가 왜 나를 그렇게 뚫어져라 바라보는지 모르겠다. 긴장되게 말이다.

　미카엔은 계속 나의 손을 놓아주지 않고 감싸 쥐고 있다가 문득 그 힘을 더 가해 나의 손을 꼭 쥐었다. 왠지 그의 손에서 미세한 떨림마저도 느껴지는 듯했다. 그의 그런 행동에 나는 의문이 들었지만 고개를 들어 그의 얼굴… 그의 은보랏빛 눈동자를 바라볼 수가 없었다.

　이러니 지금 그가 무슨 표정을 짓고 있는지 알 수가 없어 답답했다. 그의 표정을 확인하고 싶지만 지금은 그럴 수가 없는 것이다. 내가 고개를 들어 나의 황금빛 눈동자로 그를 바라본다면, 그는 내가 라비스라는 것을 알아볼 수 있게 될 것이다.

나는 얼굴이 드러나지 않도록 애쓰며 고개를 최대한 숙였다. 이러니까 그가 손을 붙잡아서 부끄러워하는 조신한 모습이 되는 것 같아 심히 민망했다.

"나에게 얼굴을 보여주시겠습니까?"

'핫! 얼굴을 보여달라니? 설마 들킨 걸까?'

나는 그렇게 생각하며 망설이다 고개를 가로저었다. 나는 어차피 병어리 여신관이었으니 말소리를 낼 필요는 없을 것이다.

아무튼 그의 요구에 내가 거절을 하자 미카엔은 잠시 침묵을 지켰다. 뭔가 그는 자신의 감정을 다스리고 있는 것 같았다. 으, 정말 내가 들킨 것인지 들키지 않은 것인지 알 수가 있어야지. 얼굴을 들어 그의 표정을 볼 수도 없고.

그렇게 혼자 끙끙대고 있는데 곧 미카엔은 다시 입을 열었다.

"훗, 좋습니다. 저는 이만 가보아야 하겠군요. 곧 시녀가 와서 여신관님이 편히 쉴 침실로 안내해 드릴 겁니다. 이따 저녁때 다시 뵙지요, 아름다운 여신관님."

그는 그렇게 말하고는 나의 손에 가볍게 입맞춤을 하고 뒤를 돌아 어디론가 발걸음을 향했다. 그가 그렇게 사라지자 나는 안도의 한숨을 내쉬었다. 그러다 나는 고개를 갸웃거렸다.

왜 그가 나에게 저녁때 다시 보자고 그랬을까? 아마도 그는 나와 저녁 식사를 같이 하겠다는 의미로 말한 듯싶었다.

어쨌든 나는 미카엔의 얼굴을 다시 볼 수 있어서 어떤 식으로 재회를 했든 간에 기분이 좋았다. 그가 너무 반가웠고 그에게 나의 존재를 당장에 알려주고 싶었지만, 그를 놀릴 수 있는 다시없는 이 기회를 놓치지 않기 위해 그 마음을 눌러야 했다.

아무래도 나는 쓸모없는 일에 많은 열정을 소비하는 성격인 것 같다.

잠시 후, 한 시녀가 나에게 다가왔고 나는 그녀를 따라서 나에게 준비된 침실로 향했다.

"저어… 제 일행들을 다시 봤으면 하는데요. 전 일행과 같이 이곳에 왔거든요."

"여신관님의 일행들은 걱정 마세요. 그분들은 왕성 구경을 하며 따로 편하게 쉬시게 될 테니까요. 폐하께서 그렇게 지시하셨습니다."

"그래요?"

그사이 미카엔은 나의 일행들에 대한 보고를 받고 지시를 내린 모양이었다. 훗… 꽤 일 처리가 빠른 국왕이다. 나는 오랜 여행으로 인한 피곤이 몰려오는 것을 느끼며 시녀가 안내해 준 침실에서 목욕을 하고 몸을 쉬었다. 이렇게 깔끔한 방에서 몸을 쉬는 것은 정말 오랜만인 듯했다.

나는 기분이 좋아져서 침대에서 뒹굴거리는데, 시녀들이 나의 저녁 식사를 가져왔다. 어라? 그럼 아까 미카엔이 저녁때 보자고 했던 것은 같이 저녁을 먹자는 소리가 아니었던가?

나는 잠시 의아해졌지만 워낙 배가 고팠던지라 이내 하던 생각을 접고는 식사를 했다. 그리고는 미카엔을 어떤 방법으로 놀려주고 어떠한 극적인 방법으로 그에게 나의 정체를 밝힐까 하며 열심히 머리를 굴렸다.

최대한 극적인 효과를 내야 나의 노력이 빛(?)을 발할 텐데.

그가 놀랄 것을 생각하니 저절로 즐거워졌다. 그렇게 나름대로의 즐거운 저녁 시간을 보내고 오랜만에 침실에 꽂혀 있던 책을 꺼내어 독서를 하고 있는데…

똑똑!

침실 방문에서 노크 소리가 들려왔다. 이에 나는 얼른 천으로 다시 얼굴을 가리고는 들어오라고 대답했다. 그러자 국왕의 측근 시종이 조심스레 들어와 나에게 입을 열었다.

"로히얀스의 위대하신 국왕 폐하의 전언을 가지고 왔습니다. 국왕 폐하께서는 여신관님께 한 가지 제의를 하셨습니다."

"네? 무슨 제의를 하셨는데요?"

"폐하께서는 여신관님이 돌아가신 왕비 전하의 자리를 대신해 주시기를 원하십니다."

"네에? 그, 그 말은 즉… 폐하의 청혼인가요? 저한테요?"

"글쎄요. 저는 폐하의 말씀을 그대로 여신관님께 전할 뿐입니다. 그 외에는 다른 말씀이 없으셨습니다. 여신관님은 폐하의 전언에 대한 수락이나 거절의 의사만 밝혀주십시오. 폐하께 직접 말입니다."

폐하께 직접 제의에 대한 의사를 밝혀라……. 그것이 시종이 전해온 미카엔의 말이었다. 정말 황당하기 짝이 없는 일이었다. 죽음으로 인해 그와 헤어지게 되었다가 이렇듯 힘겹게 그에게 다시 돌아오게 되었는데, 그는 나를 다른 소녀로 오인하고 이렇게 청혼을 하고 있는 것이다.

왠지 실망스럽고 서운하기 그지없는 일이었다. 그가 죽었다고 생각하는 나를 잊는 것은 어쩌면 당연한 일일 수도 있겠지만 나의 존재가 너무도 쉽게 잊혀지고 마는 것 같아서 결국 나의 존재는 그것밖에 되지 않았구나 하는 생각이 든다.

그러다 새삼 서글퍼할 필요는 없다는 생각이 들었다. 어차피 나는 이곳 사람도 아니고 그의 진짜 운명의 상대도 아니었기 때문이다. 게

다가 나는…

'아! 내가 대체 무슨 생각을 하는 것인지?'

나는 스스로의 머리를 콩콩 때리며 고개를 좌우로 흔들어댔다. 그러다 시간이 조금 흘러 다시 또 다른 시종이 나의 침실을 찾았다.

"여신관님을 폐하의 개인 서재로 모시고 오시랍니다."

그 시종의 말에 나는 거절하고 싶었지만 국왕의 명을 거역할 수는 없는지라 일단 그를 따라나섰다. 이젠 그와의 재회에 대한 기대감 같은 것은 사라진 나였다.

아무튼 그 시종을 따라 미카엔의 개인 서재로 발걸음을 옮겼고 어느새 서재 앞에 도착하자 시종은 미카엔에게 나를 데리고 왔음을 알리고는 자신의 갈 길로 미련없이 사라졌다. 결국 나는 어색하게 서재 안으로 들어섰다.

서재 안으로 들어서자 몇 개의 마법 조명(Magic Lighting)으로 밝혀진 아늑한 실내에 벽면이 모두 두터운 책들로 꽉꽉 들어찬 모습이 눈에 들어왔다. 그런 서재의 중앙에는 탁자 앞에 놓여진 푹신한 의자에 앉아 편안한 실내복을 입은 모습으로 책을 읽고 있는 미카엔이 있었다.

그는 내가 서재 안으로 들어서자 읽고 있던 책을 덮고는 나를 바라보았다. 나는 그가 입을 열기를 기다리며 눈을 내리깔았다. 하지만 미카엔은 한참의 시간이 지나도록 말이 없었고 나는 식은땀을 흘리며 나에게 와서 머무는 그의 시선을 느껴야만 했다.

잠시 후, 미카엔은 나에게 낮은 목소리로 입을 열었다.

"그대는 내가 이곳의 국왕이라는 것을 알고 있었습니까?"

그의 질문에 나는 잠시 고민했다. 그러다 내가 미카엔이 여신관으로서 나를 처음 만났을 때 국왕이라는 신분을 밝히지 않음에도 불구하고 현재 내가 그의 신분에 대해 그다지 놀라워하지 않았다는 것을 상기하고는 고개를 끄덕여 보였다.

"그럼 나에게 예를 갖추시오."

그의 말에 나는 왠지 이마에 힘줄이 하나 솟는 것이 느껴졌지만 일단 그의 앞에 말없이 무릎을 꿇어 보였다. 미카엔은 나의 모습을 잠시 지켜보더니 다시 입을 열었다.

"그대를 다시 보게 되기를 소망했습니다."

'무슨 소망씩이나… 결국 미카엔 녀석, 여신관을 꼬시기 위해 부른 셈이잖아?

나는 기분이 나빠지는 것을 느끼며 속으로 그렇게 중얼거리다가 지금 상황이 무척 아이러니하다는 생각이 들었다. 결국 나는 여신관으로서의 나에게 질투를 느끼고 있는 셈이었다.

스스로에게 질투를 느끼고 있는 내 자신의 모습. 왠지 내가 판 함정에 내가 스스로 빠져 버린 것 같다는 생각이 든다. 어쩌다 일이 이렇게 우습게 되었을까?

"처음 본 순간부터 나는 그대를 사랑해 왔기에……."

'하긴, 그럴 테지. 그랬으니 겨우 한 번 본 여신관에게 청혼을 하는 걸 테지. 나쁜 자식!'

"…이렇게 다시 보게 되는 것은 정말 불가능한 일이라고 생각했습니다. 그대의 이름을 수없이 되뇌이느라 목이 마르고 눈물이 마르고 영혼이 말라가는 나의 모습을 그대는 알고 있을지 모르겠군요, 라비스."

'헉! 한 번 본 여신관에게 그렇게 애절했단 말이야?! 바람둥이 자식! 아주 시를 쓰는군.'

그의 말 마지막 어구에 라비스라는 이름으로 인해 나는 잠시 흠칫했지만, 미카엔은 여신관의 이름 역시 라비스라는 걸 알고 있다는 것을 떠올리고는 속으로 땅이 꺼져라 한숨을 내쉬었다.

"나에게 가까이 오시오, 아름다운 라비스."

그렇게 미카엔이 한마디 할 때마다 뒤죽박죽 잡생각을 하던 나는 별생각 없이 그에게 가까이 다가갔다. 그러자 미카엔은 나의 손을 잡더니 부드럽게 입을 열었다.

"그대에게 보여줄 것이 있습니다."

그는 그렇게 말하고는 텔레포트 시동어를 나직하게 외쳤다. 그러자 나와 미카엔이 서 있던 공간은 순식간에 그 모습이 바뀌었다.

내가 서 있던 고급 융단이 깔려 있던 서재의 바닥은 왕성의 지붕으로 바뀌어 있었고 책이 가득 꽂혀 있던 서재의 벽은 한여름 밤의 반짝이는 별들로 가득한 밤하늘과 멀리 보이는 도시의 모습으로 바뀌었다.

미카엔은 나를 데리고 공간 이동을 한 것이다. 왕성의 가장 높은 지붕의 꼭대기로 말이다. 꽤 높은 곳이라 그런지 약간 거친 바람이 우리를 스쳐 지나갔다. 미카엔의 아름다운 은발이 저기 보이는 별들과 달빛처럼 은은한 은빛으로 반짝이며 휘날렸다.

아무튼 무척이나 높고 좁은 곳이라 나는 위태로움을 느끼며 이곳으로 나를 데리고 온 미카엔에게 속으로 무진장 투덜대었다. 바람이 센 곳에서 서 있으려니 균형 잡기가 상당히 힘들었기 때문이다.

미카엔은 그런 나를 아주 자연스레 감싸 안으며 나에게 어느 한 방향을 향해 손가락을 가리켜 보였다. 그가 가리킨 곳은 파묻힌 어둠 속에서 간간이 조그만 불빛들을 발하고 있는 도시의 모습이었다.

"저곳을 보시오, 라비스. 나의 제의를 받아들인다면 그대가 왕비의 눈으로 바라보게 될 로히얀스입니다. 여기서 보이는 것은 일부분에 지나지 않지만 보수적인 것과 자유분방함이 한데 어우러지고, 어두운 면과 화려하고 눈부신 면이 기이하게 공존하고 있는 로히얀스의 아름다움을 라비스는 나와 함께 바라보게 될 것입니다."

이제 그의 본론이 나온 듯싶었다.

"…나의 제의에 대한 답변을 이제 해주었으면 하는군요. 내가 사랑하는 라비스가 잠시 비우고 간 왕비의 자리를 여신관이 된 라비스, 그대가 다시 맡아주십시오."

이쯤 되자 나는 헷갈리기 시작했다. 여신관이 된 라비스가 다시 맡아달라니? 미카엔의 말은 계속 이어졌다.

"기적과도 같이 그대가 여전히 이 세상에 존재하며 숨을 쉬고 있듯이, 다시 나의 곁에서 이 로히얀스를 함께 바라보았으면 하는군요."

아아! 미카엔… 그는 나를 알아보았던 건가? 내가 라비스인지 알고 있었던 건가? 그가 한 제의는 나에게 한 청혼이 아니라 나에게 다시 왕비의 모습으로 함께 있어달라는 말인 모양이다.

나의 몸이 떨려왔다. 나는 눈을 들어 비로소 그의 은보랏빛 눈동자를 바라보았다. 지금 그의 눈동자 색은 한결 짙어진 빛이었다. 그리고 무척이나 흔들리고 있었다. 얼굴을 감추느라 보지 못했던 그의 눈빛을 처음으로 제대로 바라보는 순간이었다.

그는 나를 알아보지 못한 척 놀리고 있었음에도 불구하고 그의 눈빛에는 의외로 장난기 같은 것은 없었다. 오히려 그의 눈동자 안에는 많은 감정들이 짙은 빛으로 물결치고 있었다.

내가 황금빛 눈을 들어 그를 바라보자 미카엔은 부드러운 미소를 지어 보였다.

"이제야… 네 얼굴을 만져 보겠군, 라비스. 네가 언제쯤에야 네 황금빛 눈동자를 보여줄까 생각하고 있었어. 나를 바라보며 이렇게 거짓말 같이 숨을 쉬고 있는 너의 따뜻한 숨결을 확인하고 느끼고 싶었거든."

그렇게 미카엔은 손을 들어 나의 얼굴을 어루만지며 낯 뜨거운 발언을 하였다. 따뜻한 숨결을 확인하고 느낀다니… 역시나 숨결을 느끼는 방법(?)에는 그만의 방식이 있었다. 바로 키스라는 방법이.

그의 입술이 다가오자 나는 갑작스레 바뀐 상황에 기겁을 하며 그를 밀쳤다. 라비스가 된 후로 지금 내 상황이 어찌 되었든 무조건 밀치고 보는 것이 이제는 나의 슬픈 습관이 되어버린 듯했다.

"으악!"

결국 나는 균형을 잃고 몸이 기우뚱하게 되었는데… 흐음, 여자로서는 그다지 매력적이지 못한 비명을 지르고 말았다. 내가 이도현으로서 실수로 옥상에서 투신한 뒤로부터는 높은 곳에서 균형을 잃는 것을 끔찍이 두려워했기 때문이다.

미카엔은 얼른 팔을 뻗어 나의 허리를 감싸 안아 다시 자신에게로 끌어당겼고, 그 바람에 머리와 얼굴을 감싸고 있던 천은 저 아래로 펄럭이며 허무하게 날아가 버렸다. 그러자 나의 휘황찬란한 황금빛 머리칼은 완전히 그 모습을 드러내 허공에 나부끼며 매혹적인 빛을 발했다.

여신관이 아닌 라비스 크로시벨로서 미카엔과 완벽히 재회하는 순간이었다.

나는 맨 처음 미카엔과의 재회는 아주 감격적이고 놀라움으로 가득할 것이라 기대했다. 죽은 줄 알고 있던 부인(?)이 다시 멀쩡한 모습으로 살아 돌아온다면 그는 얼마나 놀라겠는가?

그것은 기적이라는 말밖에는 달리 설명할 길이 없을 것이다. 하긴, 기적이라는 표현이 맞긴 했다. 나는 여신의 대리자에게서 다시 한 번

삶의 기회를 받은 셈이기 때문이었다.

아무튼 그런 나의 기대대로 미카엔과 나의 재회는 무척 인상적이긴 했다. 그런데.

"하하하. 라비스, 넌 여전하군."

"으… 미카엔, 절 놀리시다니 너무하네요!"

"바보. 장난은 네가 먼저 시작했다, 라비스. 그리고 나를 완벽히 속이려면 네 손가락에 있는 그 반지나 빼고 하지 그랬어?"

"앗?!"

이마에 힘줄 세우고 외치던 나는 그제야 나의 계획이 어디서부터 틀어졌는지 깨닫고는 안색이 변하여 짧은 외침 소리를 내었다. 중요한 실버 반지에 대해 잊고 있었다니! 나는 그를 놀리려다 오히려 거꾸로 그에게 당한 셈이 된 것이다.

이렇게 허탈할 수가!

미카엔은 나의 손을 잡아 손가락에 끼어져 있는 실버 반지에 눈길을 주더니 몇 마디 의미를 알 수 없는 단어들을 중얼거렸다. 그러자 실버 반지에 조그맣게 새겨져 있던 마법 글자가 문득 빛을 내더니 이내 자취를 감추었다.

그는 봉인되어 있던 실버 반지의 빙계 기운을 푼 모양인 듯했다. 아무튼 이렇게 해서 그와의 재회는 확실히 인상적인 반면 나로서는 무척 당황스러운 재회가 되었다. 쳇~ 미카엔 녀석, 굉장히 즐거워하는 것 같다.

"아직도 네가 나의 품 안에서 이렇게 숨을 쉬고 있다는 것이 안 믿겨져. 라비스, 설마 이게 꿈은 아니겠지?"

그 직후부터 나를 꼭 안은 채 쏟아져 나오는 미카엔의 닭살스런 발언과 낯 뜨거운 말들이란!

참으로 열정적이기까지 했다. 그는 내가 다시 돌아온 것을 여신의 기적이라고 말했다. 내가 셀레네스를 모시는 여신관복을 입고 있는 것을 보고는 아마도 그렇게 말한 것이 아닐까 생각되었다.

또한 그는 이런 말도 했는데…

"너는 미의 여신의 가호를 받는 소녀인 셈이군. 이렇듯 아름다운 너라서 미의 여신인 셀레네스 역시 특별히 아낀 것일까? 아, 정말 믿기지 않아."

그래서 나는 깨어나 보니 내가 셀레네스 신전에 있었더라는 말로써 모든 설명을 대신하였다. 물론 셀레네스의 대리자에 대한 얘기까지는 굳이 하지 않았다. 나도 뭐가 뭔지 모르는 것은 마찬가지이니… 어쨌거나 이 기적 같은 상황은 여신의 가호로써 이루어진 일이라는 것만은 사실인 듯싶었다.

미카엔은 나의 설명에 여전히 의문이 남는 듯한 기색이었으나 일단 내가 돌아왔다는 사실 한 가지만으로 무척 기뻐해 주었다. 그날 밤 그는 내내 감정이 고조된 기쁜 기색을 하고서 나를 놓아주려 하지 않아 나는 무척 곤혹스러웠다.

그러다 늦은 밤에 측근 대신들을 모두 불러내어 연회까지 베풀었는데, 그 대신들 중에서는 일찌감치 꿈나라에 갔다가 억지로 깨어난 기색이 역력하여 미안한 느낌도 들었다. 하지만 그들 역시 내가 돌아온 것을 믿기 힘들어하면서도 진심으로 기뻐해 주어서 나는 행복했다.

잠시 흩어지고 엇갈렸던 운명이 다시 제자리를 찾아 흐르기 시작한 행복한 이날 연회에서 미카엔은 한 가지를 선포했다.

그것은 지금 이 순간도 쇠퇴해 가는 셀레네스 신전을 다시 예전처럼 부흥시키겠다는 내용이었다. 현재는 셀레네스 신전은 자이라스에서만 남아 있지만 미카엔은 로히얀스 수도인 로히아나에도 신전을 건축하겠다고 하였다. 그리고 국가적인 보조도 해주겠다고 약속도 하였다.

창조신 아덴만이 자리 잡고 있던 로히얀스에 다시 예전의 영광처럼 셀레네스가 그 세력을 뻗치게 될 계기가 되는 순간이었다.

"왕비 전하, 일어나세요!"

"우웅……."

"왕비 전하! 지금 태양이 중턱에 걸려 있습니다. 어서 일어나셔서……."

"어제 연회 때문에 늦게 잤던 말이야. 5분 만… 루이……."

평소의 습관대로 나는 5분 만을 외치며 루이스의 이름을 말하다가 멈칫하고는 눈을 떴다. 아아, 이젠 루이스는 다시 나를 깨우게 될 일은 없는데 나는 여전히 버릇대로 루이스가 나를 깨우고 있다고 생각하고 말았다. 습관은 정말 무서운 것이라더니.

나는 눈을 뜨고는 나를 깨우던 중년 시녀에게 눈길을 주었다. 그녀는 상급 시녀복을 입고 있는 깡마른 몸매의 중년 여인이었는데, 풍만한 루이스하고는 왠지 대조적인 이미지였다. 하지만 그녀는 루이스처럼 위압적인 분위기를 풍기고 있었다. 굉장히 깐깐해 보이는 그녀의 인상이 보통은 아닐 것 같아 보였다.

"한 나라의 국모 되시는 분이 이렇게 늦게 일어나셔야 되겠습니까? 자고로 훌륭한 왕비가 되기 위해서는 로히얀스 백성들보다 더 일찍 일어나셔서 폐하를 보필하며 나라를 돌보셔야 합니다."

이 중년 여인은 내가 머물게 되는 장미궁의 시녀장이 된 '마드린' 이었다. 원래 '타냐'라는 이름의 여인이 시녀장이었지만, 그녀는 프레야 왕비가 돌아가신 후 시녀장 직책을 그만두고 자신의 고향으로 돌아가 버려 마드린이 시녀장이 되었던 것이다.

아무튼 마드린은 그렇게 첫인상부터 범상치(?) 않은 잔소리로 나를 달달 볶기 시작했고, 그녀는 입버릇처럼 훌륭한 왕비가 되기 위해서는 이러이러해야 한다고 말하기 시작했다.

루이스는 위압적인 표정과 터프한 행동으로 나를 제압하곤 했던 반면, 마드린은 모든 것을 잔소리로서 해결하려는 여인인 듯했다. 아무래도 입심이 대단할 것 같은⋯

"마드린, 훌륭한 왕비가 되기 위해서는 꼭 일찍 일어나야 하나요?"

"그럼요, 전하. 앞으로 전하께서는 적어도 아침 여섯시 이전에는 일어나셔야 할 겁니다."

"에에엑~!! 뭐 하러 그렇게 일찍 일어나요?"

그러자 마드린은 눈을 가늘게 뜨고는 나를 응시했다.

"전하께서는 우선 그 말투부터 고쳐야겠군요. 고귀하신 로히얀스의 왕비 전하께서 '에에엑~!!'이라니요? 자고로 훌륭한 왕비가 되시기 위해서는 마음가짐뿐만 아니라 행동과 말투 역시 우아하고 고상해야 합니다."

'헉! 그렇다고 내 말투를 흉내 낼 것까진 뭐람!'

아무래도 나는 그녀에게 잘못 걸린 듯했다. 마드린은 불평 가득한 나의 모습을 보며 뭔가 투지에 활활 불타오른 듯한 표정을 지어 보였다. 아마도 그녀는 가끔 보이는 나의 자유분방(?)하고 털털한 행동을 우아하고 고상한 왕비다운 몸가짐으로 바꾸어야겠다고 결심이라도 한 모양이다.

그런 그녀를 보며 나는 루이스만큼이나 만만치 않은 존재를 만난 것 같다는 불길함에 소리 죽인 한숨을 내쉬어야 했다.

결국 마드린은 내가 아침 식사를 마칠 무렵에 뭔가를 들고 왔는데, 그 것은 훌륭한 왕비가 되기 위한 지침 여섯 가지가 적혀 있는 종이였다.

「훌륭한 왕비가 되기 위한 지침.

훌륭한 왕비가 되기 위해서는 첫 번째, 아침 일찍 일어나며 매일같이 정갈한 모습을 보이셔야 합니다. 로히얀스의 왕비는 로히얀스에 있는 모든 귀부인들의 본보기가 되어야 합니다.

두 번째, 어투는 언제나 고상하고 위엄있으며 몸가짐은 우아해야 합니다.

세 번째, 국모이신 왕비 전하의 고귀한 직분을 명확히 알아 마법 배우기와 같은 여자답지 못한 취미보다는 자수나 승마, 혹은 귀부인들과의 친목회에 더 관심을 기울이셔야 합니다.

네 번째, 왕비 전하의 부군이시자 로히얀스의 국왕이신 폐하를 보필하고 왕실의 안주인으로서 연회를 개최하고 주도하는 등, 그 책임을 다하셔야 합니다.

다섯 번째, 어진 왕비가 되시기 위해서는 모름지기 국왕 폐하와 그 백성을 자신의 몸같이 사랑하셔야 합니다.

여섯 번째, 전하께서는 폐하의 후계자와 왕실의 자손을 생산하시어 로히얀스와 왕실의 번영에 기여하셔야 합니다.」

마드린은 그것을 나에게 건네주었고 나는 별 생각 없이 그것을 읽다가 적혀 있는 그 내용에 경악을 하고 말았다.

첫 번째와 두 번째의 내용은 지키기 힘든 것이긴 하지만 노력하면 어떻게든 해결될 일이었다. 그러나 세 번째와 네 번째는 상당히 힘들었다. 승마는 그렇다 치자! 자수는 또 무엇이란 말인가! 바느질의 '바' 자도 모르는 나에게 이렇게 엄청나게 어려운 일을 강요하다니!

그리고 귀부인들과의 친목회? 그건 아줌마들끼리 모여 수다를 떠는 모임이 아니던가? 게다가 연회에 참석하는 것만으로도 끔찍하게 여기는 나에게 연회를 개최하라는 것은… 으윽!

아무튼 다섯 번째는 그냥 우선 넘어가고, 마지막 여섯 번째 내용은 나의 핏기를 싸악 가시게 만들었다. 남녀가 결혼을 하고 나면 어여쁜 결실이 맺어지는 것은 당연지사이지만 그래도… 으으으, 나보고 아이를 낳으라니?!

나의 머리 속은 뒤죽박죽이 되고 말았다. 나는 들고 있던 종이를 떨어뜨리며 그동안 내가 간과해 왔던 2세라는 문제에 머리를 굴리기 시작했다.

나는 미카엔과 만날 생각에 이곳으로 다시 돌아왔지만, 그 뒤의 문제까지는 미처 심각하게 생각을 해보지 않았었다. 어째서 나는 결혼이라는 성스러운 의식 후에는 첫날밤이란 것이 이어지고, 첫날밤 다음에는 부부 사이의 어여쁜 결실이라는 결과가 이어진다는 것을… 왜? 왜?! 간과했었던 것일까!!

이럴 줄 알았으면 그때 바닷가에서 미카엔의 청혼을 받아들이지 말고 조금 더 시간을 가진 뒤에 받아들일 걸 그랬다. 나는 아직 내가 여자라는 사실에 대해 완벽히 적응하지 못하고 있는데 말이다.

물론 내가 라비스임을 부정하지 않고 인정한 상태이긴 하지만 인정하는 것과 적응하는 것과는 또 달랐다.

나는 미카엔을 사랑하지만 그냥 사랑하는 것뿐! 그 이상은 전혀 생각해 본 적이 없었다. 으음, 그렇다면 나는 지금 플라토닉 사랑을 하고 있는 것일까? 아무튼…

나는 혼란스러움을 일단 접고는 왕비로서 정식으로 첫발을 내딛게 되는 오늘 하루를 시작했다. 몇몇 대신들과 귀족들을 알현하고 장미궁의 상급 시녀와 시종을 임명하였는데, 이번에 만나게 되었던 나의 일행들을 측근으로 두었다.

레니를 측근 시녀로 임명하고 아네샤와 에스라를 로히안스에 세워지게 될 셀레네스 신전의 고위 신관으로 일단 임명하였으며, 루이안트는 나의 측근 보좌관으로 임명하고 에드는 측근 호위 기사로 임명하였다. 그리고…

잠깐 시간을 내어 후원의 구석진 곳으로 가 정령들과 감동적인 재회를 하였다. 내가 부르는 목소리에 답하여 나타난 정령들은 모두 각기의 취향대로 감격스런 반응을 보였다.

"우에엥~ 라비스!"

"라비스? 정말 라비스야? 흑! 이게 꿈은 아니지?"

"이건 절대 꿈이 아니라구! 진짜 라비스잖아. 하하, 난 오히려 라비스가 죽었다는 사실이 믿기 힘들었었는데. 잘 돌아왔어, 라비스."

"잘 돌아오셨습니다, 라비스님."

그중에서 리엔시타는 역시나 나의 짐작대로 울음부터 터뜨리며 나에게 극성스레 매달려 진땀을 빼야 했고 아멘시타 또한 흥분하고 감격하여 말조차 제대로 못 이었다. 그에 비해 샤르와 아젠샤르는 제법 차분한 반응을 보였다. 샤르 급 정령들은 자기 감정 컨트롤에도 시타 급 정령들보다는 능한 모양이다.

그러다 저녁에는 왕비로서 처음으로 모습을 드러내게 될 연회에 참석하느라 바쁘게 보냈다. 연회가 개최되는 크리스털 궁에서 나는 아사벨라의 모습을 오랜만에 볼 수 있었는데, 그녀는 나의 소식을 전해 들었는지 그다지 놀란 기색은 없었지만 의외로 그녀는 나를 보고는 반가워했다.

"훗… 이제는 전하라고 불러야 하겠죠? 이제 전하께서는 기적의 왕비라고 불리어지겠군요. 잘 돌아오셨어요. 전하께서는 제가 인정한 왕비이시니까요."

그녀는 나에게 이제 경어를 쓰고 있었다. 나에게 정중한 태도를 보이는 그녀를 보자 나는 기이한 기분마저 들었다. 그녀는 항상 나에게 오만한 모습을 보였었는데 지금은 정중한 태도로 나를 반기는 말까지 한다.

"아사벨라, 오랜만이야. 나를 반겨주다니 너무 기쁜걸?"

"호호, 제가 전하를 반길 수밖에 없죠. 폐하께서는 전하를 잃으신 그동안 너무나 상심하셨거든요. 그렇게 상심하시는 폐하의 모습을 보고 저는 깨달았죠. 폐하의 옆 자리인 왕비 자리는 전하 외에는 그 누구도 앉을 수 없구나! 하고 말이죠. 그래서 왕비 자리에 대한 미련은 깨끗이 포기하고 전하께서 이렇게 부활하시길 기다렸답니다."

"부활하길 기다리고 있었다니… 아사벨라, 그거 진심이야? 내가 부활하게 될 거라는 것을 미리 알고 있기는 힘들었을 텐데?"

그녀의 가벼운 어조에 나 역시 가벼운 어조로 농담하듯이 물었다. 조금 쓸렁했지만. 그러자 그녀는 한쪽 입 끝을 살짝 말아 올리며 입을 열었다.

"물론이죠, 전하. 아, 그래도 조금 아쉽기는 하군요. 전하께서 이렇게 돌아오셨으니 이젠 왕위 계승권을 가질 후계자 어머니 자리마저 물 건너가게 생겼군요."

"하하……."

"하지만 아주 물 건너간 것은 아니죠. 왕위 계승권은 그래도 장자에게 유리하답니다. 호호, 과연 폐하의 장자는 누구한테서 나게 될까요?"

"……."

갑자기 머리가 지끈거리기 시작하는 것 같다. 으으, 후계자라니…….

나는 몸이 피곤하여 일찍 쉬어야겠다고 말하고는 장미궁으로 향했다. 그리고는 마차를 타고 가던 도중, 나는 다시 훌륭한 왕비가 되기 위한 지침 여섯 가지 항목에 대해 생각해 보았다.

로히얀스는 보수적인 면이 강한 귀족과 왕실 사회라서 그런지, 남편을 보필하고 자손을 낳는 것을 여인의 덕목으로 여기는 듯했다. 물론 그것은 왕비에게도 해당되어 아까와 같은 항목들이 훌륭한 왕비가 되기 위한 지침이 된 것 같았다.

왠지 우습다는 생각이 들었다. 예전에는 남자였던 내가 지금은 여자의 입장에서 뭔가 불공평하다는 생각을 하고 있으니.

장미궁에 도착한 나는 몸을 씻고 침대에 누워 마법서를 펼쳐 들었다. 쉬고 있을 때는 마법서를 읽는 것이 요즘 습관이 되어버린 나였다.

그나저나 지금의 나는 여섯 번째의 덕목이 가장 난감하다. 어젯밤은 막 여행을 마치고 왕성에 돌아온 나였기에 무척 피곤하던 터라 미카엔은 나를 배려하여 계속 붙잡고 있지 않았을 것이다. 하지만 오늘은…

내가 왕비로서 정식으로 맞게 되는 첫 번째 밤이다.

Change Of Destiny　◆ 제5장

진실 밝히기!

 진실 밝히기!

내가 왕비로서 정식으로 맞게 되는 첫 번째 밤, 미카엔은 약간 늦은 시간에 나의 침실을 방문했다.

나는 일단 그를 창가로 끌고 가 보름달이 뜬 것을 핑계 대며 달구경을 했다. 결국 미카엔은 나의 요구에 못 이겨 한가로이 달을 바라보았고 나는 달을 바라보며 오늘 밤을 어떻게 넘길까 열심히 머리를 굴렸다.

그러다 나는 내가 살던 곳을 생각했다. 하늘에 뜬 달을 보면 나는 도현으로서 살던 세계가 늘 생각난다. 그곳의 달도 이곳의 달과 다를 바 없기에.

이제는 다시 볼 수 없게 될 아스팔트로 포장된 길과 삭막하지만 그래도 그리운 빌딩 숲이 있는 내가 살던 세계를 생각하며 나는 고개를 돌려 미카엔을 힐끔 보았다.

창가에서 새어 들어오는 달빛이 미카엔의 모습을 비추고 있었다. 그의 은발이 고운 달빛을 머금고 은은한 빛을 발했다. 언제 보아도 달빛을 머금은 그의 모습은 아름답다.

"미카엔."

내가 그의 이름을 부르자 그는 나에게 눈길을 주었다. 미미한 촛불과 달빛만 있는 어둠에 묻혀서 그런지 그의 눈동자는 짙은 보라색이었다.

"우리가 알지 못하는 어떤 세계에는 이런 것들이 존재하고 있을지 몰라요."

"그게 무엇이지?"

"음… 말이 끌지 않음에도 불구하고 저절로 굴러가는 마차라든지, 혹은 쇳덩어리로 만들어진 드래곤만큼 거대한 새의 뱃속에 사람들이 잔뜩 들어가서 멀리 떨어진 지역으로 이동한다든지 말이에요."

"흐음, 네 말대로 만약 어딘가에 그런 세계가 존재한다면 아주 끔찍한 곳이 되겠군."

"하하, 그런가요?"

나는 약간 흐릿하게 웃으며 그렇게 대꾸했다. 그러자 미카엔은 잠시 나를 응시하다가 나직하게 말했다.

"오늘은 라비스가 그다지 기분이 좋지 않은 모양이군. 라비스, 내가 멋진 마법 하나 보여줄까?"

"네, 미카엔!"

그의 말에 나는 방금 전의 우울함을 금세 잊고는 눈을 반짝이며 답했다.

"훗… 마법을 좋아하는 것은 여전하군. 그럼 네가 말했던 혹시 있을

지 모를 그 세계로 너를 데리고 가주지."

"네?"

그가 말한 의도를 미처 파악하지 못한 나는 그에게 반문하였으나 미카엔은 곧 뭔가 마법을 시전하는 듯했다.

미카엔과 내가 있는 침실의 공간은 얼마 안 있어 은빛의 무리들이 가득 메워지기 시작했는데 그 광경은 너무도 아름다워 나는 넋을 놓고 바라보았다. 참으로 신비했다. 하지만 그 광경은 극히 짧은 순간 사라졌고 우리가 서 있는 곳은 다른 모습으로 변했다.

몇 개의 촛불이 켜져 있던 침실의 모습이 멀리 숲이 내려다보이는 꽤 높은 상공 위의 모습으로 변한 것이다.

"꺄악!"

아무런 도움 없이 허공 위에 떠 있는 것이라고 생각한 나는 비명을 지르며 무의식적으로 미카엔에게 매달렸다. 그러자 미카엔은 나를 감싸 안더니 달래듯이 입을 열었다.

"라비스, 안심해. 이것은 일루전일 뿐이야. 넌 허공에 떠 있는 것이 아니라 여전히 침실 안에 있는 거라구."

"아, 그런가요?"

그의 말에 나는 어색한 모습으로 그에게 떨어져, 섰다. 하지만 일루전이라 해도 너무 실감나서 나는 조금 몸이 떨렸다. 그러다,

"와! 대단해요, 미카엔."

일루전으로 변한 주위 모습을 둘러본 나는 탄성을 질렀다. 하늘은 푸른빛으로 맑게 개어 있었고 태양이 세상을 내리비추고 있었다. 밑으로 보이는 숲은 온통 녹색 빛으로 우거져 있었다. 게다가 나의 뺨에는 부드럽게 스치는 실바람이 느껴졌다.

나는 미카엔의 실감나는 일루전에 진심으로 감탄하였지만 그래도 미카엔의 마법은 일루전인만큼 그 한계점을 가지고 있었다. 미카엔은 이렇게 큰 스케일의 일루전에 미세한 부분까지는 신경을 쓸 수 없었는지 이곳 만들어진 세계는 적막하게 느껴졌던 것이다.

숲의 작은 새가 날아오르는 광경이라든가 바람의 움직임에 나무들의 가지가 흔들리는 것과 같은 미세한 움직임은 거의 없었다. 하지만 이 정도의 일루전이라면 마스터 마법사라도 만들어낼 수 없을 테니 미카엔은 그만큼 대단한 셈이다.

그러다 저만치에서 날아가는 거대한 무언가에 나는 눈을 동그랗게 떴다. 그것은 쇳덩어리로 이루어진 듯한 거대한 새였는데 생긴 것이 무시무시했다.

"허억?! 미카엔, 저건 뭐예요?"

"아까 네가 말한 뱃속에 사람을 가득 실은 거대한 새지."

"완전히 괴물이군요. 미카엔, 아까 내가 말한 것을 저렇게 상상했어요?"

나는 그렇게 말하다가 그 쇳덩어리 거대한 새가 내 쪽으로 날아오는 것을 보고 눈을 동그랗게 떴다. 거대한 그것은 몇 번의 날갯짓만으로도 금세 이곳으로 다가왔다.

"까아악!"

날아오며 나를 향해 입을 벌리는 그것에 나는 놀라 이것이 일루전이라는 것도 잊은 채 비명을 지르며 어디론가 도망가려는 포즈를 취했다. 그러다 허공에 아무 도움 없이 떠 있다는 불안감까지 더해져서 나는 몸의 균형을 잃고 기우뚱하고 말았다.

넘어지는 나에게 미카엔은 얼른 손을 뻗어 다치지 않도록 나를 감쌌다. 그 순간 미카엔이 건 일루전은 마법이 풀려 본래 모습으로 다시 돌아와 다시 촛불의 조명에만 의지한, 조금은 어두운 침실의 공간이 되었다.

넘어져 내가 눕게 된 바닥은 고급 융단이 깔려 있어 그다지 딱딱하지 않았다. 하지만 미카엔은 혹여나 내가 다칠까 염려하여 감싸 안다가 나와 함께 바닥에 쓰러진 모습이 되었다. 내가 눕고 그가 나를 내려다보고 있는 모습으로 말이다.

미카엔의 은빛 머리칼 가닥이 내 쪽으로 내려와 나를 살며시 간질였다. 방금 일루전으로 인해 놀라서 그런지 나의 심장 뛰는 소리가 들려왔다.

"하하, 고마워요, 미카엔. 그만 일어나야……."

나는 어색하게 말하며 일어나려 하였지만 미카엔은 나를 놓아주지 않았다. 이렇게 본의 아니게 로맨틱한 자세가 될 때면 미카엔은 늘 감정적이 되는 모양이다. 그는 나에게 좀 더 고개를 숙였다.

어쩌다 상황이 이렇게 된 건지…….

나에게 키스하려는 듯한 그의 모습에 나는 그의 키스를 받아들이고픈 마음과 그럴 수 없는 마음 사이에서 왔다 갔다 하며 거부감 비슷한 감정을 느꼈다. 뭔가 혼란스런 마음이 든 나는 결국 몸을 움츠리며 그에게 거부의 기색을 보였다.

"오늘도 나에게서 도망가고 싶은 모양이군. 하지만 라비스, 조금 전 너를 위한 마법의 보답으로 조그만 선물은 기대해도 되겠지?"

이 상황을 피하기 위한 방법에 대해 계속적으로 머리를 굴리다가 방금 그의 말에 나는 한 가지 방법을 생각해 냈다.

"미카엔, 방금 그 괴물 새는 혹시 나를 일부러 놀라게 만들기 위한 것이 아니었어요? 뭐, 어쨌든 미카엔은 저를 위해 멋진 마법을 보여주셨으니 저도 조그만 선물로 보답해야 하겠죠. 잠깐 몸을 일으켜도 될까요? 여기 바닥에 누워 있는 상태로는 미카엔에게 멋진 선물을 하기가 힘들 것 같군요."

"라비스의 선물이라… 뭐, 일단은 그대를 놓아드리지."

나의 말에 미카엔은 미심쩍어하는 듯한 기색을 보였지만 나를 놓아주었다. 이에 나는 몸을 일으켜 자세를 바로하고는 그에게 생긋 웃어보였다. 미카엔은 가늘게 뜬 눈으로 이런 나를 지켜볼 뿐이었다.

나는 그에게 다가갔다. 그리고는 그의 볼에 입술을 천천히 가져가 살짝 키스하는 시늉을 하고는 곧바로 그에게서 떨어져 멀리 달아났다. 으이그, 내가 지금 뭐 하는 짓이람.

"라비스!"

"하하, 미카엔이 저에게 속기도 하는군요."

아무리 그와의 로맨틱한 상황에서 벗어나기 위한 나의 잔꾀라지만 나는 이렇게 유치하고도 여자다운 새침한 행동을 보여야만 했을까? 나는 정말 유쾌하다는 듯이 웃음을 터뜨리며 계속 그에게서 멀리 떨어지고 있었다.

정말 못 말리는 나이다. 그러다,

"우왓?!"

방금 전에 초 하나가 다 타서 더욱 어두워진 것으로 인해 앞에 침대가 있다는 것을 미처 못 봤던 나는 그대로 침대 위로 넘어지고 말았다.

으윽! 오늘은 왜 이렇게 덤벙대는 모습을 보이게 되는 것인지. 결국 이번엔 미카엔이 거의 폭소에 가까운 웃음을 터뜨리며 나에게 다가왔다.

"미카엔, 그만 웃어요!"

"하하하. 라비스, 너의 침대 역시 네가 나에게서 도망가지 않기를 바라는 것이 아닐까?"

"설마요."

나는 이마에 힘줄 하나를 세우며 답했다. 그러자 미카엔은 문득 웃음을 멈추더니 침대에 걸터앉으며 손을 들어 나의 귓가를 쓰다듬었다. 설마 그는 지금의 코믹(?) 분위기에서 다시 로맨틱한 분위기로 전환하려는 것인가.

"라비스."

"네?"

미카엔은 갑자기 진지 모드가 되었다.

"아까 넌 달을 보면서 무슨 생각을 했던 거지?"

"그냥 달이 예쁘다는 생각이요. 전 달을 좋아해요. 고고하고 차가우면서 부드러운… 아! 그러고 보니 미카엔은 달을 닮은 것 같아요."

나의 말에 미카엔은 피식 웃어 보이더니 조금은 고요해진 얼굴로 침대에 누웠다. 그가 눕자 그의 부드러운 머리칼들이 어지럽게 침대 위로 흩어졌다. 그의 얼굴은 조금 피곤한 듯했다.

"라비스, 좀 더 나를 믿고 기대줄 수는 없는 건가? 넌 뭔가 나에게 감추고 있는 것 같아. 너에게 애정 표현을 할 때마다 너의 황금빛 눈동자 속에 감추어진 혼란 섞인 네 거부의 감정을 나는 언제까지 보아야 하는 거지?"

그의 말에 나는 약간 놀란 눈으로 그를 바라보았다. 하지만 미카엔은 잠을 청하려는 듯 눈을 감았다. 갑자기 기분이 가라앉는 것 같다. 그리고 고요해진다. 이런 고요함은 싫은데.

아까 그는 나의 감정 중 뭔가를 읽었던 모양이다.

결국 나는 자리에 눕고는 옆에서 들려오는 미카엔의 나직한 숨소리를 들으며 눈을 감았다. 오늘은 왠지 셀레나의 꿈이 그리워진다.

꿈속에서의 나는 여전히 아름다운 모습이었다. 나는 거울 앞에 서 있었는데 새하얀 드레스를 입고 있었다. 결혼식 때의 모습처럼 퍽이나 순결해 보였다.

"라비스님."

"루이스?"

나를 부르는 목소리에 나는 뒤를 돌아보았는데 루이스 그녀가 나를 바라보고 있었다. 그녀는 내가 결혼식을 올릴 무렵 야윈 모습이었던 그대로 무척이나 초췌하고 무감정해 보였다.

"루이스? 정말 루이스야?"

그녀의 모습에 나는 놀라며 말했다. 다시 그녀를 보게 된 것으로 인해 나의 목소리는 감정의 기폭이 무척 커져 조금 떨리고 있었다. 하지만 루이스는 나의 이런 반응에 그다지 관심이 없는지 감정없는 어조로 나에게 차를 권하였다.

"라비스님, 론티아 꽃잎 차랍니다. 식기 전에 드세요."

"론티아 꽃잎 차? 싫어! 왜 나에게 이걸 권하는 거지? 루이스, 왜 이걸 나에게 권하는 거야?"

그녀가 나에게 차를 권하자 나는 격해진 어조로 그녀에게 외쳤다. 그녀는 왜 그때 나에게 독이 든 차를 권하였을까? 나는 그토록 그녀를 믿었는데.

챙그랑—!

그 순간, 루이스는 들고 있는 찻잔을 아래로 떨어뜨렸다. 그러자 자기로 만들어진 고급 찻잔은 요란한 음향을 내며 조각조각 나서 사방으로 튀었다. 그와 함께 황금빛이 도는 론티아 꽃잎 차 역시 사방으로 튀며 바닥을 적셨다.

"흐흑, 라비스님."

"루이스, 왜 그래?"

루이스가 흐느끼자 나는 그녀에게 가까이 다가가려 하다가 멈칫하였다. 바닥에서 흐르던 론티아 꽃잎 차의 색이 검붉게 변한 것이다. 그 검붉은 빛은 마치 죽은 핏빛과 같았다. 그것은 왠지 죽음을 떠올리게 했다.

"아악! 라비스님!"

그 핏물은 점점 양이 불어나서 루이스의 주위를 붉게 물들여 놓기 시작했다. 나는 겁에 질려 그 모습을 바라보았다.

"아아악! 라비스님, 내가 라비스님을……!"

루이스는 나의 이름을 외쳐 대며 절규하였다. 그녀는 지금 무척 괴로워하고 있는 것 같았다. 루이스 주위에 있는 핏물들이 점점 더 번져 갔다. 그것은 루이스가 서 있는 곳을 붉게 물들이고 점차 내 쪽으로 다가왔다.

나는 뒷걸음질을 쳤다. 루이스가 저토록 괴로워하고 있음에도 불구하고 나는 뒷걸음질을 쳤다. 괴로워하고 있는 루이스를 구해야 하는데… 왜 저 핏물이 죽음을 가져올 것이라는 생각을 하며 두려워하는 걸까?

"아아악!"

"루이스!!"

루이스가 고통에 찬 비명을 질렀다. 그녀의 입가에서 피가 흘러나왔다. 나는 그녀의 이름을 외쳐 보았지만 그녀에게는 아무런 도움이 되지 못했다. 고통에 찬 루이스의 모습에 나는 눈물이 났다.

그 와중에서도 붉은 핏물은 점점 나에게로 번져 왔다. 나는 계속 뒷걸음질쳤지만 루이스를 잠식해 버린 그 붉은 핏물은 빠른 속도로 나에게 번져 왔다. 마치 죽음의 손길이 나에게 그 손을 뻗는 듯했다.

"까아악!!"

나는 지독한 두려움을 느끼며 비명을 질렀다.

"라비스!"

누군가가 나를 흔들어 깨웠다.

찢어지는 듯한 비명을 지르며 꿈에서 깨어난 나는 눈을 깜빡이며 나를 내려다보고 있는 얼굴을 확인했다. 나를 걱정스레 내려다보고 있는 이는 미카엔이었다.

"미카엔?"

"그래."

"흑!"

나는 흐느꼈다. 방금 전 꿈속의 감정들이 계속 이어짐으로 인해 눈물이 나온 것이다. 미카엔은 손으로 나의 볼에 흐르는 눈물을 닦아주며 나를 안고는 부드럽게 토닥였다.

그렇게 한참을 미카엔은 나를 안고 있었고 나는 점점 안정을 찾아갔다. 그의 품에서 따스함과 편안함을 느끼며. 매번 느끼는 거지만 미카엔의 품은 꿈속에서 느꼈던 셀레나의 품 같다. 만약 내가 미카엔에게 그의 품은 엄마의 품 같다고 말한다면 그다지 기분 좋아하지는 않을 테지만.

아무튼 그런 편안함 때문인지 나는 금세 졸음을 느끼고 다시 잠에 빠져들었다. 가끔 나는 잠결에 누군가의 품으로 파고들었는데 그때마다 부드러운 손길이 나를 쓰다듬어 주었던 것 같다.

기분 좋은 아침이다. 어젯밤 악몽 뒤에는 뭔가 좋은 꿈을 꾼 것 같기도 하고… 지금 내 손에 잡힌 채 만져지는 것에선 부드럽고 좋은 향이 난다. 꽤나 고급스런 향유일 듯한 향이 나의 코끝을 간질였다.

나는 여전히 잠에 취한 채 계속 손을 더듬었다. 뭔가 부드러운 실(?) 같은 것이 만져지는데 꼭 비단실 같다. 나는 그것을 살짝 잡아당겨 보기도 하고 손가락에 휘감아보기도 했다. 그러다 그것에서 풍기는 향기를 좀 더 맡아보기 위해 내 쪽으로 잡아당겼다.

'이게 뭐지? 내 침대에 웬 비단실이?

나는 의아해하며 눈을 느리게 떠보았다. 그러자 나의 바로 옆에 잠들어 있는 미카엘의 얼굴이 눈에 들어왔다. 그는 고요한 얼굴로 세상 모르게 잠들어 있었다.

내가 비단실로 착각했던 은사와 같은 그의 은빛 머리칼이 어지럽게 침대 위에 흐트러져 있었다. 남자가 이렇게 화사한 모습으로 자고 있어도 되는 것인가? 하는 생각이 든다. 뭐, 남자라고 자는 모습이 꼭 음침하라는 법은 없지만.

나는 몸을 일으켜서 잠든 그의 얼굴을 바라보았다. 잠든 그의 모습을 보는 것은 아주 오랜만인 듯했다. 감긴 눈에 보이는 그의 은빛 속눈썹은, 미적 안목만큼은 높아져 있는 나의 눈에도 무지 예뻐 보였다.

게다가 드워프가 조각해 놓은 듯한 반듯하고 오똑한 콧날과 티없는 피부는 정말 하나의 예술품처럼 하루 종일 감상해 주고픈 마음이 들게 했다. 그러다 나는 그가 나를 달래주던 어젯밤의 일을 떠올리고 미소를 살짝 지었다.

그에게 나는 많은 것을 받고 있구나 하는 생각이 새삼 들었다. 나는 그에게 그다지 해준 것이 없는데 말이다. 그런 미카엔인데…….

그가 나에게 애정 표현을 할 때마다 나는 왜 그렇게 거부하게 되는 것인지. 하아, 이젠 익숙해지고 적응할 필요가 있지 않을까?

흐음, 그러기 위해서는 그를 거부감없이 받아들이는 연습(?)을…….

나는 그에게 고개를 조금 숙였다. 나의 황금빛 머리칼이 그를 간질여 그가 깨어나는 것을 막기 위해 머리칼을 한데 모아 손으로 쥐었다. 그리고 조금 더 얼굴을 가까이 가져가 보았다.

그러다 나는 멈칫하였다. 그리고 조금 망설이다 다시 그의 얼굴 가까이 다가갔다. 그렇게 혼자 많이 망설이고 멈칫멈칫하다가 나와 미카엔의 얼굴 거리는 서로의 숨결이 맞닿을 수 있을 만큼 가까운 거리가 되었다.

'헉! 어느새 이렇게 그의 얼굴과 가까워지게 되었다니!'

나는 문득 깨달은 상황에 기겁을 하며 다시 고개 쳐들고 그에게서 멀어졌다.

'아, 대체 내가 뭐 하고 있는 짓인지…….'

그렇게 스스로의 행동에 민망해하며 한숨을 내쉬며 몸을 일으키고는 침대를 빠져나가려는데…

"어?!"

갑자기 미카엔이 손을 뻗더니 나의 팔을 움켜잡았다. 이에 나는 화들짝 놀라며 그를 바라보았다. 아아, 심장 떨어지는 줄 알았다.

"사랑스러운 부인, 목이 마른데 물 좀 갖다 주시겠소?"

미카엔은 은보랏빛으로 빛나는 눈을 살짝 뜨고 살살 녹일 듯한 미소를 짓고는 그렇게 말하고 있었다. 그는 방금 막 일어난 듯했다. 그렇다면 정말 다행이다. 만약 그가 방금 전 나의 민망한 행동을 안다면 나를 얼마나 우스운 애로 여기겠는가?

아무튼 그건 그렇다 치고… 사랑스러운 부인이라니?! 미카엔, 아침부터 그런 닭살 호칭을 쓰다니! 으으.

어쨌거나 군소리없이 물을 갖다 주며 그에게 말했다.

"미카엔, 한 가지 물어봐도 돼요?"

"얼마든지."

"제 유모인 루이스는 어떻게 되었나요?"

그러자 미카엔은 나를 지그시 바라보며 잠시 뜸을 들였다.

"…루이스는 네가 독에 당한 며칠 뒤에 숨을 거두었어."

"루이스가… 어떻게 숨을 거두었죠?"

그에게 질문하고 있는 나의 목소리는 조금 떨리고 있었다. 막상 그녀가 죽었다는 말을 들으니 나의 마음은 무척이나 아파왔다. 나에게 독이 든 차를 건넨 그녀인데도 불구하고 나는 그녀의 죽음이 너무 가슴 아팠다. 왜 그럴까?

"그녀는 자살했다."

"자살이요?"

나의 질문에 무미건조하게 답하는 그의 어투는 왠지 차갑게 들렸다. 루이스가 자살했다는 미카엔의 말에 나는 눈물이 흘러나오는 것을 느끼며 손등으로 흐르는 눈물을 닦았다.

"라비스, 넌 왜 눈물을 흘리고 있는 거지? 네 유모가 너를 해하였다는 것을 모르는 건가?"

"알아요. 하지만… 눈물이 나와요. 아직도 나는 믿을 수가 없어요. 루이스가 나를 해하였다는 것을… 뭔가 이유가 있을 거예요. 루이스는 저에게 어머니와 같은 분이에요. 그리고 그녀는 저를 딸처럼 여겼어요. 미카엔… 어느 어머니가 축복받은 결혼식 날 딸에게 자신의 손으로 죽음을 주겠어요?"

"라비스, 그녀는 너를 죽음으로 몰고 갔었다. 그런 그녀에게 너를 해할 만한 이유가 있다고 해도 그녀는 용서받지 못한 죄를 지은 거야. 루이스는 그 죗값을 스스로 치른 셈이지. 그녀가 정말 너를 사랑했다면 그녀는 자신에게 어떤 곡절이 있든 간에 그것을 이겨냈어야 했었다."

"냉정하시군요."

"냉정하다라… 라비스, 인간은 모두 자신의 가장 소중한 것을 위해 움직이고 결정한다. 자신의 가장 소중한 것이 만약 본인이라면 그는 자신을 위해서 항상 뭔가를 결정하고 행동하지. 혹은 어떤 특정한 타인이 더욱 소중하다면 그는 그 타인을 위해 모든 것을 결정한다. 내가 너를 소중히 하여 너를 해한 그녀의 비참한 결말을 당연하게 받아들이듯이."

"……."

"그리고 그녀에게 무슨 곡절이 있다 하더라도 결국 너를 해하였다는 것은 그녀에게 라비스인 너보다 더욱 소중한 뭔가가 있어 그것에 흔들렸을 수도 있다는 거지. 물론 그녀는 너를 소중히 했겠지만 그녀에겐 너보다 더 중요한 것이 있었다는 거야."

"더 중요한 것… 그것이 뭘까요?"

"글쎄, 그것은 네가 알아내야 할 일인 것 같다. 마지막에 자신의 목숨으로써 스스로의 죗값을 치를 정도로 너를 소중히 했을 그녀가 어떤 이유로 너를 해하게 되었는지 라비스, 네가 밝혀라. 일국의 왕비로서, 그리고 그녀가 딸처럼 여겼을 라비스로서 너는 감추어진 진실을 밝히고 네가 가진 가슴에 안은 상처를 치유하도록 해."

미카엔은 그렇게 말하며 루이스에 대한 모든 일을 나에게 맡겼다. 그는 항상 자상하고 부드럽지만 어떻게 보면 냉정하리만큼 냉철하고 차갑다. 실버 족속이 그렇듯 조금 양면적이랄까?

그나저나 미카엔이 한 말이 나의 뇌리에 깊이 남는다. 인간은 누구든 자신의 가장 소중한 것을 위해 움직이고 결정한다라… 그 말이 사실인 듯싶다. 인간은 어떤 면에서는 이기적인 존재.

나에게서는 가장 소중한 것이 뭘까? 나는 미카엔을 사랑하지만 내 자신을 잃게 되는 것을 두려워하여 많은 방황을 했었다.

그렇다면 나에겐 무엇보다 소중한 것이 있지만 결국 그것보다 더욱 중요한 것은 내 자신인 모양이다. 나는 이기적인 걸까?

나를 해한 일에 괴로워하여 자신의 목숨으로써 그 죗값을 치른 루이스의 가장 소중한 것은 뭘까? 그녀 자신이나 나보다 더욱 소중했을 그것은 과연 무엇인 걸까?

점심 무렵, 루이스에 대한 감추어진 진실을 밝히기 위해 나는 우선 루이스가 쓰던 침실을 찾아갔다. 그녀의 침실은 내가 전에 비서관으로서 썼던 방의 바로 옆방이었다.

일단 그 방에 들어선 나는 화려하지 않는 기본적인 가구만 있는 침실의 모습에 기이한 느낌이 들었다. 이제는 주인 없는 이 침실이 왠지 쓸쓸한 기색이 도는 듯하다고나 할까?

그러고 보니 나는 그동안 루이스의 침실은 출입하지 않았던 것 같다. 그때 내가 루이스에게 조금만 신경을 썼더라면 어쩌면 나는 루이스와 나 사이의 비극은 막을 수 있었을지도 모른다. 하지만 이젠 지나간 일. 아무리 가슴 아파해도 되돌릴 수는 없다.

나는 한숨을 내쉬며 루이스가 혹시라도 썼을 일기장 같은 것을 찾아보았다. 그러다 불현듯 프레야 왕비의 일기장이 머리에 스쳤다. 내가 결혼식을 하기 위해 신전으로 떠나기 전 나는 그 일기장을 침대에 그대로 두고서 침실을 나섰다. 그렇다면?

일기장은 예전 나의 침실에 남아 있을 것이다. 나는 예전에 썼던 침실인 옆방으로 달려갔다. 내가 안으로 들어서자 누군가에 의해서 나의 침실은 정돈되었던 듯 깔끔하게 치워져 있었다. 나는 항상 일기장을 넣어두었던 수납장이나 침대 주변을 살펴보았다. 하지만 일기장은 아무 데도 없었다.

왠지 허탈해지는 나였다. 나는 그것의 뒷 내용을 아직 보지 못한 상태이기 때문에 무척 아쉽기도 했지만 그것은 누군가가 보면 무척 곤란해지는 내용의 일기장이었다. 일기장이 여기에 없다면 누군가가 그 일기장을 가지고 간 것이 틀림없는 일일 텐데.

'누가 가져간 거지?

나는 그 일기장을 읽으려다가 미처 못 읽고 침실을 나왔을 때의 일을 떠올렸다. 그때 나는 일기장의 글자가 나타나기를 기다리다가 시녀인 '아나'가 들어오는 바람에 읽는 것을 미루고 그것을 덮어두었다. 그리고 결혼식을 위한 신부 치장을 하고서 그대로 침실을 나섰던 걸로 기억한다.

아나는 루이스를 제외하고는 나의 침실을 자유로이 드나드는 시녀

중 하나였다. 그녀는 루이스가 나에게 무심해진 것으로 인해 아침에 나를 깨우는 무척 힘들고 고된 임무를 맡게 된 시녀였다. 그렇다면 그녀가 그 일기장을 어디론가 치웠을 가능성이 높다.

결국 나는 침실로 돌아와서 시녀를 시켜 아나를 불러들이게 했다. 곧 그녀는 나의 침실을 찾았는데…

"부르셨어요, 전하?"

"아나, 한 가지 묻고 싶은 게 있는데… 혹시 예전 내가 쓰던 침실에서 오래된 일기장 하나 보지 못했어?"

"네? 이, 일기장이요?"

내가 묻는 말에 아나는 눈에 띄게 당황한다. 나는 가늘어진 눈으로 그녀를 응시했다. 그녀가 저렇듯 침착하지 못한 반응을 보인다는 것은 그녀가 일기장을 봤을 수도 있다는 얘기다.

"그래, 일기장."

"보지 못했습니다, 전하."

"정말이야?"

"네."

"아나, 내 눈을 보고 대답해. 정말이야?"

나의 눈길을 회피하며 답하는 그녀의 모습에 내가 그렇게 말하자 아나는 몸을 미세하게 떨며 나를 바라보았다. 그녀의 눈은 눈물이 글썽글썽해지려 하고 있다. 그녀는 지금 자신이 알고 있는 바를 말하는 것이 두려운 모양이다.

"전하… 사, 사실은 일기장을 보았습니다."

"……"

"전하께서는 프레야 왕비 전하의 일기장을 찾고 계시는 거죠?"

"맞아. 넌 그것을 봤구나."

"네."

"넌… 그 일기장으로 인해 어디까지의 내용을 알 수 있었지?"

"제가 그 일기장으로 알 수 있었던 것은… 지금의 전하께서는 진짜 라비스 크로시벨님이 아니시라는 것과 돌아가신 프레야 왕비 전하는 실버 드래곤이시라는 것, 그리고 셀레나님이 그분의 절친한 친구 분이시고 또 다른 이름인 '크리스티나'로서 200여 년 전에도 존재하고 있었다는 것… 또 그 뒤의 내용은… 흐흑!"

처음에는 무미건조한 어조로 답하려 애쓰던 아나는 자신의 감정 조절에 실패했는지 결국 흐느끼는 소리를 내었다. 그녀의 그런 태도에 나는 입술을 살짝 깨물고는 다시 입을 열었다.

"그 뒤의 내용은?"

"전하, 당신은 누구시죠? 당신의 영혼은 대체 누구인가요? 제가 알고 모셨던 분이 원래 왕비 전하가 되셔야 할 라비스님이 아닌 다른 분이라는 것이 너무 혼란스러워요."

"……."

"이젠 저를 죽이실 건가요?"

"뭐? 내가 왜 아나를 죽일 거라고 생각하는 거지?"

"전 왕비 전하의 비밀을 알고 있잖아요. 전하께서는 진짜 라비스님이 아닌 다른 분이라는 것을… 게다가 그 외에도 왕실의 많은 비밀을 저는 알고 있어요. 폐하께서는 하프 드래곤이시며 배다른 형제까지 계시다는 걸 말예요."

일기장의 내용으로는 미카엔에게는 배다른 형제가 있는 것으로 나온다. 인간 형제로는 예전 백합 궁 측실 소생인 두 왕자가 있었고 드래곤 핏줄의 형제로서는 두 존재의 실버 드래곤이 있다. 하지만 이들은 모두 행방이 묘연하였고 미카엔 역시 그들의 존재를 모르고 있는 것 같다.

모든 것은 감추어진 비밀.

아무튼 아나가 거기까지 말하였을 때였다. 나의 침대에서 뒹굴뒹굴 대고 있던 한 마리의 조그만 실버 페르시아 품종의 고양이가 벌떡 몸을 일으켰다. 이 고양이는 내가 무척이나 고양이를 좋아하는 줄로만 알고 있는 미카엔이 내가 왕성에 돌아온 기념으로 선물한 무척 비싼 고양이었다.

나는 아름답고 우아한 은빛의 털을 가진 이 고양이에게 미카엔이란 이름을 붙였다. 하하.

어쨌든 그 고양이는 그렇게 벌떡 몸을 일으키더니 그 귀여운 생김새와는 어울리지 않는 절도(?)있는 몸짓으로—사실은 털이 길어 텁수룩하고 몸이 작아 절도 있기는커녕 앙증맞다—나에게 전음을 보내왔다.

[밖에 누군가가 있는 것 같아, 라비스.]

역시나 그 고양이의 몸 안에는 언제 와 있었는지 아멘시타가 들어와 있었다. 그는 지금 나에게 뭔가 경계하라는 충고를 하고 있는 것이다. 이에 나는 아나에게 뭔가 하려던 말을 멈추게 하고는 기척을 죽이며 방문 쪽으로 다가갔다.

살금살금—

그리고 불시에 방문을 열어젖혔는데 밖에는 썰렁하게도 아무도 없었다.

"흐음, 아멘시타! 너 나 똥개 훈련시키는 거지?!"

내가 그를 째려보며 그렇게 말하자 아멘시타는 고개를 갸웃했다.

[어? 내가 잘못 느꼈나? 근데 라비스, 똥개 훈련시키다니? 내가 언제?!]

이에 나는 아멘시타를 향해 도끼눈을 떠 보였다. 그러자 아멘시타의 존재에 대해서 모르고 있을 아나는 나의 이러한 행동이 무척이나 괴상해 보였는지 고개를 갸웃거리면서도 뭐라 말은 못하고 있었다. 한참 진지한 분위기에 있다가 내가 갑자기 엉뚱한 행동을 한 셈이니.

잠시 잊고 있었던 아나의 존재를 깨달은 나는 그녀에게 겸연쩍은 미소를 지어 보이고는 입을 열었다. 나는 일단 왕실 크나큰 비밀을 알게 되어 두려움에 떨고 있는 아나를 달래주어야 했다.

"아나, 너는 내가 중앙 궁성에 비서관으로 온 순간부터 내 가까이에서 일해왔잖아. 그만큼 나에 대해 잘 아는 네가 정말로 내가 그런 결단을 내릴 거라고 생각하는 거야?"

내가 부드러운 어조로 묻자 아나는 눈물이 글썽이는 눈을 깜빡이며 나를 가만히 응시했다. 그러다 나의 부드러운 빛의 황금빛 눈동자에 불안정한 마음이 진정이 되었는지 차분해진 어조로 입을 열었다.

"아! 그동안 왕비 전하를 모셔왔던 나인데… 전하께서는 다른 귀족분들과는 많이 다르시며 무척 순수하시고 좋은 분이라는 것을 잠시 잊다니… 왕비 전하, 전하는 그럴 분이 아니세요. 전 다만 혼란스럽고 두려울 뿐입니다."

"그래, 그럴 테지. 그리고 내가 본래 라비스가 아닌 다른 영혼을 가진 존재라는 것을 숨기는 것은 나를 왕비로서 존경하고 사랑해 주는 모든 사람들을 속이는 것이 되니까."

"왕비 전하, 그런 말씀 마세요. 전하께서는 예전에 어떤 분이시었든 지금은 왕비이시고 폐하를 사랑하시잖아요. 전하는 제가 보아온 분들

중에서 가장 좋으신 분이세요. 저는 전하에게 어떤 사정이 있는지는 잘 모르지만요, 무슨 이유가 있을 거라 생각해요."

"그렇게 생각해 준다니 고마워, 아나."

나의 말에 아나는 살짝 웃어 보였다.

"솔직히 처음 일기장의 내용을 알게 되었을 때는 혼란스러웠고 제가 전하를 섬기는 그 마음도 흔들렸지만 이젠 괜찮아요. 그리고 걱정 마세요. 전 그 일기장을 태워 버렸고 그 비밀은 누구에게도 말하지 않았거든요."

"헉! 그 일기장을 태워 버렸다고? 그건 프레야 왕비 전하 일기장인데?"

"돌아가신 프레야 왕비 전하의 일기장을 태우는 것이 크게 잘못한 일이라는 것은 알지만, 전 우둔해서 그것을 읽었을 때에는 무조건 이 엄청난 비밀이 담긴 것을 태워야 한다고만 생각했어요. 혹시 전하께서는 본래 영혼의 이름으로 셀레나라는 이름을 가지고 있지 않으세요?"

"왜?"

"일기장 마지막 부분에 이런 언급이 있었거든요. 이것을 셀레나만 볼 수 있도록 마법을 걸었다고. 전하께서는 그 일기장을 읽으셨잖아요. 그리고 왕비 전하의 애칭과 같은 아나라는 이름을 가진 저도 읽을 수 있었구요. 제 생각에는 그 일기장을 읽는 열쇠는 '아나'와 '셀레나'라는 이름과 연관되어 있는 것 같아요. 그리고 보통 사람들은 그 일기장을 못 읽는 것 같지만 혹시 모르는 일이잖아요. 누군가가 일기장의 존재를 알아서 마법사가 그 일기장에 걸린 마법을 푼다면 비밀은 새어 나가고 왕실은 혼란스럽게 될 거예요."

왕비의 일기장을 읽는 열쇠가 따로 있었다는 것은 몰랐다. 나는 그것을 어렵지 않게 읽을 수 있었기에 그냥 기다리기만 하면 저절로 읽혀지는 일기장인 줄로만 알았던 것이다. 그런데 '아나'와 '셀레나'라는 이름이 열쇠가 된다니.

나는 셀레나라는 이름을 가지고 있지 않았으며 그녀의 딸이라는 관계밖에 없는데 어떻게 일기장을 읽을 수 있었는지 의문이다.

어쨌거나 나는 아나를 그저 평범한 소녀로 알고 있었는데 오늘 그녀의 생각과 말은 나를 조금 놀라게 한다. 의외로 생각이 깊은 소녀였던 것이다.

"그래. 그나저나 우연이네? '실버 아나테스'라는 드래곤으로서의 프레야 왕비 전하의 이름과 네 이름의 애칭이 서로 일치하니 말이야. 어쨌든 고마워. 비밀을 지켜주어서."

"저로선 당연한 행동이에요, 전하."

그렇게 아나와 나의 대화는 마무리되었다. 나는 아나를 내보내고 난 후 루이스에 대한 일과 왕비의 일기장에 대해 열심히 머리를 굴렸다. 그러다 그사이 아멘시타는 본체로 돌아갔는지 아기 고양이는 침대 위에서 갸르릉거리고 있었다.

"흠, 아멘시타가 빠져나가 있는 틈에 고양이 목욕이나 시킬까? 그는 씻는 걸 무지 싫어하니."

결국 나는 고양이를 목욕시키기 위해 고양이에게 손을 뻗으려 했다. 내가 그렇게 손을 뻗자 괘씸하게도 이 고양이는 몸을 움찔해 보이더니 경계의 눈빛을 하고 뒤로 물러났다.

"미카엔, 이리 온~"

나는 최대한 상냥한 어조로 고양이에게 말을 걸었건만 고양이는 무척이나 도도한 눈빛을 해 보였다.

'저것이 감히 튕긴다 이거지?'

나는 힘줄이 돋는 것을 느끼며 고양이에게 손을 다시 뻗었다. 그러자 고양이는 나를 피해 본격적으로 도망을 치기 시작했다.

냐아옹~!

"앗! 거기 안 서?!"

그러다 그때 나의 침실 방문이 열렸다. 방문 사이로 마드린의 얼굴이 보이는 순간, 고양이는 자신의 살 길인 탈출구를 발견하고는 그곳으로 뛰어들었고 마드린은 소스라치게 놀랐다.

"전하, 국왕 폐… 에구머니!"

"야! 미카엔, 너 거기 안 서면 그 은색 털 다 뽑아버릴 거야!"

고양이가 침실 밖으로 빠져나가자 더욱 고양이를 잡기 어렵겠다고 생각되어 나도 모르게 흥분해서 그렇게 외치고 말았다. 그러자 마드린은 얼굴이 새파랗게 질리는 모습을 해 보였다.

내 말이 너무 거칠었던 걸까?

"저, 전하! 폐하의 머리털을 다 뽑겠다니요?"

"네? 난 고양이의 털을 뽑겠다고 한 건데…….."

마드린이 기절할 듯이 놀라며 말하자 나는 갑작스레 바뀐 상황에 당황하며 답하다 그녀의 뒤로 미카엔의 모습이 보이는 것을 보고 눈을 동그랗게 떴다. 미카엔의 손에는 언제 잡혔는지 고양이가 매달려 발을 버둥거리고 있었다.

"음… 이 고양이의 이름이 미카엔인 모양이군."

"…네, 폐하."

나는 민망함을 감추며 그에게 답했다. 그러자 그는 지금 상황의 전말에 대해 파악을 했는지 근엄함으로 그의 웃음기 어린 기색을 감추고는 버둥대는 고양이를 나에게 돌려주었다.

그리고는 입을 열었는데 그의 어조는 평소 편한 느낌이 아니라 국왕이 왕비에게 하는 격식이 갖추어져 있었다.

호칭도 라비스가 아닌 부인으로 바뀌어 있었다. 아마도 나와 둘만 있는 자리가 아닌 시녀장이 보는 앞이라 그런 모양이다.

"부인, 그대가 아끼는 귀여운 고양이에게 나의 이름을 붙인 것은 나를 사랑하는 마음에서 비롯된 것이겠지? 그대가 나를 생각하는 마음은 무척 기쁘지만, 그래도 털을 다 뽑는 것만큼은 자제해 주시는 것이 좋을 듯하군."

솔직히 고양이에게 국왕의 이름을 붙이며 함부로 부르는 것은 국왕의 위신을 깎는 일이라 불경함이라고 할 수도 있었다. 하지만 미카엔은 시녀 앞에서 한 나의 왕비답지 못한 그 행동을 부부 간의 다정함으로 무마시키고 자신의 위엄을 세웠다. 그렇다면 나 역시 그의 의도에 맞추어 호응을 해야 할 듯했다.

"제가 폐하를 생각하여 고양이에게 그 이름을 붙인 것을 좋게 봐주시고 기쁘게 생각하신다니 저 역시 기쁩니다. 그리고 존귀하신 폐하의 이름을 가진 고양이의 털을 제가 감히 뽑을 턱이 있겠습니까?"

아아, 닭살이 돋는다. 하지만 왕실이란 것이 시녀들과 시종들의 눈과 귀로 인하여 왕족들의 행동이 일거수일투족 관찰(?)되어지고 그로 인해 소문이 끊이지 않는 곳이기 때문에 왕족들은 언제나 신중해야 하고 위엄있어야 했다. 어찌 보면 꽤나 삭막한 곳인 셈이다.

"그렇다면 그대가 나에게 가진 그 마음을 확인받을 수 있을까?"

윽! 미카엔 녀석. 지금 마드린 보는 앞에서 무슨 꿍꿍이인 거지?

나는 마드린에게 힐끔 눈길을 주었다. 그러자 왠지 모르게 얼굴이 살짝 붉어져 있는 그녀의 모습이 눈에 들어왔다. 그녀는 자리를 피해야 하나 말아야 하나 고심하고 있는 가운데에서도 나와 미카엔의 모습을 무척 흡족(?)한 눈빛으로 바라보고 있었다.

그녀는 국왕 내외의 금실이 무척 좋다고 생각하고 있는 모양이다. 국왕 내외의 금실이 좋아야 나라도 화평한 법! 만약 국왕이 왕비보다는 측실을 더욱 총애한다면 왕비의 위신이 깎이고, 분란이 생길 수도 있고, 후계자 문제도 골치 아파지게 된다.

그러니 장미궁 시녀장으로서 마드린은 국왕 내외가 잉꼬부부가 되는 것이 무엇보다 기쁜 일일 것이다. 그렇다면 마드린이 있는 이 상황에서 나는 미카엔의 요구를 거절할 수는 없게 되는 것인데.

으으, 미카엔 녀석 정말 약삭하다. 이런 기회를 이렇게 활용하다니!

"물론입니다, 폐하."

결국 나는 조신한 답변을 하며 약간 발끝을 들어 미카엔의 볼에 가볍게 키스를 하기 위해 입술을 가져갔다. 이 정도면 사랑하는 부인으로서 가진 마음이 확인될 테지. 하지만 미카엔은 그 정도로는 사랑하는 부인으로서의 마음이 확인되지 않는지 살짝 표정을 찌푸린 얼굴로 입을 열었다.

"부인."

"……?"

물론 그 표정은 마드린이 볼 수 없도록 나에게 향해 있었고 무언의 압력을 담고 있었다. 볼이 아닌 입술에 하라는.

이에 적당히 넘어가려던 나는 이마에 힘줄이 하나 돋는 것이 느껴졌지만 우리를 보고 있는 마드린의 흡족한 눈길을 무시할 수가 없어 결국 나는 미소 띤 얼굴로 그의 입술에 나의 입술을 가져갔다.

지금 이 순간은 아침때처럼 멈칫거리는 행동마저 할 수 없었기에 나는 자연스러움을 가장한 태도로 그에게 살짝 키스를 하였다.

그나저나 방금의 키스는 내가 스스로 그에게 하는 것으로는 처음이된 듯했다. 무진장 닭살이 돋고 어색하다. 하지만 의외로 거부감보다는 어색함과 쑥스러움이 더욱 강하게 들었다. 도현으로서의 거부감은 그것에 가려지는 것 같다고나 할까?

내가 여자로서 인식을 하고 적응을 해가는 모양이다. 그나저나 앞으로 왕실에서는 한 가지 새로운 소문이 돌 듯했다. 국왕 내외는 닭살 부부라는.

"저어… 폐하, 자리를 비켜드릴까요? 아니면 폐하께서 이곳을 찾으신 목적 그대로 식사 준비를 해드릴까요?"

그때 마드린이 조심스럽게 말을 꺼냈다. 그녀의 팔뚝에는 닭살이 잔뜩 돋아 있었다. 흠, 닭살 분위기의 근원인 미카엔만 멀쩡하고 마드린과 나는 이 분위기에 닭살이 돋아 괴로워하고 있는 셈이었다.

"식사 준비를 하게, 마드린. 나는 부인과 점심을 같이 하러 온 것이니."

미카엔은 그렇게 말하고는 나에게 고개를 돌렸다. 그리고 말하기를…

"부인, 다음번엔 그 수줍음을 극복하고 모닝 키스를 어렵지 않게 할 수 있겠지?"

으윽! 뭐야? 미카엔 녀석. 모닝 키스라니! 내가 아침에 그에게 키스하려고 시도했던 일을 알면서 그저 자는 척했던 것인가?

그의 한마디에 머리 속이 뒤죽박죽이 되고 만 나였다.

미카엔이 중앙 궁성으로 돌아가고 난 후.

나는 몇몇 귀족들의 알현을 하고, 몇몇 귀부인들과 알 수 없는 수다를 떨어야 했다. 그 후 마드린에게 보고 있는 마법서를 뺏기고 대신 자수 교본을 받아야 했으며 향긋하고 은은한 맛의 차를 타는 법을 배워야 했다.

이것은 완전한 신부 수업인 듯했다. 이런 여성스러움의 미덕을 강조한 신부 수업들은 나를 아주 미치게 했다. 특히 자수 교본을 들고 있을 때는 의미를 알 수 없는 문구들의 나열에 괴로워하다가 꾸벅꾸벅 조는 경우가 다반사였다.

그러면 어김없이 마드린의 잔소리가 들려왔다. 그녀의 주특기인 가공할 만한 잔소리가 말이다. 훌륭한 왕비가 되는 일이 이토록 어렵고 힘겨운 일인 줄은 미처 몰랐다.

자고로 훌륭한 왕비가 되기 위해서는 모든 귀부인들과 여인들에게 모범을 보여야 한다니… 왕비라면 바느질 정도는 할 줄 알아야 할 듯했다. 그런데 프레야 왕비도 이런 자수와 귀부인들과의 수다를 즐겼는지 의문이다.

아무튼 나는 저녁 무렵이 되어서야 겨우 자유의 몸이 될 수 있었다. 마드린이 나를 이렇게 들들 볶을 줄은 몰랐는데… 흑! 이럴 땐 루이스가 너무도 그리워진다.

나는 침실 베란다로 나가 플라이 마법을 써서 궁성의 지붕으로 날아간 다음 정령들을 불렀다. 그들에게 나는 루이스의 과거에 대해 조사해 오도록 명을 내렸고 그들은 나의 명령을 받고는 뿔뿔이 흩어졌다.

그리고 나는 다시 침실 안으로 들어가 아나를 불렀고 그녀에게 루이스가 이상해지기 시작할 무렵에 대해 자세히 얘기를 들었다. 그녀의 얘기를 간략히 요약하자면…

루이스는 그 즈음에 말수가 없어지며 얼굴이 수척해져 갔다고 했다. 그리고 가끔 뭔가를 부정하듯 고개를 가로젓는 행동을 했다는데 이유를 물어도 루이스는 답해주지 않았으며, 그때의 루이스는 뭔가 굉장히 혼란스러워하는 것 같았다고 했다.

루이스는 무엇에 그렇게 혼란스러워하고 부정하고 있었던 걸까?

그때 루이스의 고통과 고민을 함께했었더라면 하는 생각이 자꾸 든다.

루이스에 대한 생각으로 또다시 우울해진 나는 아까 겨우 감추어두었던 마법서 한 권을 침대 속에서 꺼내 들어 읽었다. 그러다 밤이 깊었음에도 불구하고 미카엔이 침실로 오지 않았다는 것을 깨달았다.

오늘도 그가 이곳에 올 거라고 생각했었는데 의외다. 아까 말 많고 눈치없던 시녀들 중 하나가 미카엔이 로터스 궁으로 갔을지도 모른다고 했던 말이 떠오른다.

"흠……."

나는 침대 위에 자고 있는 아기 고양이 미카엔에게 눈길을 주었다. 왠지 기분이 기묘하다. 나는 가운데 손가락을 튕겨 꿀밤 때리듯이 자고 있는 고양이의 머리를 툭 건드렸다. 아까 점심때의 일이 생각난 나의 심술궂은 행동이다.

카아옹~

잘 자다가 느닷없이 머리를 얻어맞은 고양이는 신경질적인 울음소리를 내었다. 조그만 게 제법 성질이 더럽다.

결국 나는 밤늦게까지 마법 공부를 하다가 그대로 침대 위에서 마법서를 베개 삼아 잠들어 버렸다. 그러다 어느새 다시 날이 밝았는지 누군가가 나를 깨우는 소리가 들려오기 시작했다.

아침에 누군가가 이렇게 깨울 때면 나는 무척 괴롭다.

"라비스, 일어나!"

"우웅~ 5분 만요, 마드린~"

나는 웅얼대듯 말하고는 나를 깨우는 손길을 피해 돌아 누었다.

"라비스! 그 5분 만이라는 멘트 이제 그만 좀 바꿀 때도 되지 않았어? 얼른 일어나!"

[라비스, 루이스에 대해 알아냈단 말이야.]

"아휴~ 라비스를 깨우는 게 이렇게 힘들다니! 그동안 깨워왔었던 루이스의 고충이 짐작되는군."

"라비스를 효과적으로 깨울 수 있는 방법이 없을까?"

"리엔, 그냥 찬물을 한번 끼얹는 것이 어때?"

"샤르, 넌 꼭 그렇게 무식한 방법밖에 생각할 수 없는 거야? 아젠 네가 한번 깨워봐."

아까부터 나의 귓가에서 누군가가 시끄럽게 떠들어대는 소리가 들려왔다. 정말 떠들썩하다. 나는 침대 속으로 더욱 파고들다가…

"라비스님, 루이스님의 진실을 밝히고자 하는 마음이 있다면 지금 일어나세요."

아젠샤르가 나에게 하는 말에 문득 눈을 떴다. 그다지 크지 않는 목소리로 말한 아젠샤르의 간단한 말이었지만 '루이스의 진실을 밝히고자' 라는 문구에, 잠에 취해 있음에도 불구하고 나의 의식은 반응하여 금세 눈을 뜬 모양이다.

나는 루이스의 감추어진 진실을 밝혀야만 했다. 그것이 나를 사랑해주고 아껴주었던 루이스에게 내가 마지막으로 해줄 수 있는 일이다.

그렇기에 나는 눈을 뜨자마자 아젠샤르에게 물었다.

"아젠, 루이스에 대해 뭔가 알아낸 거야?"

"네, 라비스님. 어젯밤에 아멘시타와 리엔이 크로시벨 가로 가서 그녀가 예전에 살던 곳을 알아내었습니다. 그래서 라센샤르님이 직접 인간의 모습으로 그곳에 가서서 조사하여 루이스님의 과거를 대충 알아내셨습니다."

그때 리엔시타가 끼어들었다.

"라비스, 루이스는 크로시벨 가에 들어오기 전에 로히얀스 수도에 있는 어느 허름한 주택가에서 살고 있었는데, 아마도 그녀에게는 아주 어린 딸이 있었나 봐. 근데 그 딸이 죽고 나서 괴로워했던 모양이야."

루이스에게는 죽은 어린 딸이 있었다는 것. 나는 언젠가 루이스에게 들은 적이 있었다. 그녀에게 그런 얘기를 들었던 것은 아마도 내가 미카엔의 첩이 되어 그에게 한참 수면제를 탄 론티아 꽃잎 차를 먹이고 있을 무렵이었을 거다.

"예전엔 저에게도 젖먹이 딸이 있었는데, 크로시벨 가에 들어오기 전에는 생활이 무척 궁핍해서 끼니도 잇기가 무척 어려웠죠. 결국은 태어났을 때부터 허약했던 제 딸은 제대로 못 먹었던 것과 생활을 꾸려 나가야 했던 저의 소홀함으로 인해 얼마 안 가서 죽고 말았답니다."

아, 나는 왜 그것을 생각 못하고 있었을까? 루이스에게는 그런 어두운 과거가 있었다는 것을.

미카엔의 말이 떠오른다. 그는 루이스가 나를 해한 것은 그녀에게 나보다 더욱 소중한 뭔가가 있어 그것에 흔들렸을 수도 있다고 말했다.

그렇다면 루이스에게는 가장 소중했던 것이 죽은 딸이 되는 것일까?

루이스가 그 소중한 존재로 인하여 흔들린 것과 그녀가 나를 해한 것은 대체 무슨 관계가 있는 것일까? 지금 생각해 보니 미카엔의 말은 하나의 힌트 같다.

나는 머리를 굴리며 루이스의 소중한 존재가 나를 해함과 무슨 관계가 있는지, 그녀가 왜 그 무렵에 뭔가를 부정하려 했으며 혼란스러워했는지를 생각해 보았다.

"라비스, 내 생각엔 말이야 혹시 예전 그 상황하고 비슷한 경우가 아닐까 생각하는데……."

"예전의 그 상황이라니, 리엔?"

"여기 왕성에 한참 황태자비 유령 소동이 있었을 때 라비스, 네가 부탁해서 그 세리아인지 뭔지 하는 애가 죽은 일을 밝히기 위해 내가 개시녀를 지켜보다가 흑마법에 걸린 것을 알아내었잖아? 솔직히 내가 정령의 눈으로 보아도 루이스는 너를 해할 사람은 아니었어. 그런데 그녀가 갑자기 너를 해하였다는 것은 뭔가 이상하잖아?"

"아!"

"뭔가 그 시녀의 경우와 비슷한 점이 없어?"

"그러고 보니 루이스는 그 무렵에 무슨 악몽 같은 것을 꾼다고 했고 자주 멍한 표정을 지었어. 얼굴도 야위어가고 표정도 없어지고… 설마?"

나는 자리에서 벌떡 일어났다. 하지만 그때.

끼익—

침실 문이 열리는 소리가 들려왔고 정령들은 모두 후닥닥 자리를 피하였다. 안으로 들어온 이는 마드린이었는데 그녀는 내가 깨어 있는 것을 보고는 눈을 동그랗게 떴다.

"전하, 벌써 일어나셨습니까? 안색이 안 좋으시군요."

"마드린, 혹시 중앙궁성 서재에 흑마법서 같은 것이 있을까요?"

그러자 마드린은 해쓱한 얼굴을 해 보였다.

"전하, 흐, 흑마법이라니요? 이곳 서재에 흑마법서 같은 것이 있을 리가 없지 않습니까? 설마 전하께서 어둠의 힘 따위에 관심……."

나는 거기까지만 들었다. 서재에서 흑마법에 대해 자세히 알아볼 자료를 찾을 수 없다면 나는 박학다식한 킬린을 찾아가 조언을 구해야겠다. 대충 옷을 갈아입은 나는 침실을 나서서 왕실 마법사들의 연구실로 달려갔다.

거기서 수석 마법사 킬린을 만난 나는 흑마법 중에서 사람의 의식을 지배하는 술수에 대해 질문을 했다. 킬린은 처음엔 왠지 대답을 꺼리는 듯하더니 결국은 나에게 입을 열었는데…

"전하, 저는 흑마법에 대해서는 잘 모릅니다. 하지만 그 마법에 대한 특징에 대해서는 조금 알지요."

"그 특징이 무엇이죠?"

그는 내가 지금 알고자 하는 의식 마법의 특징에 대해서만 설명을 해주었다.

"그 마법은 사람의 의식을 조종하고 지배하는 것으로 세뇌와 약간 차이가 있습니다. 그것은 시전자의 능력에 따라, 혹은 마법의 걸림을 당하는 사람의 저항력에 따라 그 효과는 천차만별이죠. 저항력이 약한 자가 그 마법에 걸린다면 완벽히 그 의식을 지배당하게 되어 마법 시전자의 수족이 됩니다. 그러면 자신의 의식은 영영 되찾을 수가 없게 되는 거죠. 이 흑마법은 마법이라기보다는 주술에 가깝습니다, 전하."

"그 마법은 어떤 방식으로 걸리게 되는 건가요?"

나는 다시 질문을 했다.

"글쎄요, 저도 정확한 방식은 잘 모르겠지만 흑마법이란 그것을 시행하기 위한 힘을 얻기 위해서는 희생자의 피가 재물로써 필요합니다. 의식 지배 마법 같은 경우에는 희생자의 피로써 시전자가 마법을 행합니다. 그 시간대는 목표물의 의식이 약해져 있는 잠들어 있는 시간이 적절하겠지요. 또한 재물만 있다면 어디서 시전하든 상관이 없어 누군가에게 들킬 염려도 없지요. 그 마법은 목표물의 무의식에 존재하는 약점이나 소중한 존재에 의해 점차 의식을 지배받게 되는 것입니다."

킬린의 말을 듣자 나는 루이스가 흑마법에 조종을 받았다는 것을 더욱 확신할 수 있었다. 루이스는 나에게 악몽을 호소한 적이 있었다. 루이스는 잠들어 있는 동안 흑마법에 계속 공격을 받아왔던 것이다.

루이스는 아마도 그것을 이기려 노력했을 것이다. 본인은 그것이 흑마법이라 생각지 못했겠지만.

나는 그 길로 왕성의 지하 감옥으로 향했다. 루이스는 왕비를 살해한 죄를 가지고 있었으니 그녀는 지하 감옥에 갇혔을 것이었다.

그곳에서 나는 간수의 얘기를 들었다. 간수의 말로 루이스는 그날 이후 매일같이 피를 토하듯 통곡했었고 그러던 어느 날 스스로 혀를 깨물어 자살을 했다고 했다. 나는 눈물이 나오려는 것을 참으며 루이스가 갇혀 있었다던 감옥으로 발걸음을 옮겼다.

루이스가 갇혀 있던 감옥 안은 무척 어두웠으며 습하였고 서늘했다. 이런 곳에 루이스가 갇혀 있었다니… 얼마나 고통스러웠을까?

루이스가 겪었을 고통을 생각하며 나는 그렇게 감옥의 벽을 멍한 눈으로 바라보았다. 그러다 벽에 뭔가 글씨 같은 것이 쓰여 있는 것을 발견하였다. 그것은 빛이 바래서 어두워진 붉은 빛깔의 글자였다. 아마도 피로 써진 듯했다.

「괴롭다. 나는 사랑하는 존재를 내 손으로 죽이고 말았다. 나는 매일같이 환상을 보았다. 내가 사랑하는 존재가 나의 딸을 비참하게 죽이는 끔찍한 장면을… 딸의 영혼은 매일 나를 찾아와 괴롭혔다. 자신을 죽인 그 존재를 죽여달라고……」

그 문구를 보고 침실로 돌아온 나는 결국 울음을 터뜨리고 말았다. 루이스에게 흑마법을 건 존재를 저주하며 루이스를 위해 눈물을 흘렸다. 나의 소중한 존재 중 하나의 비참한 죽음이 너무도 가슴 아팠다.

그녀의 죽음이 너무 안타까웠다. 그녀가 만약 살아 있었다면 그래서 내가 다시 돌아와 왕비가 되는 모습을 보았더라면 얼마나 좋았을까 하는 생각이 들었다. 그녀는 아마도 무척 기뻐했을 것이다.

깊은 상실감이 든다.

무척 소중한 것을 잃어버린 상실감, 그리고 그 잃어버린 소중한 것을 다시는 영영 되찾을 수 없음에 대한 안타까움과 슬픔이 나를 괴롭게 했다.

곁에 있는 아멘시타가 걱정스런 눈으로 나를 지켜보았다.

나는 울면서 루이스에게 흑마법을 걸 만한 존재를 생각해 보았다. 솔직히 내가 알고 있는 흑마법사는 마리밖에 없었다. 그녀는 잠시 이곳 왕성에서 지낸 적이 있었다. 그리고 루이스하고도 몇 번의 부딪침이 있었다.

그 무렵에 마리는 루이스와 나를 제거하기 위한 또 하나의 방편인 목표물로 생각하고 있었을지도 모른다.

그렇다면 마리는 유령 소동과 세리아 독살 사건으로 나를 제거하고 왕비가 되려다 결국은 나에게 그 검은 속이 발각되고 자이라스로 건너가 엔카루스와 손을 잡았다가 전쟁으로 엔카루스가 죽자 마리는 남겨 두었던 하나의 방편으로 나를 제거한 것이다.

나의 몸이 떨려왔다. 정말 나의 이러한 추측이 사실이고 마리의 소행이 확실하다면, 나는 마리를 용서하기가 힘들 것 같다.

"내 손으로 처단할 거야. 루이스와 나에게 죽음과 지독한 고통을 안겨준 너를 결코 용서하지 않아!"

Change Of Destiny   제6장

작은 오해, 그리고 특별한 하루

작은 오해, 그리고 특별한 하루

루이스의 비참한 죽음이 결국 흑마법에 의한 것이라는 것을 알게 된 나는 그녀를 위해 눈물로 하루를 다 보냈다.

"하아……."

나는 깊은 한숨을 내쉬며 내가 앉아 있는 침실 베란다 밖으로 내다보이는 장미궁 정원의 모습을 무심하게 바라보았다. 꽃이 정원을 가득 메우고 있고 그 향긋한 향이 공기를 타고 이곳까지 전해져 와 나의 후각을 자극하고 있었지만, 저 아름다운 꽃들도 나의 우울함을 달래지는 못했다.

아젠샤르가 예전에 나를 위해 불렀던 노래가 떠오른다. 나는 그것을 나직하게 흥얼거려 보았다. 라비스가 된 뒤로 노래 같은 것은 부른 적 없었지만 제법 맑고 깨끗한 소녀의 목소리를 가지고 있던 지금의 내 목소리는 노랫가락의 음색을 더욱 아름답게 해주었다.

운명이 나를 부르네.
운명으로 가장한 나의 사랑이
귓전을 맴도는 작은 속삭임이 되어
나를 부르네.

그 부름에 답하여
나는 돌아가야 하나.
지나쳐 온 길을
또 한 번 되돌아보네.

눈물을 삼키고
한때의 추억을 외면하며
나의 갈망과 바램을
저 쓸쓸한 바람과 함께 떠나보내려 하니
그 부름이 나를 괴롭게 하네.

사랑을 말하던 나는
세월이라는 이름의 무덤 안에
고이 잠들고
나의 귓전에서 머물던 그 속삭임은
마침내 그 길을 잃고 슬픔의 정(精)이 될 때까지.

그 부름에 빗겨 가려 하네.

눈물짓지 않기를 스스로 다짐하며
그렇게 지나쳐 온 길을
또 한 번 되돌아보네.

노랫말이 왠지 슬프다. 아젠샤르는 무척 아름다운 노래를 부르곤 했
지만, 그중에는 슬픈 것이 많아 듣는 이로 하여금 괜히 가슴이 찡하게
만든다. 젠장, 더욱 우울해졌군.

나는 자리에서 일어나 침실 안으로 들어갔다. 그리고 차분하게 앉아
서 아까 하다 만 자수틀을 집어 들었다. 지금 나는 은빛이 감도는 백색
실크 손수건에 보라색 실로 수를 놓고 있는 중이었다.

물론 왕초보인 나는 기본적인 글자 형태부터 수를 놓았는데 그 글자
는 미카엔의 풀 네임이었다. 일단 나는 바늘을 들고 실을 꿰어 작업에
들어가기 시작했다. 그러다 얼마 안 있어…

"아얏!"

나는 짤막한 비명을 지르며 손가락을 입 안으로 가져갔다. 천과 함
께 손가락을 꿰맨 것이다. 나는 눈물을 찔끔하며 다시 집중하다가 헉!
하고 헛바람을 들이키는 소리를 내었다. 실이 그만 꼬인 것이다.

결국 나는 머리칼을 쥐어뜯으며 인내심의 한계를 느껴야 했다. 으
으, 예전에는 바느질이란 것이 이렇게 고도의 정신력을 필요로 하는 작
업이라는 것을 미처 몰랐었는데… 흑! 마드린이 원망스럽다.

마드린은 내가 우울한 심중에 있어도 훌륭한 왕비가 되기 위한 덕목
을 나에게 심어주려는 피나는 노력을 멈추지 않았다. 그녀의 그러한
노력은 정말 불굴의 의지인 듯하다.

훌륭한 왕비가 되기 위한 지침의 첫 번째 덕목을 내가 지키도록 하기 위해 그녀는 매일 새벽같이 나를 깨웠는데, 나를 깨운다는 것은 보통 힘든 일이 아니니 불굴의 의지가 될 수밖에 없었다.

어쨌든 나는 그렇게 마드린에 의해 일찍 일어나서 몸을 단정하게 하고 나면 훌륭한 왕비가 되기 위해서는 이렇게 해야 한다는 조언을 가장한 잔소리에 떠밀려 아침 승마를 나서게 된다. 솔직히 나는 원래 승마를 따로 배운 적이 없었다.

그럼에도 불구하고 어설프게나마 겁이 많고 예민한 동물 중 하나인 말을 다루는 것을 쉽게 터득한 것은 아마도 본래 라비스가 승마에 능숙해서 그랬던 것이 아닐까 생각된다.

기본적으로 귀족 영애들은 필수 교양으로 승마와 사교에 필요한 춤을 배우기 때문에 본래 라비스도 승마를 익혔을 테고, 그로 인해 나는 몸에 잠재적으로 밴 승마술로써 자연스럽게 그것을 터득한 듯했다.

그 다음 두 번째 덕목은 고상함과 우아함인데 평소 우아한 체를 잘하던 나로서는 그다지 어려울 것이 없었기 때문에 쉽게 마드린의 인정(?)을 받을 수 있었다.

세 번째 덕목, 이것은 정말 나를 힘들게 했다. 이곳 세계에서 내가 유일하게 찾을 수 있었던 낙인, 마법 배우기를 마드린은 여자답지 못하다며 금지시켰다. 아니, 상당한 눈치를 주었다.

시녀장으로서 감히 왕비가 하고자 하는 일을 강제로 막을 수 없었던 그녀는 툭하면 '훌륭한 왕비가 되기 위해서는…' 의 서두로써 잔소리를 하였으며 남몰래 마법서를 감추기도 했다. 하지만 나는 그때마다 숨겨놓은 마법서들을 귀신같이 찾아내 마법서를 읽었다.

아마도 마드린은 이런 나의 모습에 정말 못 말린다고 생각했을 것이다. 나도 정말 마드린 못지 않은 대단한 의지인 것 같다.

자수와 친목회. 이것은 정말 생각하고 싶지도 않다. 한번은 귀부인임을 사칭했을 거라 의심되는 수다쟁이 아줌마들의 틈바구니에 끼어서 친목 도모를 한 적이 있었는데, 그때 나는 아줌마들의 수다에서 나오는 그 영향력과 파워에 내심 놀랐었다.

"호호홋. 왕비 전하, 이거 아세요? 글쎄, 재상께서는 틈만 나면 방귀를 뀌는 버릇이 있답니다."

"……."

"한번은 그분이 폐하께서 참석하신 대신 회의에서 방귀를 뀐 적이 있었는데요, 그 소리가 너무도 커서 그곳에 참석한 대신들은 모두 어리둥절했답니다. 설마 그 우렁찬 음향이 방귀 소리일 거라 미처 생각을 못했던 거죠. 호호."

"어머머, 그게 정말인가요, 백작 부인? 고고하신 폐하께서 난데없는 소리에 얼마나 놀라셨을까?"

백작 부인이라고 불린 그 아줌마가 재상에 대한 얘기를 하고는 정말 웃긴다는 듯이 웃어대자 그녀의 얘기를 함께 듣고 있던 자작 부인의 칭호를 가진 젊은 아줌마는 그렇게 수선을 피우며 얼굴을 붉혔다.

그녀의 그런 태도에 나는 고개를 조금 갸우뚱했다. 재상에 대한 얘기에 어째서 미카엔에게 초점을 맞추며 얼굴을 붉히고 그러는 걸까?

"그리고 또 이런 일이 있었답니다."

자작 부인의 호응에 신이 난 백작 부인은 또 다른 말을 꺼냈다.

"뭔데요?"

이에 눈이 반짝반짝해지는 자작 부인.

"어느 날 아침 조회 시간이었는데요, 모두들 정사에 대한 심각한 얘기가 한창 진행되던 중에 재무대신이 그만 졸고 말았대요. 그는 평소 잘 때 코 고는 소리가 대단하거든요. 근데 거기서 코 고는 소리를 낸 거죠. 결국 대신들은 이를 민망해하며 재무대신을 깨웠는데, 이를 본 폐하께서……."

그렇게 국가 비밀(?)이라 할 수 있는 최고 관리들의 허물이 이들에 의해 도마에 올려져 낱낱이 파헤쳐졌다. 결국 나는 귀부인들과의 친목회로 인해 재상이 방귀를 잘 뀌고 재무대신의 코 고는 소리가 우렁차며 군무대신의 트림이 엄청 지독하다는 것까지 알게 되고 만 것이다.

그러다 나는 미카엔과의 2세 문제에 진땀을 빼기도 했다. 그녀들의 말로는 귀족들 사이에서 가장 큰 관심사는 나와 미카엔과의 2세 문제라고 했다. 참으로 난감한 일이다.

결국 나는 그녀들을 적당한 말로써 내보내 버리고 나의 손가락을 같이 꿰매는 불상사까지 만들어낸 실크 손수건에 이름 글자를 수놓은 작업을 마침내 끝마쳤다.

비록 비뚤하고 못생긴 글자 모양이었지만, 나는 나중에 기회를 봐서 미카엔에게 선물할 생각이다. 이것은 나의 피땀이—확실히 피땀이 맞다. 바늘에 찔려 흘린 피와 끙끙대던 식은땀이 있으니—담긴 인간 승리 작품이었기에 미카엔은 정말 큰 선물을 받는 것일 테다.

앗! 그리고 보니, 나 정말 여자 다 됐다. 비록 강제적이긴 하지만 손수건에 수를 놓아 남편에게 선물할 생각을 다 하다니.

아무튼 그 다음 덕목은 연회 개최. 이건 한숨이 나온다.

어떻게 할까 고민하다 결국 나는 마드린과 나의 보좌관 루이안트에게 연회 관련 문제를 모두 맡겨 버렸고 정작 나는 중요한 공식적인 자리 외에는 얼굴을 드러내지 않았다.

보통 내가 연회에 나가면 젊은 신사들이 느끼하고도 닭살 돋는 말로써 나를 괴롭게 했다. 닭살 발언은 정말 미카엔만으로도 족하다. 이곳에서 닭이 되어버리고 싶지는 않으니.

그리고 나의 얼굴을 보려고 몰려들며 감상의 말을 늘어놓는 그밖의 귀족들… 나를 완전히 동물원 원숭이가 된 듯한 착각이 들게 만든다. 우아한 사교춤도 정말 질색이고. 아! 그러고 보니, 나는 미카엔과 함께 춤을 추어본 적이 없다.

아무튼 다섯 번째 덕목은 '미카엔과 그 백성을 내 몸같이 사랑하라'이다. 왠지 성경 구절을 연상하게 만드는 그 덕목은 그나마 내가 지키기 쉬운 무난한 덕목이었기에 별 어려움은 없었다.

그렇게 마드린이 내놓은 훌륭한 왕비의 덕목을 나름대로 지켰고 나는 정말 훌륭한 왕비가 된 것 같은 뿌듯함에 젖기도 했는데, 정작 마지막 덕목은 어떻게 지켜야 할지 막막했다.

그것은 미카엔의 후계자를 낳아야 하는 일이었는데, 아직 나로서는 생각하고 싶지 않은 일이었다. 아무리 스스로 여자임을 인정했다지만, 으윽! 뭔가 여자로서 자각하고 적응할 시간이 필요하지 않을까?

그러다 저녁 무렵, 따분해진 나는 미카엔의 집무실로 향했다. 항상 그가 나를 찾아오고 방문해 왔지만 이번에는 내가 그를 찾아갔다. 수놓은 손수건을 그에게 줄 겸 심심하기도 하고.

"오랜만이네요."

"예, 전하."

집무실을 방문할 때마다 만나게 되는 집무실 밖에 시립해 있는 상급 시종에게 나는 인사를 했다. 그리고는 집무실을 들어서려다 안에서 들려오는 목소리에 나는 살짝 귀를 기울였다.

언제도 이런 적이 한 번 있었는데.

"저, 전하."

시종이 사색이 되어 떠듬거리며 나를 만류하려 했다. 이것은 불경죄. 하지만 나는 검지손가락을 입술에 대며 쉿! 소리를 내었다. 그리고 안에서 들려오는 말을 들었는데, 예전에도 미카엔에게 후계자 문제를 독촉한 적이 있던 제너스 백작이란 사람과 미카엔의 대화 소리가 들려왔다.

"폐하, 후계자는 아직 입니까? 아사벨라님에게서 후계자를 보시는 것이 어떻습니까? 그렇지 않으면 왕비 전하께서 어서 후계자를 잉태하……."

"제너스 백작."

"예, 폐하."

"왕비는 지금 후계자……."

나는 미간을 좁히며 미카엔의 말을 들으려 했지만 갑자기 작아진 그의 말은 잘 들리지가 않았다. 아무튼 그가 무슨 말을 했는지 제너스 백작은 무척 놀라며 반문했다.

"앗! 그게 정말이십니까?"

"그러니 더 이상 후계자에 대한 말은 언급하지 말게."

미카엔이 뭐라고 했기에 제너스 백작은 놀라는 것일까? 그리고 내가 못 들은 미카엔의 뒷말은 무엇일까? 어쨌든 제너스 백작은 답했다.

"예, 폐하."

"그리고 이 일에 대한 것은 비밀로 하도록."

"물론입니다."

뭐가 비밀이라는 것일까? 미카엔이 무슨 말을 했기에 후계자 문제에 목숨을 건 제너스 백작 같은 다혈질 중년 신사가 금방 수그러드는 것일까? 의문이 마구 피어 오른다.

분명 후계자 문제에 대한 내용일 텐데. 게다가 비밀로 하라는 것은… 설마, 미카엔은 제너스 백작에게 내가 후계자를 잉태했다는 말을 한 걸까? 왕비는 지금 후계자를 잉태하고 있다고 말해 제너스 백작은 그렇게 놀란 것일지도 모른다.

나는 일단 제너스 백작이 집무실에서 나오기를 기다렸다가 그가 나오자 집무실로 들어갔다. 그러자 미카엔은 나를 보고 반기며…

"라비스, 네가 여길 찾아오는 것은 정말 오랜만인 것 같군."

"……."

화사하고도 매력적인 미소를 지어 보였다. 그의 미소에 나는 조금 뜸 들였다.

"웬일이지? 네가 여길 찾아올 생각을 다하고?"

그는 그렇게 말하며 자리에서 일어서더니 나에게 다가와 앞에 섰다.

"미카엔, 혹시 저에게 뭔가 숨기고 있는 거 있나요?"

"숨기다니 뭘?"

미카엔이 어쩌면 제너스 백작에게 내가 후계자를 가졌다고 말을 했을지도 모른다는 가정… 그것은 아마도 사실인 듯싶다. 지금 상황에서 제너스 백작이 저런 태도를 보이도록 만들 미카엔이 할 수 있는 한마디는 그것밖에 없었다.

그리고 믿고 싶지 않지만 그는 국왕으로서 대신에게 무책임한 거짓말을 하는 사람이 아니니, 내가 미카엔의 후계자를 잉태하고 있다는 것 역시 사실일지도 몰랐다. 그렇다면 나는 지금 내가 미카엔의 후계자를 잉태하고 있는지의 여부를 확인해야 할 듯하다.

"혹시… 그러니까, 첫날밤에……."

"첫날밤?"

반문하는 미카엔의 표정은 뭔가 짓궂은 것 같기도 하고 내가 꺼내는 말에 순수한 의문을 나타내는 것 같기도 했다. 애매하고 의미 모호한 사람 헷갈리게 만드는 그런 표정이다.

"혹시 저에게 무슨 이상한 행동 안 했겠죠?"

으윽! 정말 그에게 이런 질문을 하고 있는 내 모습이 우습고 민망하다. 아무튼 내가 그렇게 질문하자 미카엔은 나를 지그시 내려다보더니 턱을 살짝 잡곤 입술을 가져왔다. 이에 움찔하며 뒤로 물러나는 나에게 그가 말했다.

"이상한 행동이라면 방금 것과 같은 행동을 말하는 거겠지? 라비스는 자꾸 망각하는 것 같군. 당신이 내 아내라는 것을."

"미카엔, 그 말뜻은……."

"아! 라비스, 미안하지만 지금 누구를 접견해야 할 일이 있거든. 그러니까 나중에 얘기하도록 하자."

미카엔은 갑자기 생각난 듯 나의 말을 끊으며 나를 지나쳐 집무실을 나가려 했다. 나는 그런 그를 쏘아보았다. 그는 지금 나의 질문에 대한 답변을 회피하고 있는 것이다. 그렇다면 나는 그날 밤 잠들어 있는 동안 스스로도 모르는 사이에 미카엔으로 인하여 아기를 갖게 된 걸까?

하지만 첫날밤이 지난 지는 이틀밖에 되지 않았는데…….

그렇게 잠시 갸웃거리던 나는 아기는 곧바로 생길 수도 있는 것이라고 생각했다. 여자의 몸에 대해서는 무지한 나라서 여러 가지로 알쏭

달쏭하긴 했지만 말이다. 아무튼 그러한 생각에 몸을 떨다가…

"미카엔, 정말 너무하는군요!"

그에게 그렇게 외치고는 집무실을 뛰쳐나와 버렸다. 그리고 침실로 돌아온 나는 그에게 줄 생각이었던 수가 놓아진 손수건을 침대 위에 아무렇게나 집어 던졌다. 그러자 침대 위에 느긋하게 누워 있던 미카엔이라는 이름의 고양이는 날아오는 손수건에 놀라 냐옹~ 하면서 침대를 빠져나갔다.

그나저나 대체 이게 무슨 일이란 말인가! 내가 원하지 않았음에도 불구하고 그는 이런 나를 무시하다니. 젠장!

나는 침대에 엎드려 그 순간부터 고민하기 시작했다. 앞으로 아기는 어떻게 낳아야 하지? 또는 내가 어떻게 엄마 노릇을 해야 하지? 등등이었다. 으익! 정말 내가 아기를 낳는다니, 이건 말도 안 되는 일이었다.

나의 머리 속이 뒤죽박죽이 되는 것 같다. 미카엔, 이 나쁜 자식!

그렇게 내가 고민하고 있는데 마드린이 나의 침실로 들어왔다. 그녀는 내가 먹을 저녁 식사를 들고 있었다.

"전하, 식사를 하셔야죠."

"생각없어요."

밥 생각이 없었던 나는 그렇게 말하며 땅이 꺼져라 한숨을 내쉬었다. 그러자 마드린은 어둔 기색을 한 나의 모습이 걱정스러운지 다시 입을 열었다.

"전하, 어디 편찮으신가요? 몸 생각 하셔서 조금이라도 드세요."

"……"

나를 생각하는 마드린의 모습에 루이스를 떠올린 나는 다시 눈물이 날 것 같다는 생각을 하며 결국 자리에서 일어났다.

고민으로 인해 입맛이 없던 나는 억지로 식사를 대충 마쳤고, 다시 저녁 내내 고민을 했다. 옆에 있던 고양이 미카엔이 침대 위에 엎드린 나의 머리칼에 몸을 비비적거렸다. 부드러운 나의 머리칼 감촉이 좋은 모양이다.

나는 그 고양이 모습을 바라보다 미카엔을 떠올렸다. 왠지 화가 난다. 그래서 나는 그 고양이에게 화풀이를 하고 말았다.

"저리 가! 귀찮아!"

팔을 휘둘러 고양이를 침대에서 밀어내자 고양이는 밀려나 침대에서 떨어졌다.

카아옹!

고양이로서는 이름 때문에 괜한 수난을 당하는 셈이었다.

그렇게 고민을 하던 나는 뒤늦게 잠에 들었고 새벽녘에 다시 깨어났다. 내가 이렇게 새벽에 깨어나는 것은 아주 드문 일이었지만, 어쨌든 속이 안 좋다는 것을 느끼고 깨어나 다시 잠을 이루지 못했다.

속이 계속 울렁거렸고 자꾸 구토증이 올라왔기 때문이었다. 갑자기 왜 이러는지 알 수가 없다. 설마, 이런 것이 입덧이라는 건가?

나는 예전에 TV 드라마에서 종종 목격했던 장면을 떠올렸다. 여자 주인공이 임신을 하여 헛구역질을 하는 모습을.

임신 증상에 대해 지식이 전무했던 나로서는 지금 증상에 대해 입덧이라는 것을 연관시켜 생각하고는 썰물 빠지듯 얼굴에서 핏기가 싸악 빠져나가는 것을 느껴야 했다. 결국 나는 정말로 미카엔의 아기를 가진 것이다!

아! 하느님, 이거 거짓말이죠?

나는 혼자 소리없는 발악과 절규를 하며 머리를 쥐어뜯었다. 그렇게 구토증과 앞으로의 일에 대한 절망으로 괴로워하다가 어느덧 아침이 되었다.

마드린은 나를 깨우기 위해 왔는데, 안색이 좋지 못한 나는 보고는 놀라며 왕실 의사를 불러야겠다고 말했다. 그런 그녀의 말에 나는 기겁하며 괜찮다고 말했지만 다시 시작된 구토증에 마드린은 자신의 고집을 접지 않았다.

결국 나는 마드린에게 킬린을 부를 것을 부탁했다. 그는 다방면에 박식한 자라서 의학에 대한 지식도 꽤 되었다. 킬린은 금방 나의 침실을 찾았고 나를 진맥했는데, 진지하게 진맥을 하는 그의 얼굴에 나는 정말 초조했다.

"음, 전하."

"네?"

그러다 문득 그가 입을 열자 나는 화들짝 놀라며 그에게 답했다.

"체하셨군요."

"……."

그의 말에 갈피가 안 잡힌 나는 잠시 침묵을 지켜야 했다. 체하다니? 그러다 조심스럽게 그에게 질문했다.

"저어, 혹시 다른 이상은 없나요?"

"없습니다, 전하. 약을 지어드릴 테니 몸조리 잘하십시오."

"정말 제가 체한 건가요, 킬린?"

"예, 전하. 근데 체하신 것이 그렇게 기쁘십니까? 갑자기 얼굴에서 화색이……."

"아하하, 그냥요."

나는 얼버무리며 머쓱하게 웃어넘겼다. 그나저나 그저 체했을 뿐 다른 이상이 없다니. 새벽에 내가 속이 울렁거리고 구토중이 있었던 것은 고민하느라 어제 먹었던 저녁이 체해서 그랬던 모양이다. 왠지 우습게 느껴졌지만 다행한 일이다.

그렇다면 어제 오후 집무실에서 미카엔이 제너스 백작에게 말했던 비밀 내용은 무엇일까? 나는 킬린을 보내고 나서 침실을 나섰다. 그러다 뭔가를 생각해 내고는 다시 침실로 들어가 내가 수놓았던 손수건을 들고 나왔다.

그를 괜히 오해하여 어제 집무실에서 소리치고 뛰쳐나왔던 일을 사과할 겸 그의 집무실을 다시 찾아갔다. 그러다 미카엔의 집무실 앞에 시립한 시종에게서 그가 지금 알현실에 있다는 것을 듣고는 다시 알현실로 향했다.

그는 지방 귀족을 만나고 있는 중인 모양이었다. 그를 알현하는 자가 나오기를 기다렸다가 그에게 줄 손수건을 품에서 꺼내 들고 나는 알현실로 들어갔다. 그러자 의자에 앉아 몸을 기대고 잠시 눈을 감은 듯한 미카엔의 모습이 눈에 들어왔다.

미카엔은 내가 들어서자 눈을 떠 나를 보고는 살짝 미소 짓더니 손을 내밀었다. 가까이 오라는 뜻이었다. 하지만 나는 그 자리에 서서 잠시 망설이다 그에게 입을 열었다.

"미카엔, 한 가지 물어볼 게 있어요."

"말해 봐."

"어제 집무실에서 제너스 백작이 나오는 것을 봤어요. 그분은 분명 후계자 문제를 거론했겠죠?"

그러자 미카엔의 얼굴에서 장난기 어린 기색이 미세하게 스쳤다.

"물론. 그는 나의 후계자에 대해 기대하고 있는 자 중 하나이니까."

"그분과 무슨 얘기를 나누었는지 물어도 될까요?"

"궁금해?"

미카엔의 미소가 짙어지더니 그는 그렇게 물었다. 나는 그의 그런 모습을 의아하게 생각하며 왠지 불길했지만 고개를 끄덕여 보였다. 그러자 그는 내가 궁금하던 그 비밀에 대해서 답변을 했다.

"어제 집무실에서 그는 후계자 문제를 거론했지. 그래서 나는 그에게 왕비는 지금 후계자에 대한 제너스 백작의 말을 집무실 문밖에서 듣고 있다고 했어. 그리고 왕비는 민감해서 제너스 백작이 지금 하는 말에 상처를 받을 수 있으니 그만 언급하라고 했지. 그러니까 그는 안색이 변하여 그게 정말이냐고 하더군. 또 이 일을 비밀로 하라고 했던 것은 네 왕비답지 못한 행동이 씹기 좋아하는 사람들의 입에 오르내릴까 해서 그런 거야."

"아!"

내가 집무실 밖에서 엿듣고 있다는 것을 그가 그렇게 금방 알아채고 있는 줄은 몰랐다. 그러면서 그는 그 사실을 내색하지 않았고 오히려 애매모호하게 행동해서 나를 오해하도록 만든 것이다.

그것도 모르고 나는 괜히 어젯밤 내내 죽을상을 하고 고민을 했다. 왠지 억울한 마음도 드는 나였다.

"라비스, 넌 어제 무엇을 오해했던 거지?"

"네?"

그가 물어오자 나는 당황하며 반문했다.

"어제 너는 집무실에서 대화를 엿듣고는 나에게 너무하다는 말을 하고는 뛰쳐나갔지 않나?"

"그건……."

그의 말에 나는 얼굴을 붉히며 변명할 말을 찾았다. 미카엔은 자리에서 일어나 나에게 다가오더니 다시 말을 이었다.

"네가 무엇을 오해했는지 짐작이 가는군. 라비스, 다음에도 집무실에서 뭔가 엿듣는 행동을 할 건가?"

"네?"

나는 눈을 동그랗게 뜨고 반문했다. 그러자 미카엔은 피식 웃으며 나의 이마를 톡 쳤다.

"아얏!"

나는 이마에 손을 가져가며 그에게 물었다.

"그럼, 미카엔이 나를 일부러 오해하게 만든 것은 대화를 엿들은 것에 대한 벌이었던 건가요?"

"글쎄."

미카엔은 의미를 알 수 없는 미소를 지으며 애매하게 답했고, 그런 그의 모습에 심통이 난 나는 표정을 구겼다. 그러다 미카엔은 내가 들고 있던 실크 손수건을 발견했는지 나에게 물었다.

"근데 라비스, 네 손에 들린 건 뭐지?"

"아! 이건……."

나는 얼결에 손수건을 뒤로 감추었다. 막상 그에게 손수 수놓은 손수건을 주려니까 쑥스러웠던 것이다. 게다가 왠지 열받기도 하고. 그렇게 잠시 망설이다가…

"미카엔, 받아요!"

결국 나는 그에게 손수건을 주고는 도망치듯이 알현실을 나와 버리고 말았다.

아, 내가 지금 뭐 하는 짓인지 모르겠다. 부끄러운 듯 손수건을 전하고는 도망치는 여자다운 행동이라니. 하지만 이것은 결코 부끄러워서가 아니다. 조금 어색해서 그런 것뿐이다. 그에게 선물이란 것을 해본 적이 없던 나였으니.

하지만 미카엔은 이런 나의 모습에 여성스러움을 발견하고는 무척 흡족해할 텐데. 제길, 손수건 괜히 줬나 보다.

그날 오후 즈음 나의 침실에 미카엔의 측근 시종이 찾아왔다.

"폐하께서 보내셨습니다."

그는 커다란 상자 하나와 붉은 장미 100송이를 들고 왔는데, 나는 갑작스럽게 미카엔이 보내온 선물에 눈을 동그랗게 떴다.

시종을 보낸 나는 일단 상자를 열어보았다. 그 안에는 연회용 드레스와 구두가 들어 있었는데, 나는 드레스부터 꺼내 펼쳐 들었다. 그러자 심플하면서도 우아한 디자인이 아름답게 느껴지는 부드러운 빛깔의 하늘색 드레스가 눈에 들어왔다.

미세하게 작은 사파이어와 수정으로 장식된 그것은 황홀할 정도로 아름다웠다. 드레스에 별로 관심이 없던 나조차도 절로 감탄사가 튀어나왔다. 누가 이것을 골랐는지 모르겠지만 꽤 미적 감각이 있는 듯하다.

그러다 나는 편지가 있는 것을 발견하고는 그것을 펼쳐 읽었다.

「나의 아내 라비스에게.

오늘 네가 준 기쁨에 대한 보답으로 드레스와 장미를 보낸다.

비록 내가 하는 선물은 너처럼 정성이 담기지 못했지만, 나를 위해 애써 수를 놓았을 너를 생각하며 너에게 어울리는 아름다운 선물을 찾기 위해 고민했을 나의 마음만은 여기에 담겨 있다.

오늘 저녁 너의 아름다운 모습을 크리스털 궁에서 보여주길 바란다.」

결국 저녁때 연회에 나오라는 소리인 듯했다. 사실 나는 이 아름다운 드레스와 난생처음 받아보는 장미에는 그다지 관심이 없었다. 하지만 그가 나를 위해 이런 선물을 했다는 것에 고마움이 느껴졌다.

왠지 나도 모르게 미소가 지어지고 만다. 피식피식.

예전에는 그에게 다이아 목걸이를 받았어도 시큰둥하며 보석의 가치에 대해서만 생각했었는데, 지금은 그가 준 선물에 담긴 성의도 생각할 줄 알다니 정말 많이 변했다.

어쨌든 나는 시녀들의 도움을 받아 옅은 화장을 하고 그 드레스를 입었다. 그리고 거울을 보니 아름다운 자신의 모습에 나조차 어지럼증을 느꼈다. 나에게 치장된 보석들이 빛을 발하지 못하고 죽는 것 같다.

"전하, 이 정도면 신비한 아름다움을 가졌다는 숲의 종족 엘프들도 기가 죽겠어요! 정말 제 가슴이 두근두근할 지경이라니깐요."

레니가 옆에서 흥분을 하며 계속 나의 모습에 대해 감탄을 했다. 마드린 역시 흡족한 얼굴로 나를 바라보았다.

그렇게 치장을 마친 나는 장미궁을 나섰다. 에드가 나를 따라나서기 위해 가까이 다가왔다가 나의 모습을 보고는 얼굴을 조금 붉혔다. 그의 그런 모습에 내가 화사하게 미소를 지어 보이자 그의 얼굴은 점점 더 붉어짐의 농도가 짙어져 홍당무가 되었다.

나는 마차에 올라 크리스털 궁으로 향했다. 그리고 크리스털 궁 앞에 도착하여 안으로 들어갔는데, 회장 안에는 미카엔과 그 외에 초대된 귀족들이 거의 도착해 있었다.

"왕비 전하 납십니다!"

크리스털 궁 시종장의 외침에 잡담을 나누던 귀족들은 일제히 나에게 눈길을 주었다.

"오오, 왕비 전하시군요."

"아름답기도 하셔라."

"어쩌면 저렇게 아름다울 수가 있는 거죠?"

"미의 여신도 전하보다 아름답지 못할 겁니다."

갖은 찬사가 나에게 쏟아져 나왔다. 나는 제법 우아하고 익숙해져 가는 고상함으로 그들에게 화사하게 웃어보였다. 그리고 가장 높은 곳, 홀의 끝 중앙에 위치한 옥좌에 앉아 있던 미카엔에게 눈길을 주었다.

그는 나를 바라보고 있었다. 부드러운 그의 눈길이 쓰다듬듯 나에게 와 머물렀다. 그러다 미카엔은 자리에서 일어섰다. 그리고는 나에게 천천히 다가왔다. 수많은 귀족들이 좌우로 갈라져 비켜섰고 미카엔과 나 사이에 길이 만들어졌다.

주위는 금세 쥐 죽은 듯 고요해졌다. 이러니 수많은 귀족들이 있음에도 불구하고 이곳에는 그와 나만이 존재하는 것 같다. 미카엔은 나의 앞에 멈춰 서더니 입을 열었다.

"눈이 부시군."

"폐하도 멋지시네요."

주변에 귀족들이 있는 공식적인 자리였기에 나는 그를 폐하라고 호칭하며 무난한 답변을 해 보았다. 사실 연회복을 입은 그의 모습은 너무 매력적이고 멋져서 내 자신도 그것을 인정할 수밖에 없기도 했다.

"나의 춤 상대가 되어주겠어? 오늘 이 연회가 끝날 때까지. 그 누구하고도 아닌 나만의 파트너로서."

미카엔은 나에게 손을 내밀며 말했고 나는 작게 끄덕이며 그의 손을 맞잡았다. 그러자 그는 나를 이끌어 홀의 중앙으로 나갔고, 그곳에서 우리는 로히얀스의 국왕과 왕비로서 춤을 추기 시작했다.

우리가 그렇게 춤을 주자 왕실 악단이 춤곡을 연주했다. 이곳에 있는 모든 연인들이 부러움과 질투의 시선을 보내오는 듯하다. 하지만 그들 역시 곧 춤을 추기 시작했고 이곳 무도회의 분위기는 점점 무르익기 시작했다.

나는 예전 크로시벨 가에서 아주 느끼했던 춤 선생에게서 배웠던 그 기억을 되살려 어설프게나마 춤을 추었다. 물론 그의 발을 밟는 실수를 하지 않기 위해 스텝 하나하나에 온갖 신경을 몰두해야 했지만 말이다.

이러니 사랑스러워하는 듯한 눈길로 나를 바라보는 미카엔에게 닭살을 돋울 여력도 없다.

"라비스."

"네?"

그러다 미카엔이 나를 불렀고 나는 그의 목소리에 답하다가 그만 방심했는지 그의 발을 밟고 말았다. 미카엔은 살짝 얼굴을 찡그리는 듯했지만 이내 내색을 감추고 말했다.

"나는 네가 천천히 다가왔으면 한다. 많이 힘들면 잠시 멈추어도 돼. 너를 사랑하는 마음 그대로 언제까지나 너를 기다릴 거니까."

"미카엔?"

"하지만 나에게서 돌아가는 일만큼은 절대 용납하지 않을 거다."

왠지 노랫말을 연상시키는 어구 같다. 하지만 진지한 그의 말이 나의 뇌리에 와서 깊이 박혔다. 나는 눈을 들어 그의 은보랏빛 눈동자를 바라보았다. 그는 나의 어디까지 이해해 주고 있는 것일까? 춤을 추는 동안 그의 나직한 말이 나의 귓가에서 떠나지 않고 끝까지 맴돈다.

그에게 다가가고 마음을 여는 것이 무척이나 더디었던 나. 이젠 내가 그를 위해서 노력해야 할 것 같다. 조금씩 그에게 기대가며 말이다.

그러다 나의 어설펐던 춤도 시간이 조금씩 지남에 따라 능숙하고도 매끄러운 미카엔의 리드에 의해 춤의 형식에 점점 익숙해져 갔다. 처음에는 무척 싫었는데 오늘 미카엔을 통해서 귀족들의 사교춤도 꽤 재미있는 거라는 것을 깨달았다.

오늘은 로히얀스 왕비로서 왠지 특별한 저녁이다.

나의 여성스러운 면을 조금 발견하고 나를 무척이나 혼란스럽게 만든 작은 오해가 있었던 하루이기는 하지만 말이다. 그러다 나는 문득 기이한 느낌이 들었다.

지금 미카엔과 나의 즐거운 모습이 너무도 익숙하게 느껴졌다. 마치 내가 예전에도 여자의 모습으로 그를 이렇게 사랑했던 것처럼.

Change Of Destiny 제7장

드러나는 비밀?

 드러나는 비밀?

첨벙.

필요 이상으로 커다란 욕조 안에 채워진 목욕물. 그것에 나는 몸을 담그고 따뜻한 물의 온기를 느끼고 있었다.

다시 일상으로 돌아간 오늘 또다시 시작된 루이스의 생각에 나는 울적하다. 아직도 나는 루이스의 '루' 자만 들어도 눈물이 나올 것만 같다. 어쩌다 내가 이렇게 울보가 되고 말았는지.

라비스가 된 이후로는 정말 울 일도 많았다. 예전의 내 모습은 가끔 메마르다는 말을 들을 정도로 감정이 부족한 나였는데… 그동안 많이 변했다.

나는 욕조에 몸을 기대고 눈을 감았다. 향긋한 향이 은은하게 도는 따스한 물에 이렇게 나의 몸을 담그고 조용히 사색을 하니 조금이마나 마음이 평안해진다. 머리 속이 복잡할 때는 이런 여유로움으로 기분을 푸는 것도 좋을 듯하다.

아까 오전의 일이 떠오른다.

크로시벨 가에서 왔던 시녀인 제인이 나에게 셀레나의 편지를 전했었는데, 그 편지는 셀레나가 13년 전에 나에게 쓴 것으로 그녀가 나에게 남긴 유언인 듯했다.

셀레나는 내가 18살이 되는 7월경에 자신의 편지를 나에게 전하라는 말을 남겼었다고 했다. 나는 그녀가 편지를 전하는 시기를 왜 그렇게 정했는지 알 수가 없었다. 안타깝게도 나는 제인이 전해온 셀레나의 편지를 읽을 수가 없어 내용조차 알 수 없었던 것이다.

그 편지는 비에 젖었는지 잉크가 모두 번져 있었다. 오늘은 오전부터 한낮까지 비가 내렸었는데 그 비에 젖었던 모양이다. 제인은 나에게 사죄를 하며 벌을 받기를 원하였으나 이미 돌이킬 수 없는 일이 된 터라 나는 아쉬움을 감추며 그녀를 돌려보낼 수밖에 없었다.

그 편지를 당장 못 보는 것은 정말 아쉽지만 나중에 어떤 물건의 과거 모습을 복원하여 환상으로 볼 수 있다는 마법을 배워서 편지를 읽으면 될 터였다.

시간이 조금 지나 목욕하는 것을 마친 나는 가운을 걸치고 욕실을 나왔다. 그리고 젖은 머리칼을 말리며 빗기 위해 침실에 있는 거울 앞에 섰는데, 거울에 비친 나의 모습을 본 난 눈을 살짝 찌푸렸다.

마드린이 가져다 놓았었던 이 가운은 무척이나 얇은 천으로 되어 있어 속이 조금 비치는 데다가 하늘거리기까지 해서 나의 몸 선이 드러나 무척이나 야릇한 분위기를 자아냈기 때문이었다.

'으, 민망해라~'

게다가 물에 젖은 진한 황금빛 머리칼은 촛불의 조명을 받아 누굴 유혹할 듯한 고혹적인 빛으로 금속성의 빛을 발하고 있어 보는 이로 하여금 혼을 쏙 빼놓을 듯했다.

나는 내가 가진 외모의 신비하고도 미스터리(?)한 아름다움에 멍한 표정을 지었다가 옷을 갈아입어야겠다고 생각하며 몸을 움직이려는데, 방문 밖에서 시종의 목소리가 들려왔다. 미카엔이 왔음을 알리는 소리였다. 이에 나는 놀라며 방문 앞으로 후다닥 달려갔다. 그리고 방문을 향해 외치기를.

"폐하, 조금만 기다려요! 지금 옷 갈아입는 중이니까 절대 들어오면 안 돼요!!"

퍽이나 여성스러움이 느껴지는 내용의 말을 여자답지 못하게 다소 격한 목소리로 외쳤다. 그러자 방문 밖에서 나의 격한 목소리와는 비례되는 미카엔의 느긋한 음성이 들려왔는데…

"부인, 그대의 수줍음을 이해 못하는 것은 아니지만 그래도 부부 사이에 굳이……."

"절대, 절대 들어오면 안 돼요!"

숙녀가 옷을 갈아입고 있다는데 굳이 들어오겠다는 것인가? 정말 미카엔 녀석… 이마에 힘줄 돋게 만든다. 어쨌든 나는 허둥대며 수건으로 머리칼을 거칠게 털어 물기를 닦아내고 갈아입을 옷을 찾았다.

만약 미카엔이 공간 이동으로 이곳에 불쑥 나타났다면 나는 지금의 민망하고도 야릇한 모습을 보여주게 되었을 거다. 앞으로는 그에게 이곳 침실을 방문할 때는 공간이동보다 노크의 습관을 권장해야겠다고 마음먹었다.

잠시 후 나는 조금 거칠어진 숨을 가다듬으며 미카엔에게 들어와도 좋다는 말을 했다. 젖은 머리칼이 아무렇게나 흐트러진 모습이었지만 상관없었다. 아까 유혹할 듯한 느낌이 들던 모습보다는 나을 테니.

미카엔은 침실 안으로 들어오더니 한 나라의 고귀한 왕비의 모습과는 상당히 거리가 멀어 보이는 나의 머리 모양에 잠시 눈길을 주는 듯했다.

그러다 나는 미카엔의 옷차림에 눈길을 주고는 눈을 동그랗게 떴다. 그는 평소처럼 국왕의 위엄을 나타내는 화려한 복장이나 간소한 평상복이 아닌 귀족 정장을 차려입은 모습이었던 것이다.

고급스러우면서도 깔끔해 보이는 그 귀족 정장은 여름철에 맞게 얇고 가벼운 옷차림이었다. 게다가 고풍스러우면서도 세련된 디자인의 그것은 미카엔에게 무척 잘 어울려서 그를 매력적이고 핸섬한 귀족 청년으로 보이게 했다.

어쨌든 나는 그에게 약간 놀란 기색으로 물었다.

"미카엔, 어디 가세요?"

"응. 사랑하는 라비스와 오랜만에 데이트나 할까 해서 귀족 차림을 했지. 왕성 주변에 있는 고급 레스토랑을 귀족의 신분으로 예약했거든."

"그렇군요……."

"그런데 그곳은 귀족의 우아한 격식을 따지는 곳이라서 라비스는 아마도 가장 아름다운 드레스 차림에 화장을 해야 할걸?"

"……."

"하하. 라비스, 그 표정은 뭐지? 밖에서 기다릴 테니까 아름다운 귀족 레이디의 모습으로 나오도록 해. 너무 오래 기다리게 만들지는 말고."

미카엔은 나에게 그렇게 말하더니 침실을 나갔다. 결국 나는 한숨을 내쉬며 마드린을 비롯한 시녀들을 불러들여야만 했다. 저녁을 먹기 위해서 우아한 드레스를 입고 화장을 해야 한다지 않는가.

마드린은 내가 치장을 부탁하자 이유를 묻더니 미카엔과 외출해야 한다는 나의 말을 듣고는 아주 즐거운 표정이 되어 우아하고 화려한 드레스를 세심하게 골라왔다. 그리고는 국왕 폐하를 오래 기다리게 만들어서는 안 된다며 시녀들을 무진장 다그쳤는데, 나를 치장시키는 그녀의 모습은 퍽이나 열정적이었다.

그녀의 그런 모습에 나는 왠지 루이스의 모습이 그녀와 겹쳐 보였다.

나는 곧 고상하면서도 여성스러운 모습으로 차츰 꾸며져 갔다. 섬세하면서도 화사한 화장에 소녀다운 우아한 머리 스타일, 화려한 장밋빛 드레스, 그리고 보석 액세서리로 나의 치장은 마무리 지어졌다.

여자는 왜 이렇게 외출을 하기 위한 준비 단계가 복잡하고 시간이 많이 걸리며 나로서는 흉내도 못 낼 고도(?)의 기술이 필요로 하는 걸까? 나는 이 모든 것이 참으로 피곤하게 느껴진다고 생각하며 중앙 궁성을 나갔다.

미카엔은 중앙 궁성 앞 정원에서 산책 겸 중신과 나랏일과 관계되는 듯한 대화를 나누고 있었다. 그러다 그는 나를 보더니 환한 미소를 지어 보였다. 미카엔의 옆에 있던 중신도 나를 감탄하듯 바라보았다.

미카엔은 나에게 다가와 정중하게 손을 내밀었다.

"가실까요, 아름다운 레이디?"

주위에 있던 이들의 시선이 나와 미카엔에게 집중되었다. 왠지 쑥스럽다.

미카엔과 내가 간 곳은 왕성의 근처 부르주아 거리에 위치한 고급 레스토랑이었다. 그곳은 귀족들만이 출입할 수 있는 상당히 고급스럽고 화려한 레스토랑이었는데 그 품격이 상당히 높아 보였다.

미카엔은 요즘 내가 무척 우울해한다는 얘기를 마드린에게 들은 모양이다. 그래서 오늘 왕성 밖으로의 외출은 그가 나의 기분을 풀어주기 위해 마련한 것이 아닐까 하는 생각이 든다.

아무튼 우리는 마차에서 내려 레스토랑으로 들어가려는데 공교롭게도 미카엔은 대신들 중 하나인 중년 귀족 한 명과 마주치게 되었다. 그 귀족은 미카엔을 살펴보고는 국왕의 간소한 바깥 행차에 놀라더니 이내 침착하게 말을 걸며 뭔가 진지한 대화를 나누기 시작했다. 나는 아직까지는 정사에 대한 내용은 깊이 알지 못했던 터라 멀뚱히 서 있어야만 했다.

그러다 나는 한 마리의 고양이가 저만치서 나를 바라보고 있는 것이 눈에 들어왔다. 그 고양이의 품종 역시 내가 키우고 있는 고양이인 미카엔과 닮은 실버 페르시아였다.

'미카엔인가? 실버 페르시아 종은 흔한 게 아닌데… 왜 저 고양이가 저기에 있는 거지?'

나는 그 고양이에게 가까이 다가가 보았다. 그러자 그 고양이는 냐앙~ 하고 한 번 울더니 나에게서 조금 달아나 보였다. 그 모습에 나는 그 고양이에게 다가가는 것을 멈추고 그냥 갈까 망설였다.

냐아옹~

내가 멈추자 고양이는 나를 향해 한 번 더 울며 나를 응시했고 나는 그 고양이에게 다시 다가갔다. 하지만 그 고양이는 나를 놀리려 함인지 나의 손길이 가까이 다가올 때까지 기다렸다가 얄밉게도 또 멀찍이 달아났다.

이번엔 오기가 생겨 나는 미카엔을 닮은 그 고양이에게 다가가 잡으려 했다. 하지만 그때마다 고양이는 조금씩 조금씩 달아났고 그러다 어느새 나는 레스토랑에서 조금 멀어지게 되었다.

괜히 고양이에게 한눈을 필있다고 생각한 나는 다시 돌아가기 위해 발걸음을 돌리려 했다. 그때 익숙한 소녀의 목소리가 들려왔다.

"오랜만이야, 라비스."

그 목소리에 섬뜩함을 느낀 나는 목소리가 들린 쪽으로 돌아보았다. 그러자 흑빛의 로브를 입고 후드를 뒤집어쓰고 있는 존재가 눈에 들어왔다. 나는 크게 떠진 눈으로 설마 하며 그녀를 바라보았다.

소녀는 손을 들더니 쓰고 있던 후드를 천천히 벗어 보였다. 후드가 벗겨지자 결이 좋아 보이는 백금발이 물결치며 흘러나왔고 나를 응시하고 있는 그녀의 호박색 눈동자가 드러났다.

"너는 마리?"

나는 놀라움과 분노가 뒤섞인 음성으로 그녀의 이름을 내뱉었다. 그녀가 이곳 로히얀스에 와 있는 줄은 미처 몰랐다.

"그래, 나야. 나를 만나서 무척 불쾌한 모양이지? 하건, 나는 너의 행복한 생활에 방해꾼이 될지도 모를 테니 불쾌할 수도 있겠지."

"이곳 로히얀스엔 왜 나타난 거지?"

"호호, 널 만나러 왔지. 넌 나를 다시 만나고 싶지 않았을 테지만 말이야."

"아니! 나 역시 너를 만나려 했어. 루이스에게 흑마법을 건 것은 너였지?"

"글쎄."

나의 질문에 마리는 왠지 비릿한 미소를 지어 보였다. 그녀의 그런 모습에 나는 그동안 잠재워 왔던 분노가 다시 불길이 이듯 솟는 것이 느껴졌다. 그녀의 미소와 호박색 눈동자에 담겨진 눈빛에는 자신으로 인한 결과를 보며 만족해하는 듯한 기색이 서려 있었기 때문이다. 마치 나의 고통스러움을 확인하고 그것을 직접 보며 즐거워하는 듯했다.

"어째서이지?! 어째서 너는 루이스를 조종해서 나를 독살한 거야? 왜 나와 루이스에게 지독한 고통을 안겨주었던 거야? 무엇 때문에!"

"라비스, 너를 해한 것은 네 유모인 루이스야. 그걸 명확히 해야지. 그리고 어찌 되었든 넌 이렇게 멀쩡하게 되살아나 왕비가 되어 달콤한 신혼 생활을 하고 있잖아? 나는 너로 인해 죽은 엔카루스 때문에 매일같이 눈물로 너를 저주해야 하는데!"

"뭐?"

조용한 어투지만 약간 악에 받친 듯한 그녀의 말에 나는 눈을 동그랗게 떴다. 그녀가 엔카루스의 일로 나에게 복수하려 했다는 것은 미처 생각 못한 일이었다. 나는 그저 나와 루이스의 불행만 생각했던 것이다.

그녀가 엔카루스를 그 정도로 사랑했었던 건가? 마리는 키리아의 약물로 엔카루스를 좋아하게 되었던 건데…….

"넌 네 의지에 의해서 엔카루스를 좋아한 것이 아니잖아?"

내가 마리에게 한 말은 그녀를 자극하는 말이 되고 말았다.

"닥쳐! 난 진심으로 엔카루스를 사랑했어! 키리아에 의해서가 아니더라도 나는 그를 사랑했을 거야. 내 감정을 욕되게 하지 마! 나는 네가 죽도록 미워. 네가 하는 사랑만 순결해? 엔카루스가 왜 너 따위를 사랑했는지 몰라. 차라리 네가 그 바보 같은 엔카루스의 맘을 받아주었더라면 이 정도로 네가 증오스럽진 않았을 거야. 너는 그의 사랑을 이용하고 파멸로까지 이르게 만들었어. 그리고 나를 비참하게 만들었어."

"그렇지 않아."

"너는 그의 모든 것을 파멸시켰어. 남김없이! 그를 따르던 충직한 마법 기사단들도 자살해 버리거나 흩어져 버렸어. 자이라스도… 그런데 너는 마치 당연히 없어져야 할 것들을 없애는 것처럼 그렇게 그의 모든 것을 파멸시켰어."

"그렇지 않아. 나 역시 그의 죽음을 원하지 않았어."

그녀의 말을 부정하는 나의 목소리는 어느덧 심하게 떨리기 시작했다. 나에 대한 그녀의 증오가 느껴졌다. 엔카루스의 파멸… 그것은 분명 나로 인한 것이었다. 나를 사랑했던 그의 감정과 내 자신이 불행의 근원이 된 것이다.

하지만 그의 불행은 나 역시 가슴 아팠던 것인데, 어째서 운명은 이토록 어긋나서 마리와 나는 서로를 증오하게 되고 엔카루스와 루이스는 이런 엇갈림으로 인해 운명의 희생자가 되어야 했을까?

나의 눈에서 눈물이 흘러나왔다. 마리는 그런 나를 보더니 근처에 있던 고양이를 안아 들었다. 그리고는 평소 특유의 차분해진 목소리로 차갑게 말했다.

"라비스, 이번엔 내가 너를 파멸시킬 거야. 난 너의 비밀을 알고 있거든. 네 주위에 첩자를 심어놔서 알게 된 거야. 네가 믿는 존재… 그들 중 하나야. 네가 고양이에게 미카엔이란 이름을 붙였다는 것도 알고 있지. 호호, 그래서 나도 거금을 들여 실버 페르시아 하나를 구입했어. 그럼 나중에 봐."

마리는 그렇게 말하더니 후드를 다시 쓰고 유유히 사라져 갔다. 나는 사라지는 그녀의 뒷모습을 그냥 바라볼 수밖에 없었다.

나의 비밀.

그녀가 나의 비밀을 알고 있다는 것은 아마도 내가 본래 라비스가 아닌 다른 영혼을 가진 라비스라는 것을 알고 있다는 말일 것이다. 그런데 내가 믿는 존재들 중 하나가 그녀의 첩자라는 것은 또 무슨 말일까?

현기증이 난다.

내가 믿는 존재들 중 하나… 나는 또 한 번의 배신을 확인해야 한다는 것인가?

나의 비밀을 알고 있는 존재는 아멘시타 외에 아나밖에 없는데… 그렇다면 아나가 마리의 첩자가 된다는 말이 된다. 그렇게 착한 아나가 마리의 첩자일 리는 없을 텐데 말이다.

마리가 만약 나의 비밀을 모두에게 밝힌다면 나는 어떻게 될까? 나를 사랑하던 사람들은 내가 그동안 라비스 행세를 하며 그들을 속여왔다고 생각할 거다. 특히 미카엔은……

왕실은 혼란에 휩싸이게 될 것이고 나의 자리는 위태로워지게 될 것이다.

그렇다면 나는 입막음을 위해서, 그리고 루이스의 복수를 위해서라도 마리를 처단해야만 할까? 내가 믿었던 존재들 중 마리의 첩자라고 했던 존재를 찾아서 벌해야만 할까? 그래야만 할까?

결국 마리 역시 나로 인해 눈물과 증오를 가슴에 안고 살아가고 있는데, 내 자신과 내가 사랑하는 사람들을 위해서 불행이 되는 씨앗은 지워야 하는 걸까?

"라비스!"

그때 누군가가 나의 이름을 불렀다. 미카엔이었다. 나는 얼른 눈물 자국을 지우고 그를 바라보았다. 하지만 그는 내가 눈물을 흘렸다는 것을 눈치 챘는지 나에게 물었다.

"라비스, 대체 여기서 혼자 뭐 하고 있는 거지? 무슨 일이 있었던 거냐?"

"별일 아니에요. 그냥… 루이스가 생각나서 잠시 눈물이 난 것뿐이에요."

나는 그에게 마리에 대한 일을 감추었다. 언제부터인가 나는 라비스로서의 나에게 집착을 갖기 시작했다. 이젠 그에게 내가 이도현임을 밝히는 것이 두려워진 것이다. 훗… 우습다.

"정말 그것뿐이지? 라비스, 다른 일은 없는 거겠지?"

"네."

그날 저녁, 나는 여러 가지 복잡해진 심정으로 미카엔과 식사를 해야 했다. 미카엔은 우울한 나의 모습을 보고는 기분을 풀어주기 위해 평소보다 말을 많이 했는데, 그가 들려주는 얘기 중에는 어렸을 적 누군가를 좋아했던 내용마저 끼어 있었다.

왠지 더욱 기분이 복잡 기이해지는 듯한 나였다.

어쨌든 그의 어렸을 적 얘기의 내용은 대충 이러했다.

미카엔은 5살 때 백합궁에 머물고 있던 아버지의 측실을 내심 좋아해서—참 조숙하기도 했다—매일 그곳에 가서 놀았다고 했는데 어머니인 프레야 왕비가 그것을 못마땅하게 여겨 어린 미카엔을 마법 결계로 가둬놓았다고 한다.

그런데 미카엔은 5살이라는 나이임에도 불구하고 그 결계를 자신의 힘으로 깨뜨리곤 또 백합궁으로 가서 놀아 프레야 왕비를 경악하게 만들었다는 얘기였다.

물론 나도 그 내용이 무척 경악스러웠긴 했다. 과연 지금 말하고 있는 미카엔의 말이 사실인지 의심스럽기까지 했다. 드래곤이 만들어놓은 마법 결계를 5살 먹은 어린 꼬마가 깨뜨렸다니… 그러다 나는 왕비의 일기장 내용을 떠올리고는 하마터면 들고 있던 포크를 떨어뜨릴 뻔했다.

왕비의 일기장에는 이런 내용이 있었다.

「오늘은 미카엔이 다섯 번째로 맞는 생일이다. 그 아이는 내가 인정한 인간 아이… 그것으로 인해 미카엔이 드래곤으로서의 몇 가지 능력을 물려받게 되었지만, 나는 그 아이를 볼 때마다 놀라곤 한다.

이제 다섯 살 먹은 저 조그만 몸 안에는 아직 각성되지 못한 엄청난 마력이 잠재되어 있어서 이 정도라면 사정을 모르는 다른 드래곤들은 이 아이가 폴리모프한 드래곤이라 착각할 수도 있으리라 생각된다. 하지만 아무리 드래곤이라 해도 우리들은 몇백 년이라는 기나긴 유년기를 보낸 후에야 저 정도의 마력을 갖게 되는 데 반해 미카엔은 이제 겨우 다섯 살이다.

나는 미카엔을 황태자로 내세워야겠다고 생각했다. 하지만 걸리는 건 지금 백합궁에 있는 국왕의 총애를 받는 측실 하나와 그녀의 두 왕자이다.」

미카엔이 그 당시의 일을 잘 기억하고 있다면 그는 전 백합궁 소생인 두 왕자에 대해서도 기억하고 있을지도 몰랐다. 그런데 미카엔은 왜 사라진 두 배다른 형제에 대해 알고 있는 기색을 나타내지 않는 걸까?

나는 그에게 물어볼까 했으나 물어보지 말아야 할 것을 섣불리 묻는 것이 아닐까 해서 그만두었다.

어차피 왕실이라면 자주 있는 뻔한 일일 테니 말이다. 프레야 왕비는 미카엔이 황태자가 되는 것에 방해되는 두 왕자를 제거했을 것이고 더불어 전 백합궁 측실은 국왕의 총애뿐만 아니라 자신의 아들이 좋아한다는 이유로 인해 방해되어 제거했을지 모른다. 미카엔은 그런 행동을 한 냉정한 어머니에 대해 어떻게 생각하고 있을지 궁금하다.

그러고 보니 미카엔은 백합궁과 인연이 있는 것이 아닐까 하는 생각이 든다. 나 역시 결국은 백합궁 측실로 그와의 인연을 시작했었으니까.

늦은 저녁, 왕성으로 돌아온 나는 다시 집무실로 향하는 미카엔과 헤어지고 침실로 들어와 고양이 몸으로 들어온 아멘시타와 마리의 일을 상의했다. 일단 다른 정령들에게는 비밀로 한 채 말이다.

그는 나의 얘기를 듣더니 매우 심각한 표정을 지어 보였다. 심각한 표정을 짓고 있는 아기 고양이라니… 그는 더욱 귀여워 보일 뿐이었다.

"아멘시타, 나는 아나에게 일기장 내용을 누구에게 발설했는지 묻고 죄를 물어야 할까? 아나가 나를 배신한 걸까?"

[글쎄, 지금 상황으로는 아나가 의심스럽기는 하지만 그녀에게 그 일을 묻는 것은 아무래도 성급한 행동일 것 같아. 마리의 첩자는 그녀가 아닌 다른 존재일 수도 있어.]

"왕비의 일기장 내용을 알고 있는 존재는 아나밖에 없는걸?"

[물론 그렇지.]

"그리고 나는 지금 라센샤르를 불러 마리를 처단해야 하지 않을까? 어떻게 해야 하지?"

나의 혼란 섞인 질문에 아멘시타는 뭔가 생각하는 듯하더니 나에게 입을 열었다.

[라비스, 너 너무 혼란스러워하는 것 같아. 성급하게 한 가지만 생각하지 말고 넓게 생각해. 마리가 무슨 이유로 너에게 와서 그런 말을 했는지 말이야. 그리고 네가 아나와 왕비의 일기장에 대한 대화를 나누었던 때를 생각해 봐.]

성급하게 한 가지만 생각하지 말고 넓게 생각하라… 그의 충고에 나는 침착하게 마음을 가라앉히고 천천히 머리를 굴리기 시작했다.

아나와 내가 왕비의 일기장에 대해 대화를 나누었을 때 나는 그녀에게 질문한 적이 있었다. 그녀가 일기장을 통해 알 수 있었던 것이 무엇인지… 나의 질문에 아나는 나에게 몇 가지를 답했다.

내가 진짜 라비스 크로시벨이 아니라는 것과 프레야 왕비가 드래곤이라는 것, 미카엔에게는 배다른 형제가 있으며 셀레나는 200년 전에 존재했던 크리스타나라는 것을 답했었다.

그리고 그때 아멘시타는 나에게 누군가 밖에 있는 것 같다고 경고를 했었다. 아! 그렇다면?

누군가가 아나와 나의 대화를 엿들은 것이다. 물론 그 대화를 엿들은 존재가 마리의 첩자일 것이다. 마리는 나에게 믿는 존재들 중 하나가 첩자라고 했었는데… 그러면 대체 누가 첩자인 것일까?

내가 믿는 존재들 중 하나.

마음이 괴로워진다. 가슴 안의 상처가 다시 흠집이 나는 것 같다.

"아멘시타, 너의 말이 맞는 것 같아. 누군가가 엿들었을 수도 있어. 그렇다면 누가 마리의 첩자일까? 내가 믿는 존재들 중 하나라고 했으니 분명 나의 측근들 중 하나일 텐데."

[음, 너의 측근 중 하나라면… 아무래도 레니가 가장 유력하지 않을까?]

"레니?"

[그래. 네가 예전에 레니에 대해 얘기했던 것으로 판단하자면 레니는 도둑 길드와 교류를 가졌었고, 돈을 탐내며, 손버릇이 안 좋아. 그런 도둑 습성이 있는 애라면 기척을 죽이고 몰래 접근하고 사라지는 일은 쉬운 일일 테지. 마리가 이 고양이의 이름이 미카엔이란 것도 알고 이 고양이를 닮은 실버 페르시아 종으로 너를 유인했던 것을 보면 그녀는 너에 대한 많은 정보를 가지고 있는 거야. 물론 돈이 관련되어 있겠지. 그리고 또 한 가지를 보자면, 레니는 자이라스 출신이야.]

"아!"

[레니가 자이라스 출신이라면 전에 마리랑 접촉을 가진 상태였을지도 모르잖아?]

그의 조리있는 말에 무조건 아나만 의심한 것은 성급했던 일이라는 것을 깨달았다. 그러고 보니, 아나는 그녀의 어머니가 이곳 측근 시녀 출신이라 마리랑 접촉을 가질 가능성도 희박하다는 생각이 이제야 든 것이다.

대체적으로 왕실 측근 시녀 시종 출신들은 비록 낮은 신분이지만 높은 자부심을 가지고 있었고 폐쇄적인 성격을 가지고 있었기 때문이다. 대부분 그들은 유능하지만 말이다. 그렇다면 마리의 첩자는 레니가 가장 유력한 셈이다.

나는 레니에 대해 분노가 느껴졌다. 만약 그녀가 마리의 첩자가 확실하다면 레니는 내가 준 또 한 번의 믿음을 결국은 돈이라는 것에 팔아버린 것이 된다.

[라비스, 만약에 레니가 마리의 첩자라면 너는 레니를 처단할 거야?]

문득 아멘시타가 나에게 질문을 해왔다.

"아, 모르겠어."

[어찌 되었든 잘 생각해. 걔가 마리의 첩자라 해도 어차피 레니 역시 돈에 이용당한 애이니. 마리가 왜 너에게 첩자가 있다는 정보를 흘렸겠어? 마리 같은 여자는 누가 너에게 처단되어도 아무 상관 없다고 생각할 거야. 그녀는 오히려 네가 믿음을 주었다고 생각한 존재를 처단하길 바랄걸?]

아멘시타는 내가 무조건 누군가를 처단하는 방법을 택하는 것보다는 그보다 더 현명한 결정을 내리길 바라는 것 같다. 내가 믿음을 주었던 존재. 그런 존재를 내 손으로 처단하게 된다면 나는 어쩌면 가슴에 또 하나의 상처를 갖게 될 것이다.

누군가를 또 잃게 된다는 것은 정말 괴로운 일… 더 이상 그런 것은 싫다.

[…그리고 라비스, 마리는 일단 라센샤르에게 감시하도록 맡기는 것이 나을 것 같아. 마리 역시 인페르디아 전쟁을 통해서 네가 강한 정령을 부린다는 것을 알게 되었을 텐데, 그럼에도 불구하고 너를 직접 만나러 온 것을 보면 뭔가 뒤로 믿는 구석이 있을 거야. 우선 신중하게 그녀를 감시하고 나서 행동하는 것이 나아.]

"그래, 그래야 할 것 같아. 고마워, 아멘시타. 많은 도움이 된 것 같아. 나 너무 혼란스럽고 초조했었는데……"

내가 그에게 감사의 말을 하자 아멘시타는 싱긋 웃어 보였다. 고양이의 몸으로 있는 주제에 웃을 줄도 아는, 여전히 재주도 좋은 나무 정령 아멘시타였다.

역시 그는 몇백 년의 나이를 먹은 정령이라 그런 것일까? 다른 정령들에게서는 비교적 나이가 어려 꼬맹이라 놀림받고 감정의 기폭도 커서 가끔은 어린애 같기도 하지만, 그는 놀라울 정도로 현명함을 보일 때가 있었다.

[가끔 힘들 때면 네 곁에는 너를 사랑하는 존재들이 있다는 걸 생각해. 나는 있잖아, 네가 정말 좋아. 라비스만이 아닌 도현으로서의 너를 말이야.]

"우웅… 나 눈물 나온다. 너에게마저도 도현이란 이름은 잊혀진 줄 알았는데. 너는 내가 아닌 라비스만 사랑하는 줄 알았는데."

그렇게 아멘시타와의 대화를 마친 나는 일단 아멘시타를 통하여 라센샤르를 불러들였고 그녀에게 마리의 행방을 추적하도록 명했다. 그리고는 레니를 불러들였다. 아까의 초조하고 불안했던 감정은 이제 가라앉아 평안해졌다. 나는 침착하게 레니를 어떻게 대해야 할까 머리를 굴렸다.

레니는 나의 부름에 안으로 들어오더니 평소의 친근한 느낌이 드는 모습으로 나에게 입을 열었다.

"부르셨어요, 전하? 외출은 즐거우셨어요?"

"응."

"폐하는 정말 자상하신 것 같아요. 전하의 우울한 심기도 그런 로맨틱한 방법으로 달래주시니 말이에요."

"그래, 폐하는 정말 좋으신 분이지. 레니, 나 너에게 할 말이 있어 불렀어."

"뭔데요?"

레니는 나의 맞은편 의자에 앉으며 물었다. 그녀의 그런 모습에 나는 잠시 침묵을 지켰다. 레니가 정말 나를 배신한 걸까? 마리의 첩자인 것일까?

복잡한 마음으로 침묵을 지키던 나는 무겁게 입을 떼었다.

"예전에 네가 했던 말이 생각나. 세상은 우정이나 의리도 아닌 돈이라는 것에 모든 것이 움직인다는 말. 그 말이 지금 나를 무척 슬프게 해."

아직 레니가 마리의 첩자라는 것이 확실하지 않지만 나는 일단 그녀를 떠보기로 했다. 그녀는 발랄한 성격을 가진 반면 무척 단순한 면도 있어서 자신의 잘못이 드러났다고 생각되면 얄팍한 수를 써서 빠져나가는 시도를 하기보다는 금방 자신을 드러내고 말 것이다.

"전하?"

"레니, 돈이란 것을 위해 우정과 믿음을 버리면 너는 행복해지니?"

"그게 무슨 말씀……."

내가 하는 말의 의도를 알아챘는지 그녀는 안색이 변했다.

"네가 마리라는 흑마녀의 첩자 노릇을 했다는 거 알아. 오늘 밖에서 그녀를 만났어. 마리가 나에게 네 존재를 말했지."

"아! 전하."

나는 일부러 마리가 그녀가 첩자라고 밝혔다는 거짓 사실을 보태어 레니에게 말했다. 그러자 레니는 더욱 핏기 사라진 얼굴이 되어 미세하게 몸을 떨었다. 그런 그녀의 모습에 나는 허탈한 기색이 어린 어조로 계속 말을 이었다.

"마리는 내가 키우고 있는 고양이가 미카엔이란 것까지 알고 있더군. 너에게 그렇게 많은 정보를 받고 너를 이용하고 나서 그녀는 왜 나에게 네가 첩자라는 사실을 흘렸을까? 그건 내가 믿는 존재에게 배신당한 것으로 인해 상처받게 되기를 원했기 때문이었을 거야."

그녀에게 말하고 있는 나의 어조는 어느덧 차갑게 식어 있었다. 몸을 부들부들 떨고 있는 레니의 모습이 눈에 들어온다. 자신의 죄가 나에게 완벽히 드러났다고 생각되는 지금, 그녀는 무척 두려운 모양이었다.

결국 레니는 나의 앞에 무릎을 꿇었다. 그리고…

"전하! 용서하세요. 저는 그냥 협박을 받아서… 저도 사실은 그러고 싶지 않았어요."

나에게 무작정 용서를 빌기 시작했다. 그녀는 자신보다 위에 있는 존재에게는 한없이 약한 존재이다. 예전에 나에게 보였던 그녀의 모습은 자신의 잘못에도 불구하고 무척 뻔뻔한 모습을 보였었는데, 지금은 자신의 잘못이 발각되자 무조건 잘못을 비는 비굴한 모습을 보인다.

왠지 씁쓸하다.

어쨌거나 지금 그녀의 모습은 레니가 마리의 첩자라는 사실이 확실해지는 순간이었다. 마음이 더욱 무거워진다. 레니가 나의 믿음을 또 한 번 저버렸다는 것도 무척 실망스러웠지만, 나는 그녀를 어떻게 처결해야 할지 암담하기도 했다.

그녀는 나를 배신한 자신의 잘못이 끝까지 드러나지 않을 것이라 생각한 걸까? 레니의 용서를 비는 말과 변명은 계속 이어졌다.

"왕비 전하가 주신 믿음을 돈으로 팔고 싶지는 않았어요. 저는 예전 신전에 들어가기 전에 어떤 흑마녀의 댁에서 잠깐 하녀로 일했었는데 그 흑마녀가 이번에 저를 사주한 여자예요. 흑! 그녀는 저를 협박하기도 했고 또 많은 돈을 주기도 해서 그만 저도 모르게······."

"레니, 만약 네가 협박을 받고 있다면 너는 그 사실을 나에게 말했어야 했어. 결국 너는 돈에 흔들린 거야."

"흑! 전하, 용서하세요. 다시는 그런 돈 따위에 흔들리지 않겠어요, 전하."

레니는 엎드린 채 나의 발을 붙잡고 매달리듯이 울며 애원했다. 그녀의 그런 모습에 나 역시 가슴이 아팠다. 나 역시 그녀를 용서하고 그녀가 다시는 흔들리지 않겠다는 말을 믿고 싶었다.

그저 모든 것을 용서하면 나는 내가 믿는 존재들 중 하나인 그녀를 잃지 않아도 되고 떠나보내지 않아도 될 것이다. 그것은 정말 간단하다. 하지만.

나와 레니가 있는 이 자리는 로히얀스에 많은 영향을 미칠 수 있는 중요한 자리였고 책임이 필요한 자리였다. 돈을 탐내는 심성은 금방 고치기 힘들진대, 만약 레니가 또다시 재물로 인해 흔들린다면 로히얀스와 내 자신, 그리고 내가 사랑하는 존재에게 무슨 해를 끼치게 될지 몰랐다.

그렇다면 나는 이 방법을 써야 할까? 레니의 마음을 시험하는 것이다. 이것으로 만약 내가 레니를 떠나보내야 한다면 어쩔 수 없는 일일 것이다.

뭔가 마음을 정한 나는 레니에게 입을 열었다.

"레니, 여기 이 자리에서 둘 중에 하나를 선택해. 나에 대한 믿음과 우정으로 너의 삶을 채울 것인지, 아니면 재물에 너의 모든 것을 바칠 것인지 말이야. 만약 재물이라면 너는 여기서 떠나. 나는 너를 벌하지 않겠어."

"전하, 저는 떠나고 싶지 않아요. 다시 전하께서 기회를 주신다면 저는 저에게 남은 삶을 믿음과 우정으로 채울 거예요. 다시는 돈에 흔들리지 않을게요. 흑흑!"

"그래? 그러면 나에게 그 마음에 대한 증표를 보여줘. 나는 예전과 같은 평범한 소녀가 아니야. 이젠 왕비라는 책임 무거운 자리에 있어. 그냥 이대로 너를 믿기는 힘들어."

나는 그렇게 말하고는 자리에서 일어나 수납장으로 가서 날이 잘 드는 단도를 하나 꺼내 가지고 왔다. 보석이 박힌 제법 고급스런 단도였다. 나는 레니에게 그 단도를 주며 다시 말을 이었다.

"레니, 이것으로 너의 새끼손가락 하나를 잘라. 그리고 너의 피 묻은 단도를 잘 간직하도록 해. 만약 나중에 네가 또 재물에 흔들려 나의 믿음을 저버렸을 경우, 너는 그 단도로 벌을 받아야 할 거야."

어린 소녀에게 요구하는 것으로써는 무척 독한 방법이었다. 아무튼 내가 그 단도를 내주자 레니는 겁에 질린 듯한 얼굴을 해 보였다. 그녀의 그런 모습에 나는 덧붙였다.

"아직 늦지 않았어. 넌 지금이라도 그냥 나를 떠날 수 있어."

"흑! 싫어요. 저는 이제 갈 데도 없어요. 돈이 있어도 저는 갈 데가 없어요. 돈이 있어도 저는 행복하지 못할 거예요. 사실은 제가 처음으로 누군가를 동경했던 존재는 왕비 전하이시고 저를 처음으로 진심으로 대해준 존재는 왕비 전하예요. 그냥 여기 있을 거예요."

울먹이며 말하는 그녀의 어조는 약간 떼를 쓰는 듯했다. 마치 어린 아이가 누군가의 곁에서 떨어지지 않으려 하며 떼를 쓰는 듯한… 어쨌든 레니는 그렇게 나에게 남는 것을 선택했다. 떠날 수 있는 기회를 버리고 말이다.

나는 그녀가 그냥 갈 줄 알았는데…….

레니는 덜덜 떨리는 손으로 단도를 들었다. 하지만 레니는 나의 곁에 남기로 선택했음에도 불구하고 그녀는 손가락을 자르는 일이 무척 망설여지는지 단도를 든 채 멈칫하고 겁에 질린 모습을 해 보였다.

그녀가 그렇게 망설이는 것은 당연했다. 자신의 손가락을 스스로 자른다는 것은 보통 독한 마음이 아닌 이상, 굳은 결의를 가지지 않는 이상 힘든 일이었기 때문이다.

레니는 입술을 깨물었다. 나는 그런 그녀를 조용히 지켜보기만 했다. 레니가 도중에 자신의 결심을 번복하고 돌아선다면 나는 그녀에게 가졌던 믿음들을 깨끗이 거둘 작정이었다. 그것은 실망감과 함께 많은 상실감을 나에게 안겨줄 것이다.

레니가 겁을 집어먹은 눈으로 나에게 눈길을 주었다. 그녀의 눈길에 나는 이 결정을 그만두고 싶다는 생각이 들었다. 그러다 그녀는 드디어 결심을 했는지…

레니는 눈을 감고 예리한 날의 단도를 자신의 새끼손가락을 향해 내려쳤다. 그 모습에 나는 잠시 눈을 감고 고개를 돌리고 말았다.

"아악!"

예리한 빛을 발하는 단도가 내려쳐진 순간 레니의 붉은 피가 융단 바닥, 그리고 나에게까지 튀었다. 레니는 고통에 찬 비명을 질렀다. 그리고 끔찍한 고통과 자신의 손가락을 잘랐다는 공포를 이기지 못했는지 그대로 피를 흘리며 기절을 하고 말았다.

나는 입술을 깨물며 얼른 기절한 레니를 침대로 옮기고 아멘시타를 불러 그녀를 치유하게 했다. 아멘시타는 치유의 신성력으로 레니의 잘린 상처를 금세 아물게 했지만 가슴이 무척 아팠다. 내 스스로가 내린 레니에 대한 독한 결정에 많이 후회하기도 했고 내 자신에게도 많이 놀라기도 했다. 내 자신도 내가 레니에게 그런 것을 요구할 줄은 몰랐던 것이다.

내가 왜 굳이 레니에게 이런 선택을 하도록 하게 했을까? 그녀를 처단하기 싫다면 재물을 택하든 믿음을 택하든 그냥 떠나보내었어도 되었는데. 아마도 나는 내가 믿음을 준 존재에게 그 믿음을 되돌려받고 싶었던 모양이다.

이것은 또 다른 나의 이기심. 또한 누군가를 잃고 싶지 않아 하는 나의 두려움. 이런 나의 모습이 싫게 느껴진다.

나는 침대 위에서 잠들어 있는 레니를 보며 나의 볼을 타고 흘러내리는 눈물방울을 닦았다. 하지만 눈물은 계속 흘러나왔고 나의 감정은 심하게 흔들렸다.

"미안해, 레니. 오늘 네가 잃어버린 거… 언젠가 다시 채워줄게. 꼭 다시 채워줄게."

무척 힘들고 슬픈 일이 있었던 밤이 그렇게 지나갔다.

다음날 아침, 나는 레니가 누워 있던 침대에 몸을 기댄 채로 잠에서 깨어났다. 어젯밤 나는 그대로 잠이 들었던 모양이다. 내가 얼굴을 기댔던 시트엔 얼룩진 자국이 있었다. 아마도 내가 흘렸던 눈물과 침을 흘린 자국일 듯하다.

근데 미카엔은 어젯밤에도 나의 침실을 찾지 않았던 것일까?

나는 레니가 잠든 침실을 나와 다른 침실로 옮겼다. 장미궁에 있는 왕비의 침실은 원래 한 개가 아닌 여러 개였기 때문에 나는 침실 하나를 하루 동안은 레니에게 내어주어도 무방했다.

일단 나는 오늘 하루 일과를 라센샤르로부터 보고를 듣는 것으로 시작했다. 그녀는 오전 일찍 나를 찾아와 마리에 대한 보고를 하였는데 그 보고의 내용은…

"라비스, 요즘 마리는 마족들과 접촉을 갖고 있어요."

"마족들과 접촉을요?"

라센샤르는 밤새 마리와 그녀와 접촉하고 있을 마족들을 몰래 감시하고 있었던 모양이다.

물론 정령은 그들의 능력으로 인해 강한 마법사나 마족의 근처에 은밀하게 다가가는 것은 어려운 일이었으나 바다의 정령 라센샤르는 정령들 중 최강의 능력을 가진 정령이었던 터라 자신의 기운을 드러내지 않고 그들에게 다가가 감시할 수 있었던 모양이다.

마리는 아마도 내가 그저 강한 정령을 부린다는 것만 알고 있었을 뿐 라센샤르의 능력 치는 정확히 알지 못했을 것이다. 게다가 그녀는 나의 정령들이 자신에게 찾아온다면 이런 은밀함이 아닌 정면으로 찾아올 것이라 생각하여 라센샤르가 접근해도 아무런 눈치도 채지 못했었던 듯싶다.

어쨌든 마리는 아멘시타의 말대로 믿는 구석이라는 것이 아마도 마족들인 모양이다. 라센샤르는 나에게 계속 보고를 했다.

"그녀는 지금 두 명의 고위 마족과 접촉을 하고 있는데 그들은 아무래도 키리아의 남동생들인 것 같아요. 물론 혈연 관계의 개념이 없는 마족에게 남동생이란 단어는 조금 우습게 들리지만. 아무튼 그녀가 어떻게 그들을 찾아내어 불러냈는지 알 수는 없었지만 그녀는 키리아를 죽인 존재가 라비스라고 말해서 그들의 보복 심리를 부추기고 있어요."

"헉! 키리아의 남동생이라고요? 그럼 그들이 나에게 복수를 하겠대요?"

키리아와 똑같은 마족이 두 명이나 더 있다니, 나로서는 눈앞이 캄캄해지는 것 같다. 키리아에게 남동생들이란 존재들이 있을 줄은 몰랐는데.

"아니요. 아직 몰라요. 그녀가 그들에게 보복을 부추기고 있다고 하지만 실제로 마족들이 이런 경우로 인해 복수심을 갖기는 드물잖아요."

마족들이 형제의 복수를 한다는 것. 라센샤르의 말대로 무척 드문 일이었다.

내가 책에서 본 바에 의하면 본래 마족들이란 인간들처럼 부모 형제와 같은 가족 개념은 없었다. 그들은 인간들처럼 사랑이라는 숭고한 것에 의해 번식(?)을 해 나가는 족속들이 아니었기 때문이다.

고위 마족이라 불리는 그들은 그저 마계의 절대자에 의해 창조될 뿐이었고 하급 마족은 고위 마족에 의해 창조되는 식이었는데, 그들 역시 신족과 마찬가지로 능력과 레벨이 천차만별이었다.

그런 그들이었으니 굳이 형제란 개념을 표현하자면 같이 창조되고 한동안 함께 지냈다는 의미가 되었다. 또한 그들을 창조한 상급 고위 마족과 절대자에게 함께 충성하는 동료라는 의미도 되었다.

그래서 마족들에게는 형제애는 없는 것이고 그저 함께 존재하는 자의 감정만 있는 것이다. 하지만 복수심이 그다지 생기지는 않는다 하더라도 약간의 미운 감정이 생길 테니 마음 내키면 어쩌면 그들은 나를 죽이려 할지도 모르겠다.

만약 저 두 고위 마족이 한꺼번에 덤빈다면 아무리 라센샤르가 있다

해도 나는 막아내지 못할 텐데. 그렇게 된다면 결국은 미카엔에게 의지를 하게 될 것이다.

나는 다시 머리가 어지러워졌으나 라센샤르는 그들이 아직 나를 죽이고자 하는 데에 그다지 열의를 가지고 있지 않으니 일단 더 지켜보겠다고 말했다. 게다가 마족들은 특별한 이유가 없는 이상 인간계에서 머무는 것을 꺼리는지라 그들이 마리를 도와 나를 제거하려 할지는 아직 미지수라고 했다.

어쨌든 나는 라센샤르를 보내고 나서 잠시 생각에 잠긴 뒤 마법서를 펼쳐 들었다. 어제 제인이 가져온 셀레나의 편지를 읽기 위함이었다.

똑똑!

그때 방문에서 노크 소리가 들려왔다. 웬 노크 소리지? 나는 방문 쪽으로 고개를 돌렸다. 그러자 침실 안으로 이미 들어온 미카엔이 문가에 기대어 서서 노크를 하고 있는 모습이 눈에 들어왔다.

그는 아마도 공간 이동으로 이미 들어와 놓고는 뒤늦게 노크를 하는 듯했다. 어제저녁, 내가 노크를 권했던 일이 효과가 있긴 있는 것 같은데 그 방식이 조금 잘못된 것 같아 나는 눈을 가늘게 뜨고 그를 바라보았다.

"하하. 라비스, 그 요염한 눈빛은 무엇이지?"

"미카엔은 이게 요염한 눈빛으로 보여요?"

"라비스는 어떤 눈으로 나를 바라봐도 나는 늘 유혹하는 눈빛처럼 느껴지는 걸 어쩌지?"

"……."

으으, 미카엔 녀석, 오늘 따라 왜 더욱 닭살인 것인지.

"라비스, 오늘 너에 대한 새로운 소문이 돌더군."

"무슨 소문이죠?"

"흠… 라비스, 네가 나의 측실이 되는 것이 끔찍하게 싫어서 수면제로 자살 소동을 피웠다는 내용과 네가 나와의 첫 대면 때 황태자궁에서 뛰어내린 이유는 첫사랑을 잊지 못해서 그렇다는 내용이지. 워낙 너에 대한 소문에 시달려서 이젠 그런 소문을 들어도 면역이 생기는 모양이야. 예전 같았으면 크게 화낼 일이었는데."

그의 말에 나는 얼굴에 핏기가 사라지려는 것을 애써 감추며 그에게 물었다.

"또 다른 내용은 없나요?"

"있지. 그 첫사랑이 아스탄샤에 있는 마법사들의 탑에 소속되어 있는데 네가 예전에 왕성에서 빠져나가 아스탄샤로 간 것은 첫사랑을 만나러 가기 위함이라고 그러더군."

아, 또 현기증이 나는 것 같다. 나는 비틀 하며 몸을 일으키고는 미카엔에게 잠깐 실례하겠다고 말하고서 레니에게 달려가 아직도 나의 침실에서 쉬고 있는 그녀에게 질문을 했다.

"레니, 너 마리에게 넘겨주었던 나에 대한 비밀이란 게 뭐야?"

"아, 그건… 카이엔이라는 자와 관련된 과거의 일을 마리에게 알렸어요. 전하가 진짜 전하가 아니라는 말도 얼핏 엿듣긴 했었는데 그 말은 무슨 말인지 모르겠어서……."

레니는 또 내가 벌을 내릴까 두려웠는지 기어 들어가는 목소리로 나에게 말했다. 하지만 나는 그녀의 말에 허탈한 웃음만 나올 뿐이었다.

레니는 어제 오전에 나를 찾아온 제인에게 친근하게 접근하여 나의 과거에 대해 알아냈던 모양이다. 레니로서는 나를 파멸시킬 만한 내용을 마리에게 알려야만 했기에 나의 과거에 대해 조사했던 것 같다.

라비스의 첫사랑. 그로 인해 내가 미카엔을 거부했고 첫사랑을 만나기 위해 서대륙 아스탄샤로 도망갔었다? 시나리오는 모두 맞아떨어졌다.

그 모든 내용은 미카엔이 나에게 무척 실망하고 화나게 만들 내용이었기에 미카엔의 총애가 나에게서 멀어지게 하고 나의 자리를 흔들리게 하여 파멸시킬 수 있었다.

보통의 경우라면 그렇다. 하지만 마리가 또 계산하지 못했던 점이 여기 있었다.

나는 워낙 평소에 스캔들이 많았던 터라 이제는 헛소문에 익숙해진 미카엔은 그런 것에 일일이 신경을 쓰지 않는다는 점이다. 그동안 나에 대한 헛소문을 꾸준히 열심히 내어준 미카엔을 사모하는 그 누군가에게 나는 아마도 고마워해야 할 듯했다.

정작 사실에 근거하는 소문에는 이렇게 비켜가게 되니 말이다. 나의 비밀이 미카엔에게 알려지게 되면 어쩌나 내심 많이 초조했었는데 일이 이런 식으로 풀리다니 나는 왠지 허탈한 기분이 든다.

셀레나의 편지

셀레나의 편지

하늘이 붉은 황혼으로 물들기 시작했다. 오늘 하루도 어느새 저물어 가는 모양이다. 한여름의 더운 바람이 나의 살갗을 스치고 지나갔다. 나는 얇은 천으로 된 셔츠와 바지를 입은 차림으로 침실 밖 베란다에 앉아 마법서를 읽고 있었다.

"음… 근데 이곳에도 칠부 바지라는 것이 있군. 만약 마드린이 이 바지를 입은 모습을 보면 우아한 왕비답지 않게 평민과 같은 옷을 입었다고 잔소리깨나 하겠는데?"

나는 지금 입고 있는 짙은 청색 빛 바지를 보며 중얼거렸다. 바지의 끝 부분으로는 새하얗고 가느다란 발목과 종아리 아랫부분이 드러나 있어 길이가 딱 칠부 정도 되었던 것이다.

그녀의 잔소리에도 불구하고 이렇듯 내가 바지를 입고 있는 이유는 치렁치렁한 드레스보다는 바지가 편하고 덥지 않기 때문이다. 결국 그로 인해 나는 종종 마드린의 심기를 건드리곤 했다.

그때 나의 등 뒤로 누군가가 다가오는 기척이 느껴졌다. 이 시간 이곳에 올 사람은 마드린이었기에 나는 당연히 마드린이라 단정하고는 발을 의자 밑으로 넣어 숨겼다.

그리고 치렁치렁한 머리를 묶어야겠다고 생각하며 머리를 단정하게 묶는 데에는 나보다 능숙한 마드린에게 부탁하는 말을 했다.

"마드린, 머리 좀 묶어줘요."

"……."

나는 시선을 계속 마법서에 둔 채 머리 끈을 뒤로 내밀며 입을 열었다. 그러자 조용히 마드린이 다가와 나의 머리 끈을 받더니 부드러운 손길로 나의 머리칼을 쓰다듬듯 빗어 내리고는 머리를 묶어주었다.

"음?"

나의 머리를 묶는 그 손길은 무척이나 부드럽고 기이한 느낌을 들게 만드는지라 나는 고개를 돌려 뒤를 바라보려 했다. 하지만 내가 미처 그런 행동을 하기도 전에 나의 머리를 묶던 존재는 얼굴을 가까이 들이대더니 나의 귓가에 살짝 입을 맞추었다.

순간 나의 팔뚝에는 닭살이 솟아올랐다. 나를 이렇듯 닭살 돋게 만들고 낯뜨거운 행동을 할 수 있는 존재는 미카엔밖에 없는데.

"라비스, 옷차림이 시원해 보이는걸. 흠, 또 마법을 공부하는 중인가?"

"앗?! 미카엔"

역시나 미카엔이었다. 또 소리없이 나타나다니. 아마도 나는 그의 기운을 탐지하는 능력을 필히 길러야 할 듯했다.

"바지 차림이라니… 라비스는 뭘 입어도 예쁘군."

"이 시간에 웬일이세요?"

닭살을 애써 감추며 묻자 그는 빙긋 웃더니 입을 열었다.

"자이라스로 가기 전에 잠깐 너에게 들렀다. 아마도 내일 오전이나 로히얀스로 돌아올 것 같거든. 아세룬 공작과 나눌 얘기도 있고."

"그렇군요. 그럼 잘 다녀오세요."

나는 화사한 미소로 그에게 답했다. 그러자 그는 약간 가늘어진 눈을 하더니…

"라비스, 남편을 잠시 떠나보내는 얼굴이 너무 기쁜 듯한데, 설마 조금이라도 섭섭한 감정은 없는 것인가?"

그의 물음에 이번에는 나의 눈이 가늘어졌다. 내일 아침에 온다는 녀석이 나에게 뭘 바라는 것인지.

"하하. 그럴 리가 있나요?"

"그럼, 작별 인사나 받고 가야겠군. 나 없는 동안 사고 치지 말고 잘 지내도록 해."

그렇게 말하고는 기습하듯 나의 입술에 입을 맞추곤 베란다 아래로 뛰어내렸다. 그런 그의 모습에 나는 '헉!' 하며 베란다 아래를 내려다보았지만 그는 이미 사라진 뒤였다.

쳇! 그렇게 사라질 거였으면 그냥 공간 이동해도 될 터였는데 왜 사람 간 떨어지게 뛰어내리고 그러는지 모르겠다. 아무튼 도깨비 같은 녀석. 동에 번쩍 서에 번쩍! 지가 뭐 홍길동인가?

왠지 그의 장난에 놀아난 듯한 느낌에 열이 뻗치는 나였다.

그렇게 다시 혼자 남게 된 나는 마리를 감시하던 라센샤르의 보고를 받고 기운 회복을 위해 그녀를 본체인 바다로 잠시 돌려보내고는 마법서를 다시 펼쳐 들었다.

"음, 오늘은 셀레나의 편지를 읽을 수 있는 마법 스펠을 완성해 내야 하는데."

그리고는 열심히 머리를 굴렸다. 지금 내가 익히고자 하는 것은 일루전 계통의 약간 응용화된 마법이다. 어떠한 물건의 과거 모습을 일루전으로써 잠시 엿보는 것이다.

몇 시간을 끙끙거리던 나는 결국 한 가지 스펠을 완성해 냈다.

"드디어 완성했군. 그럼 이제 시전해 볼까?"

나는 긴장되는 마음을 진정시키며 셀레나의 편지를 앞에다 두고, 완성한 스펠을 조심스레 캐스팅하여 시동어를 나직막하게 외쳤다. 그러자 앞에 펼쳐 둔 편지에서 뭔가 변화가 일어났다.

셀레나의 편지에서 스치듯 빛을 발하는 듯하다가 이내 사라지더니 낡은 종이의 편지지는 새 것처럼 그 모습이 바뀌었고 번져 있던 글자가 원래의 형태로 바뀌었다.

이 현상은 셀레나의 편지에 과거의 모습인 일루전이 잠시 덧씌워진 것으로 인한 것이다. 나는 일단 편지를 읽었다.

「나의 가장 소중한 존재에게.

지금 나의 편지를 읽고 있을 그대가 여전히 아름답고 행복한 모습이기를 바라며 펜을 듭니다. 언제나 그랬듯이 그대가 행복해지는 것은 나의 소망이었으니까요.

아나테스의 일기장을 그대가 끝까지 읽었을지 모르겠군요. 그 일기장의 내용으로 그대가 뭔가 깨달았다면 두 번째 대리자의 희생은 비켜갈 수 있었을 겁니다.

희생은 첫 번째 대리자로서 족합니다.」

내가 거기까지 읽었을 때였다. 나의 마법력으로는 이 마법을 그다지 긴 시간 유지할 수 없었는지 셀레나의 편지에 걸려 있던 마법이 풀려 다시 원상태로 돌아가 버리고 말았다.

나는 다시 마법을 시전할까 했으나 몇 시간을 머리 굴리느라 피곤하였고 갑자기 머리 속이 혼란스러워지는 듯했기에 결국 편지를 읽는 것은 내일로 미루었다.

그리고는 침실의 창을 통하여 플라이 마법으로 밖의 정원으로 나갔다. 어지러워진 머리를 식힐 겸 밤 산책을 하기 위함이었다. 어느새 하늘은 짙은 푸른빛으로 별들이 촘촘히 떠올라 있었다.

나는 장미궁 앞 정원으로 걸음을 옮겼다. 정원에는 새하얗고 탐스런 백장미들이 가득 피어 있었다. 프레야 왕비는 아마도 백장미를 무척 좋아했던 모양이다.

나는 백장미의 향을 맡으며 아까 읽었던 편지의 충격적인 내용에 대해 생각해 보았다. 내가 프레야 왕비의 일기장을 끝까지 다 읽고 뭔가 깨닫는다면 두 번째 대리자의 희생을 막을 수 있을 거라는 구절이 무척 나를 혼란스럽게 했다.

그렇다면 나를 위해 희생했던 루이안트의 누나가 두 번째 대리자라는 것일까? 첫 번째 대리자의 희생이란 말은 대체 무엇인 걸까?

혹시 본래 라비스를 지칭하는 말이 아닐까 생각된다. 하지만 그녀는 자살을 했던 건데… 그게 아닌가? 아, 정말 헷갈린다.

아무튼 셀레나는 여신 셀레네스였으니… 셀레네스의 대리자란, 모두 그녀와 닮은 모습을 하고 있는 것이 특징인 듯했다. 그리고 그 대리자들은 두 명이나 존재했던 것이다.

만약 본래 라비스가 첫 번째 대리자가 확실하다면, 대리자들의 죽음은 모두 나와 관련이 있게 되는 셈이다. 본래 라비스의 죽음 후 나는 그녀의 육체를 받게 되었고 두 번째 대리자에게에서는 소중한 생명을 받았으니.

그렇다면 셀레나는 무엇 때문에 나를 위해 이 모든 일을 예비했던 걸까? 그리고 내가 보지 못한 왕비의 일기장 마지막에 두 번째 대리자의 희생을 막을 수 있는 뭔가 힌트가 존재해 있었다면, 어째서 그녀는 그 사실을 직접적인 방법이 아닌 암시로서 나에게 전해야 했을까?

어쩌면 나 역시 그녀의 대리자가 아닐까 하는 생각이 든다. 그러다 문득 나의 뒤쪽에서 어떤 남자의 목소리가 들려왔다.

"왕비 전하이십니까?"

그 목소리에 나는 흠칫 놀라며 고개를 돌렸다. 누군가가 다가오는 기척을 못 느꼈는데, 내가 돌아본 쪽에는 긴 흑발 머리의 젊은 남자가 내 가까이 다가와 있었다.

그의 머리 색이 은은한 달빛을 받아 약간 푸른빛으로 빛났다. 청흑발인 듯했다. 머리칼 빛깔만큼이나 차가운 이미지이지만 제법 고귀한 티가 나는 그의 모습에 나는 그의 정체를 물었다.

"누구시죠? 차림을 보아하니 궁성 시종은 아닌 것 같은데."

내가 돌아보며 묻자 그는 나의 얼굴을 보고 약간 놀란 듯하다가 나를 탐색하듯 계속 직시했다. 그러다 입을 열어…

"비록 능력과 계급이 낮았다 하지만 그래도 명색이 고위 마족인 키리아가 인간에게 당했다고 하기에 내심 궁금해져서 와보았더니 이거 뜻하지 아니한 수확이로군."

그의 말에 나는 눈을 동그랗게 떴다. 키리아라니? 그가 키리아의 얘기를 꺼내는 것을 보니 그는 키리아의 남동생이라던 마족 중 하나인 모양이다. 하지만 그에게서는 마족으로서 그다지 어두운 기운이 느껴지지 않는다.

왕성 탐지 마법이나 론티아 정령마저도 그의 어둔 기운을 감지해 내지 못했던 것 같다. 그가 이렇게 무난히 왕성 깊숙이 침입한 것을 보면.

나를 해하러 왔을지 모르는 이 마족에게 두려움이 느껴졌지만, 나는 스스로의 두려움을 애써 누르고는 그에게 외쳤다.

"넌 키리아의 보복을 하러 온 건가? 내가 키리아의 목숨을 앗았던 것은 정당한 이유였고 그럴 수밖에 없는 일이었어!"

"보복이라니? 네가 키리아를 죽이든 말든 상관없어. 어차피 나의 손에서 떠나 인간계에 집착을 가졌던 아이. 이젠 필요없지. 게다가 이곳에 버티고 있는 드래곤 녀석과 강한 능력을 가진 물의 정령을 건드리고 싶지도 않고 말이야. 다만 강한 능력을 가진 인간에 대한 호기심이었다고 할까?"

그는 그렇게 말하고는 잠시 입을 다물었다. 그의 말에 나는 일단 안심을 했다. 나에게 보복을 할 생각이 없다지 않는가? 근데 저 마족이 키리아가 자신의 손에 있었다고 말하다니⋯ 그럼, 그는 키리아의 동생이 아니었던가?

그러다 이 마족이 미카엔과 라센샤르의 존재에 대해 알고 있는 사실을 깨닫고는 나는 눈을 동그랗게 뜨고 그에게 눈길을 주었다. 이 녀석은 내가 라센샤르를 통하여 감시하고 있었다는 것까지 알고 있는 모양이다.

그렇다면 이 마족은 키리아보다 더 상위 계급의 마족?

어쨌든 내가 놀란 기색을 보이자 그는 비릿한 웃음을 보이더니 입을 열었다.

"⋯그랬었는데, 방금 너를 보고는 생각이 바뀌었지."

"뭐? 그게 무슨……."

나는 그렇게 물었지만 그는 답하지 않았다. 그가 오른손을 들어 보였다. 그리고 그의 손에서 어둠의 힘으로 뭉쳐진 듯한 검은 구가 생겨났다. 그러자 아까는 못 느꼈던 짙은 어둠의 기운이 그에게서 느껴지기 시작했다.

나의 몸이 절로 떨려왔다. 지독한 두려움과 한기가 들게 하는 마족의 기운이었다. 나는 그에게 나를 공격하는 이유를 묻고 싶었지만, 그는 무작정 나에게 공격부터 날리려는 듯했다.

키리아의 보복도 아니라면 저 마족은 대체 나와 무슨 원수를 지었기에 공격을 하는 걸까? 마리에게 나를 죽이라는 뭔가 대가라도 받은 것일까?

어쨌거나 나는 서둘러 강한 순위로 정령들의 이름을 외쳤다.

"라센샤르! 아젠! 샤……."

하지만 또 한 명의 마족이 근처에 있었는지 검은 결계가 생기며 나의 목소리는 묻혀지고 말았다. 결국 목숨을 위협받는 위기에 놓이게 되고 만 것이다.

파팟―!

암흑의 힘으로 뭉쳐진 파이어 볼과 같은 구는 나에게 날아왔고, 나는 스스로의 목숨을 구하기 위해 거의 초인적(?)인 안간힘으로 실버 반지의 능력을 이끌어내어 빙계 실드를 쳤다.

그러나 어설픈 능력의 인간 마법사가 고위 마족을 당해낼 수는 없는 일.

곧 나의 실드는 순식간에 얇아지더니 소멸 직전의 모습이 되었다. 나는 눈을 질끈 감았다. 그리고 곧 다가올 고통의 순간을 기다렸다. 하지만 적당한 시간이 지나도 나의 몸에는 아무런 고통도 없었기에 눈을 살짝 떴다.

나의 앞에는 누군가가 서서 마족의 공격을 막고 있었다. 미카엔이 온 것인가?

나는 내 앞에 선 존재에 대해 무척 반가워하며 눈을 크게 떴지만 아쉽게도 나의 앞에서 마족의 공격을 가로막고 있는 자는 미카엔이 아니었다. 그는 예전에 한번 마주침이 있었던 신족 아사드였다.

이자가 어떻게 여기 나타난 것이지?

"지스카! 감히 누구에게 손대는 것이냐?!"

"오~ 아사드, 오랜만이군. 또 아덴의 충실한 개 노릇을 하러 온 것인가? 이미 신족이 아닌 존재. 마계에서 그녀를 필요로 하든 말든 상관없지 않나?"

헉! 둘이 아는 사이인 모양이다.

"지금이야 어쨌든 예전에는 고귀한 신족이었던 몸. 더러운 마족의 손에 맡기게 할 수는 없다. 그녀는 신족이었던 그 이름으로 깨끗하게 소멸형을 받아야 한다!"

소멸형? 나는 눈을 동그랗게 떴다. 아사드와 지스카라는 마족의 대화. 대체 뭐가 뭔지는 모르겠지만 이것만은 짐작할 수가 있었다. 그들은 서로 자기가 나를 죽이겠다고 싸우고 있는 중인 것이다.

근데 신족 어쩌고저쩌고하는 말은 설마 나를 지칭하는 것은 아닐 테지. 예전에 아사드는 내가 셀레네스라고 무진장 우겼던 적이 있었는데.

아무튼 지금 나로서는 불행한 상황이다. 젊은 남자 둘 가운데에 놓여 서로 자기가 나를 죽이겠다는 말을 듣고 있어야 하니.

나는 이곳을 빠져나가야겠다고 생각했다. 그래서 슬금슬금 뒷걸음을 치며 그들에게서 멀어져 가는데.

"어딜!"

지스카 말고 또 하나 있던 다른 마족이 아까 지스카가 썼던 비슷한 공격을 나에게 날렸다. 그러자 지스카와 대치되어 있던 아사드는 그 모습을 보더니 그 마족의 날린 암흑의 힘을 소멸시켜 버렸다.

아마도 저 이름 모를 마족은 지스카와 아사드보다는 하급이었던 모양이다.

"아무래도 불리하겠군."

그러다 아사드는 두 명의 마족으로 인해 불리하다 싶었는지 내 쪽으로 다가와 나의 팔목을 덥석 잡았다. 나는 놀라며 그를 뿌리치려 했으나 아사드는 '홀리 플레시!(Holy Flash)' 하고 외쳐 눈부신 섬광을 발하는 바람에 나는 눈을 감았다.

그의 몸에서 갑작스럽게 발하는 섬광은 너무도 눈부셔서 나의 눈을 아프게 했기 때문이다. 이것은 그다지 공격력은 없는 듯했으나 터져 나오듯이 발하는 그의 성스런 섬광은 마족들의 시야를 방해하기에 충분했다.

어쨌든 마족들은 주춤하는 듯했다. 그들은 어둠의 존재이니 더욱 빛에 약할 것이다. 아사드는 그 틈을 이용해 공간 이동을 하려는 듯했다. 섬광이 사라지고 눈을 떴을 때 나는 이미 왕성이 아닌 다른 낯선 곳에 와 있었다.

"여긴 어디죠? 왜들 나를 공격하는 거죠? 날 다시 돌려 보내줘요!"

"그럴 수는 없습니다. 만약 다시 돌아간다면 당신은 마족의 공격을 받게 될 테니. 셀레네스, 더 이상 신족의 이름을 더럽히게 할 행동은 하지 마십시오."

"무슨 소리예요? 난 셀레네스가 아니에요! 저번에 내가 셀레나가 아니라는 것을 당신은 인정하지 않았었나요? 그리고 지금 나는 당신이 하는 말 하나도 못 알아듣겠어요!"

내가 그렇게 말하자 아사드는 미간을 좁히며 뭔가 생각하는 듯 심각해진 얼굴이 되더니 입을 열었다.

"설마, 당신은 자의가 아닌 타의에 의해 봉인과 망각의 세계에서 빠져나온 것입니까? 그래서 아직 망각에서 깨어나지 못한 겁니까?"

"망각이라니요? 내가 뭘 망각하고 있는데요?!"

그의 말에 나는 발끈하며 외쳤다. 하지만 아사드는 나의 발끈함과 이해 불가에 대해서는 그다지 배려해 주지 않은 채 계속 자신의 말만 했다.

"아, 그럴 리가 없겠군요. 그곳은 셀레네스의 강한 의지에 의한 것이 아닌 다른 존재의 의지로써는 결코 빠져나올 수 없는 곳. 전 어리석게도 또 한 번 속을 뻔했습니다."

점점 아사드가 말하는 내용은 미궁으로 빠지는 듯하다. 그와 함께 나의 매끈한 이마는 점점 힘줄이 솟아오른다.

"난 셀레네스가 아니라니까요!! 으윽, 답답해!"

"당신의 존재가 드러난 이상, 곧 아덴의 명이 떨어지게 될 겁니다. 그렇게 되면 당신을 소멸시키라는 명을 받은 신족들이 인간계로 오게 될 것이고, 마계 역시 당신을 찾기 위해 눈에 불을 켜게 되겠죠."

"……"

"셀레네스, 그렇게 구차하게 생에 집착하며 이곳까지 다시 온 이유가 무엇입니까? 혹시 인간으로서 당신이 접근한 그 존재, 그 실버 드래곤 때문인가요?"

나의 말 따위에는 아랑곳없이 자신의 말만 하던 아사드는 말하는 도중 감정이 고조되었는지 조금 흥분한 듯했다.

"이봐요! 대체 당신은 왜 나를 셀레네스라 확신하는 거죠? 외모 때문인가요? 내가 여신과 닮은 외모를 가지고 있다 해도 나는 그저 여신의 대리자일지도 모르는 거잖아요?"

"지금 당신의 모습은 셀레네스입니다. 제가 한때 우러러보았던… 지금 당신의 육체는 그저 닮은 모습을 한 인간의 육체였을 테지만, 그 육체 역시 당신의 영혼에 의해 물들어 예전의 고결한 셀레네스의 모습으로 조금 변색되어 있습니다. 그래서 제가 확신을 하고 알아본 것이죠. 지스카 역시."

"아무리 아사드가 그렇게 말해도 난 셀레네스가 아니에요. 난 지금 일부러 부인하고 있는 게 아니라고요."

그렇게 말하다 나는 문득 한 가지 떠오르는 것이 있었다. 예전에 루이스는 나에게 이런 말을 종종 했었다. 수면제 과다 복용 사건 직후 나의 모습은 갈수록 아름다워지고 빛을 발하는 것 같다고 말이다.

나 역시 꾸미지 않아도 갈수록 아름다워지는 외모에 의문을 갖기도 했었다. 그런데 내가 그렇게 아름다워져 가는 이유가 내 영혼에 의해 육체가 변색되어 그랬던 거라고?

나는 커다랗게 떠진 눈으로 아사드를 바라봤다. 그러다 나는 셀레나의 편지를 마저 읽지 못했었다는 것을 깨달았다. 그래서 품속에 넣어둔 셀레나의 편지를 꺼내 들자 그는 의심에 찬 눈빛으로 나에게 외쳤다.

"그것이 무엇이죠?"

"내 어머니의 편지예요. 잠깐 이것을 읽는다고 저를 죽이진 않겠죠?"

그에게 차갑게 답한 나는 마법력이 부족했지만 억지로 아까의 그 마법을 시전했다. 아사드는 내가 시전하려는 마법이 그저 일루젼 계통의 마법이라는 것을 알아챘는지 잠자코 나를 지켜보았다.

잠시 후 마법은 발동되었고 나는 그 뒷 내용부터 읽기 시작했다.

「나는 첫 번째 대리자의 권능으로 예지의 능력을 부여받았습니다. 그 예지의 능력으로 나는 미래의 많은 일들을 직감할 수 있었지만 예지를 할 수 있는 모든 자들이 그러하듯이 나의 운명은 그 내용을 입 밖에 낼 수 없게 되어 있습니다.

그저 과거의 일만 말할 수 있는 운명. 애 운명이라기보다는 세상의 이치이며 법칙이겠지요. 만약 그 법칙을 깬다면 나와 당신에게 주어지는 것은 파멸입니다. 그래서 내가 할 수 있는 일이라고는 그대를 위해, 그리고 나와 같은 운명을 가진 대리자들을 위해 누군가를 통해서 암시를 하고 비극을 피하게 하기 위해 뭔가를 예비하는 것이었습니다.」

내가 거기까지 읽었을 때 마법은 또다시 풀려 버렸다. 나는 그 자리에 털썩 주저앉았다.

피곤한 몸으로 오늘 밤에만 마법을 세 번이나 써서 마법력이 고갈된 이유도 있었지만, 편지의 충격적인 내용으로 인해 나의 몸에서 힘이 빠져 나도 모르게 주저앉고 만 것이다.

그나저나 셀레나가 여신인 줄만 알았는데 그녀가 여신의 첫 번째 대리자였다니… 그렇다면 나는 대체 무엇인 거지? 그녀가 아멘시타를 이용해 나를 이곳 세계로 이끌어 오게 한 것은 내가 셀레네스여서 그렇다는 것인가? 나는 이제껏 나의 영혼이 육체에 의해서 라비스로 변색되어 간다고 생각했었는데 그 반대였었던 건가?

나는 입술을 깨물었다. 아사드의 말대로 나는 셀레네스일지도 모른다는 생각이 든 것이다. 분명 셀레네스가 아닌데 나도 모르게 셀레네스라고 인정하고만 걸까?

나의 몸이 떨려왔다. 아사드가 말하는 것은 모두 거짓말일 것이다. 이것은 전부 꿈일 것이다.

"아니야! 그럴 리가 없어. 그럴 리가 없어. 나쁜 자식! 나를 혼란스럽게 만들다니! 나는 셀레네스가 아닌데, 내가 셀레네스임을 인정하게 해서 나를 죽이려 하다니! 나쁜 자식! 내가 사랑했던 내 모습을 부정하게 만들다니!!"

나는 흥분하며 소리를 질렀다. 그러자 아사드는 살짝 찌푸린 얼굴로 눈을 날카롭게 떴다.

"셀레네스!"

"그 이름으로 부르지 마! 나는 당신들의 손에 죽지 않아! 내가 용납 못할 그런 황당한 이유는 내 죽음의 이유가 될 수 없어!"

나는 그렇게 말하고는 뒤를 돌아 어디론가 무작정 걸으려 했다. 그러자 아사드는 나에게 성큼 다가와 나를 붙잡으려 했지만 아사드의 손길은 나에게 와서 닿지 못했다. 그의 손길은 중간에서 누군가에게 저지당한 것이다.

"실버 드래곤?"

아사드가 자신을 저지한 자를 보며 입을 열었다.

나 역시 아사드의 눈길을 따라 그를 바라보았다. 그러자 아름다운 은빛 머리칼에 짙어진 보랏빛 눈동자를 한 젊은 남자가 눈에 들어왔다. 그는 드래곤의 피를 이어받은 고귀한 자, 인간들의 젊은 왕, 바로 미카엔이었다.

나의 눈이 동그랗게 떠졌다. 소리없이 나타난 미카엔은 나를 붙잡으려던 아사드의 손길을 제지하며 그를 사납게 노려보고 있었다.

"고귀한 신족께서 나의 부인에게 무슨 볼일이 있는 거지?"

미카엔의 어투가 마치 거친 폭풍우가 몰아치기 직전의 잔잔함과도 같이 들렸다. 너무 고요해서 오히려 두렵게 느껴지는 분노. 그의 차가워진 음성은 한여름 밤인데도 불구하고 오한이 들게 했다.

아사드는 무척 놀란 듯한 표정을 짓더니 이내 무표정해져서 미카엔에게 잡힌 팔을 빼내며 입을 열었다.

"나는 아덴을 모시는 신족으로서 셀레네스를 벌해야만 합니다."

그가 하는 말의 내용에서 왠지 고지식한 그의 성격이 엿보인다. 자신의 의지는 그렇지 않더라도 아덴의 뜻이 그러할 것이니 나를 벌하겠다는 듯한.

미카엔의 눈이 가늘어졌다. 방금 말한 아사드의 한마디로 그는 이 상황의 무엇을 파악해 낸 걸까?

"셀레네스를 벌해야 한다라… 라비스를 말하는 건가? 너희 신족들은 라비스를 벌할 권리가 없다. 심지어 창조신 아덴일지라 하더라도."

"아덴의 위대함에 도전하시는 겁니까?"

"도전이라기보다는 그 위대함에 고개를 숙이지 않는 것뿐. 드래곤은 그 누구에게도 고개를 숙이지 않는다."

미카엔은 당연하게 드래곤 행세를 했다. 그의 태도는 당당하다 못해 오만했다. 그리고 아사드 역시 미카엔을 하프 드래곤이 아닌 실버 드래곤이라 생각하는 듯했다. 그러고 보니 예전 시리어스 섬의 보석 드래곤도 미카엔이 성년을 맞은 지 얼마 안 되는 드래곤이라 박박 우긴 적이 있었다.

"셀레네스가 나와 마족의 눈앞에 드러난 지금 그녀는 신족과 마족들의 표적이 될 겁니다. 셀레네스는 신족으로서 소멸형을 받아야 하고 마족들 역시 그녀를 다른 목적으로 노리고 있으니……. 내가 충고 하나 할까요? 당신이 아무리 최강 종족 드래곤이라 하더라도 수많은 신족과 마족을 당해낼 수는 없을 겁니다."

"라비스가 누구에게 드러났다는 거지? 너와 지금 왕성 근방에 있는 두 명의 마족인 건가?"

"……!"

"그럼 현재 라비스의 존재를 알고 있는 자는 너를 비롯한 셋?"

미카엔의 머리 굴리는 속도는 엄청 빠른 듯하다. 그는 아사드의 몇 마디 말로써 상황의 전말을 대충 파악하여 내가 셀레네스라는 것을 아는 존재는 아사드와 두 명의 마족이라는 것에 초점을 맞춘 것이다.

아무튼 미카엔의 말에 아사드는 표정이 변하여 외쳤다.

"설마 나와 그 고위 마족을 제거할 생각입니까? 그것은 힘들 텐데?"

"훗, 글쎄."

아사드의 말대로 상급에 속하는 신족과 마족을 셋이나 미카엔이 혼자 상대할 수는 없는 일이다. 나는 초조한 기색이 되어 미카엔을 돕기 위해 라센샤르를 부르려 했다. 그러자 미카엔은 이런 나의 기색을 알아챘는지 나에게 외쳤다.

"라비스, 그만둬! 나 혼자 상대할 테니 절대 나서지 마!"

"하지만 미카엔!"

그러나 미카엔은 더 이상 나의 말을 듣고 있지 않았다. 그는 곧바로 공격 마법들을 발동시키기 시작했다. 그러자 아사드 역시 자신의 몸으로 빛을 발하기 시작하더니 뭔가 캐스팅하거나 시동어없이 미카엔에게 빛의 공격을 가하기 시작했다.

그들은 허공으로 높이 솟아올랐고 곧 까만 밤하늘에는 에메랄드 빛과 은빛이 서로 부딪치며 번쩍거리기 시작했다. 멀리서 보면 불꽃놀이라도 하는 것처럼 착각할 듯했다.

그 모습을 보며 아직 나는 상대도 되지 않겠구나 하는 생각이 들었다. 나에겐 라센샤르가 있었지만 그녀의 능력은 아사드나 지스카에게는 훨씬 못 미쳤다. 굳이 그녀의 능력 치와 비슷한 존재를 찾는다면 지스카와 함께 왔던 마족과 키리아 정도이다.

그렇게 초조한 마음으로 나는 저들의 싸움을 지켜보는데 갑자기 등 뒤에서 마족의 기운이 느껴졌다. 오싹함을 느끼며 내가 뒤를 돌아보자 지스카가 언제 나타났는지 마계로 통하는 차원의 문까지 열어놓고는 나를 붙잡았다.

"우에에엑!! 이거 놔!"

나는 기겁하여 마계로 끌려가지 않기 위해 참으로 여자다운(?) 비명을 질렀다. 그리고는 실버 반지의 마력을 이끌어내어 빙계 실드를 만들고는 최대한 버텼다.

"라비스!!"

"셀레네스!"

미카엔과 아사드가 각기 다른 호칭으로 나를 부르고는 내 쪽으로 쏜살같이 날아왔다. 아사드는 빛의 성검을 들고, 미카엔은 마법을 건 화려한 장검을 들고서 말이다.

그들은 아마도 멀리서 이 마족을 공격할 수 없었을 것이다. 잘못했다간 마족과 함께 내가 황천행을 하게 될 테니. 그나저나 아사드는 그냥 장거리로 공격할 수 있었을 텐데 왜 그도 마족에게 직접 공격을 하려는지 모르겠다.

"헉!"

마침 나의 실드를 소멸시키고 다시 나를 마계로 끌고 가려던 지스카는 살벌하게 다가오는 두 남자의 모습에 자신도 모르게 헛바람 들이키는 소리를 냈다.

지스카는 저 둘이 싸우는 동안 나를 낚아챌 생각이었던 것이다. 결국 당황한 그는 저들 두 명은 당해내기가 어렵겠다고 생각했는지 날 붙잡는 것을 포기하고는 차원의 문을 통해 달아나려 했다.

아사드는 영혼을 소멸시킨다는 빛의 성검을 지스카에게 내려쳤다. 지스카는 검은빛의 방어 오로라를 펼치며 그의 공격을 막았고, 미카엔은 다짜고짜 오더니 한 손으로 나를 지스카에게서 낚아채고는 다른 손으로 지스카에게 검을 찔렀다.

검이 바람을 가르는 소리가 소름 끼치게 들려왔다. 마법에 걸린 미카엔의 검이 은빛 잔상을 남겼다. 이 모든 일은 순식간에 이루어진 일, 나는 정신이 하나도 없었다.

미카엔은 나를 밀어내고는 지스카에게 공격을 가했는데 나의 눈은 그 장면 이후부터는 도저히 따라잡을 수가 없었던 것이다. 그저 뭔가 번쩍거리는 것만 눈에 들어왔을 뿐.

나는 아젠샤르를 불러내어 우선 그의 실드로 보호받았다. 지금 내가 어설프게나마 보아하니 지스카는 자신의 몸을 방어하는 것만으로도 무척 힘겨운 듯했다.

신족과 드래곤의 능력을 가진 자가 한꺼번에 공격을 하니 아무리 상급 고위 마족이라 해도 배겨낼 수 없었을 것이다.

"이봐! 항복!! 항복하겠어! 왜 둘이 합공을 하는 거야?! 치사하게!"

지스카가 아사드와 미카엔의 공격을 견디지 못하고 항복을 하자 그들은 멈칫했다. 그러자 에메랄드 빛의 검과 은빛 화려한 검의 검신이 교차한 채 멈칫하여 지스카의 목을 겨냥한 모습이 되었다.

결국 항복을 하던 순간 고고하던 고위 마족의 품위가 무너지고 말았던 지스카는 두 검의 겨냥을 받은 채 식은땀 흘리는 모습을 하고 있어야 했다. 아사드는 지스카가 공간 이동으로도 도망갈 수 없도록 주변에 작은 결계를 친 뒤 지스카에게 외쳤다.

"치사한 것은 너다, 지스카! 나와 실버 드래곤이 한눈팔고 있는 사이에 셀레네스를 마계로 데려가려 하지 않았나?"

"훗! 셀레네스를 소멸시키러 온 주제에 여태 미적거리다가 실버 드래곤을 돕는 바보 짓을 하는 멍청한 녀석! 설마 셀레네스에게 미련이 남은 것은 아닐 테지?"

"그건 신족 셀레네스가 마족의 손에 넘어가는 것을 일단 막기 위해서다! 예전에는 신족이었던 존재가 마계에서 이용당한다는 것은 신족으로서 치욕이지."

"그래그래, 신족은 죽을 때도 명예스럽고 순결하게 소멸해야겠지."

지스카는 아사드의 말을 비꼬았다. 그리고는 미카엔 쪽을 바라보더니 다시 입을 열었다.

"이봐, 드래곤. 항복했으니 이만 나를 놓아주시지?"

"좋아, 놓아주지. 그 대신."

미카엔은 지스카의 요구에 흔쾌히 답하는 듯하더니 뭔가 마법을 순간적으로 발동시켰다. 그러자 빛이 번쩍 하며 지스카는 앞으로 고꾸라졌고 아사드는 의문이 담긴 눈빛으로 미카엔을 쏘아보았다.

"충격을 줘서 기절시킨 것뿐이다, 신족 아사드."

아사드의 눈길에 미카엔이 답했다.

"당신은 마족을 제거할 생각이 아니었습니까?"

"지금 나머지 한 마족이 자취를 감춘 상태이니 일단 이 마족을 잠재우고 다른 마족을 찾아야 한다. 그가 마계로 가서 나의 부인이 셀레네스라는 말을 떠들어대기 전에. 아직 깊은 전후 사정은 모르겠지만 아까 네가 한 말로 미루어보자면 라비스가 셀레네스라는 말이 퍼지는 것만은 막아야 할 것 같더군."

"그 마족은 아마도 금방 마계로 가지 않을 겁니다. 셀레네스의 존재를 아는 존재는 고위 등급을 가진 극소수라서 이 일의 자세한 사정을 모르는 그는 우선 지스카를 구하려 할 겁니다."

"흠, 그렇다면 그가 찾아오도록 이 마족을 계속 데리고 있는 것이 나을 것 같군. 이제 신족과의 일만 남은 건가?"

미카엔의 말에 아사드는 다시 공격을 하기 위한 포즈를 취해 보였다. 하지만 미카엔은 지금 그와 싸울 생각이 없는지 아사드에게 물었다.

"서로 적대시하는 마족을 일단 제압했으니 우리의 싸움도 마무리 짓는 것이 좋겠지만 그 전에 한 가지 묻고 싶은 것이 있는데."

"무엇입니까?"

"라비스를 소멸시키겠다는 것은 너의 진심인가? 아까 막상 라비스가 마계로 끌려가게 생기니 라비스를 부르는 외침이 나만큼이나 절실하더군. 많은 기회가 있었을 텐데 여태껏 망설인 것도 그렇고. 일단 피곤하니 왕성에서 너희들이 라비스를 셀레네스라 부르는 이유나 들어볼까?"

미카엔은 그렇게 말하며 내 쪽으로 걸어왔다. 그러자 아사드는 미카엔에게 외쳤다.

"실버 드래곤, 나는 셀레네스를 소멸하고자 하고 있는데 지금 그 태도는 나를 믿겠다는 겁니까? 마족의 일이 마무리되면……!"

"물론 너희 신족은 무척 고결하고 특히 너는 정당한 것에 목숨을 거는 성격인 듯하니, 일단 마족의 일을 마무리 짓고 나면 나와 당당하게 맞선 후 라비스를 소멸시키고자 하겠지."

"……"

"하지만 너는 내가 있는 한 라비스를 결코 소멸시키지 못할 것이다."

미카엔은 자신감인지 거만함인지 모를 태도로 아사드에게 말하고는 나에게 눈길을 주었다. 그는 나를 내려다보며 손을 내밀었다. 아까 그가 나에게 한 말이 떠오른다. 그가 없는 동안 사고 치지 말라고 했는데, 본의 아니게 사고뭉치가 된 것 같다.

나는 조금 망설이다 그에게 입을 열었다.

"미카엔, 미안해요."

"라비스, 그 미안하다는 말은 나에게 뭔가를 숨기고 혼자 고민했었다는 것에 대한 미안함이겠지?"

"……"

"돌아가자, 라비스. 피곤해 보이는구나."

잠시 후 미카엔과 아사드, 그리고 나는 미카엔의 응접실에 와 있었다. 지스카는 아사드가 신성의 힘으로 만들어낸 어둠의 힘을 봉인하는 밧줄에 의해 묶여 있었고 우리는 소파에 앉아 시녀가 가져다 준 차를 마시고 있었다.

"그러니까, 라비스가 봉인과 망각의 세계를 빠져나온 여신 셀레네스라는 것인가?"

"그렇습니다."

"그렇군. 라비스가 셀레네스 신전에서 살아 돌아왔을 때의 일과 그녀가 강한 정령들을 너무 쉽게 부리는 것에 대해 의문을 품었긴 했었지. 하지만 그녀는 단지 정령과 미의 여신인 셀레네스와 깊은 관계가 있을 거라고만 짐작하고 있었는데."

대충 설명을 들은 미카엔은 그렇게 말했고 아사드는 잠시 침묵을 지켰다. 나는 너무도 졸리고 피곤하면서도 그들의 대화를 경청하고 간혹 끼어들기도 하다가 결국은 깜빡 졸고 말았는데, 미카엔은 그런 나를 손으로 살며시 당겨 자신에게로 기대게 했다.

그 모습을 보았는지 아사드는 다시 입을 열었다.

"내가 셀레네스를 소멸시키는 일에 조금 망설였던 이유는… 예전에 그녀를 우러러보고 경외했던 적이 있었기 때문입니다. 하지만 이제는 망설이지 않습니다. 창조신 아덴의 권위에 반(反)하는 옳지 못했던 길로 빠져들었던 그녀를 위해서라도 나는 그녀가 신족으로서의 자부심을 지키게 하고 싶습니다."

"자부심이란 것이 소멸형인가? 나는 알지 못하는 지나간 과거로 그녀를 잃고 싶지 않다."

"…당신은 셀레네스를 무척 사랑하는 모양이군요. 나는 인간계에 존재하는 자들이 갖는 사랑이란 감정을 좀처럼 이해할 수 없습니다."

"그건 너희들이 무척 삭막해서 그런 거다. 그런 점에서 너희들은 나약한 인간들보다 못한 점이 많지."

나의 머리를 쓰다듬는 미카엔의 부드러운 손길이 느껴졌다. 그러다 미카엔의 말이 다시 들려왔는데…….

"아! 이런, 라비스의 잠잘 때 침 흘리는 버릇은 여전하군."

"……"

나는 잠결에 거기까지만 듣고 미카엔에게 기대며 잠들었다. 그러다 얼마의 시간이 흐른 뒤 누군가의 목소리가 얼핏 들려와 나는 다시 깨어났다.

"…어치피 이번에 나와 그 녀석을 제거한다 하더라도 셀레네스의 존재는 언젠가 드러난다. 영원히 감출 수는 없지. 실버 드래곤, 그렇게 되면 너는 수많은 마족들과 신족들을 어떻게 당해낼 생각이지? 사랑을 위해 목숨을 건다는 건가? 드래곤 족속 중에 너 같은 로맨티스트가 다 있다니."

지스카는 그사이 의식이 들었는지 미카엔에게 그렇게 말하고 있었다. 그러다 내가 눈을 뜨자 나에게 눈길을 주었다. 그는 여전히 봉인 밧줄에 묶여 있는 상태였다.

"누군가가 그러더군. 태양을 오래 직시하고 바라보면 눈이 멀어버리듯이 셀레네스의 미모 역시 그렇다고. 실버 드래곤, 네 녀석은 그렇게 눈이 멀어버린 불쌍한 녀석들 중 하나가 아닐까 생각되는군. 훗~ 이렇게 바라보고 있으니 나 역시 셀레네스의 미모로 인해 눈이 멀 것 같은데?"

지스카는 흑청색의 눈동자에 짓궂음을 드러내며 농담하듯이 가볍게 말하자 나는 표정을 살짝 구겼다. 그때.

"블라인드(Blind)!"

미카엔은 힘줄 돋은 얼굴로 눈이 멀게 만드는 마법 시동어를 외쳤다.

"윽! 무슨 짓이야, 실버 드래곤!"

"안됐군. 라비스의 아름다움을 함부로 바라보다 정말 눈이 멀어버려서. 그리고 다시 말하는데, 라비스의 과거가 어찌 되었든 지금 그녀는 그냥 라비스일 뿐이다. 더 이상 기억하지도 못하는 과거로 그녀를 괴롭히지 마라."

지스카에게 외치는 미카엔의 말, 나를 무척 찡하게 만든다. 그는 어쨌든 지금의 나를 사랑해 주고 있는 것이다. 어쩌면 나는 분에 넘치는 과분한 사랑을 받고 있는 것은 아닐까 하는 생각이 든다.

이 광경을 왠지 복잡한 얼굴로 바라보는 아사드의 얼굴이 눈에 들어온다. 인간들이 가지는 사랑이라는 감정을 알지 못하고 믿지 않는 신족 아사드는 지금 광경으로 무엇을 느끼고 있는 것일까?

"알지 못하는 과거? 훗, 그래 봤자 그녀가 셀레네스라는 것은 변함이 없다. 기억은 지워졌어도 본질은 바뀌지 않지. 나는 신족을 경멸한다. 그 이유가 무엇인지 아나?"

"……."

"그들은 너무 고고해. 그들은 고결함과 신족으로서의 자부심을 목숨처럼 여기지. 아까 아사드가 하는 말을 들었지 않나? 더러운 마족에게 그 이름을 더럽히게 될 바에는 깨끗하게 소멸되어야 한다고. 쿡, 아주 우스운 존재들이지. 그들은 이기적이고 자신들밖에 모르는 존재야. 그런 존재인 셀레네스가 과연 실버 드래곤, 네 녀석을 너처럼 사랑하고 있을지 궁금하군."

지스카의 말에 미카엔은 나에게 눈길을 주었다. 아사드와 지스카 역시 나에게 눈길을 주었다. 지스카의 기분 나쁜 미소가 눈에 들어온다.

나는 그들의 눈길을 받으며 그동안 내 자신의 모습을 떠올렸다.

내 자신을 너무 사랑해서 도현의 기억에 집착했던 나, 그로 인해 의식 분열까지 일으키고 미카엔을 거부했던 나, 나는 이제까지 미카엔의 사랑과 내 자신 사이에서 많은 방황을 했고 갈팡질팡했었다.

나는 스스로를 이기적이다라고까지 생각했었다. 그런 나인데…….

"나는……."

흔들리는 어조로 입을 떼었다. 미카엔의 응접실 안은 침묵이 감돌았다. 저들은 뭔가 내가 하게 될 나의 말을 기다리고 있는 것이다.

"…미카엔을 사랑해요."

나의 말에 아사드의 얼굴에 놀라움의 기색이 스쳐 갔다. 그의 놀라움은 나의 이런 모습을 믿지 못하겠다는 기색을 담고 있었다.

"셀레네스, 네 자신보다 더 사랑하나? 사랑을 위해서 네 자신을 버릴 수 있나?"

다시 물어오는 지스카의 질문에 나는 미세하게 움찔해 보였다.

나를 잃는다는 것은 두려운 일.

그러다 나는 눈을 똑바로 뜨고 지스카를 응시했다. 이자는 지금 나를 시험하고 있는 모양이다. 미카엔과 아사드가 보는 앞에서 나의 감정을 시험하고 있는 것이다.

어째서이지?

잠시 망설이던 나는 지스카에게서 눈길을 거두고 미카엔에게 다가갔다. 그리고 그의 아름다운 자수정 빛 눈동자를 바라보며 입을 열었다.

"나는……."

내가 거기까지 말했을 때 응접실의 창문을 통해 뭔가 빠르게 날아왔다. 너무 빨라서 볼 수가 없었지만 언뜻 보기에 암기를 연상하게 만드는 작은 빛줄기 형태의 마법인 것 같았다.

그것의 하나는 지스카가 있는 곳으로 곧장 날아와 정확하게 묶여 있는 봉인 밧줄을 끊었고 나머지들은 아사드와 미카엔, 그리고 내가 있는 곳으로 날아왔다.

미카엔은 실드를 치며 나를 감싸듯 안았지만 그것은 너무도 빨라 그 중 한 개는 미카엔의 팔을 뚫었다.

"으윽!"

밧줄이 풀려 자유로워진 지스카는 이 기회를 타 근거리 공간 이동을 하여 왕성 밖으로 빠져나갔고, 미카엔과 아사드는 마족들을 쫓아 밖으로 이동했다.

나는 새하얗게 질린 얼굴로, 창가로 가 밖에서 싸움이 시작된 그들을 바라보았다. 아사드는 기습 공격을 했던 마족과 붙었고 미카엔은 지스카와 검을 부딪치고 있었다.

초조한 마음으로 입술을 깨물었다. 미카엔은 지금 상처를 입어 아마도 불리할 것이다. 결국 플라이 마법으로 나는 미카엔이 있는 곳까지 날아갔다. 그러다,

"큭!"

팔에 깊은 상처를 입어 검을 들고 있던 미카엔은 힘이 빠졌는지 지스카의 공격에 그만 검을 놓치고 말았다. 이에 미카엔은 빙계 공격 마법으로 지스카를 공격했지만 지스카는 위태하게 실드로 그 공격을 막으며 미카엔에게 검을 내려쳤다.

"안 돼!"

나는 소리를 지르며 미카엔 앞으로 날아갔다. 하지만 내가 그에게 가까이 날아가기도 전에, 불행하게도 지스카가 휘두르는 암흑의 힘이

일렁이는 검의 파장에 나는 타격을 입고 말았다.

그 공격력을 담은 파장은 이외로 넓었는데 나는 그것도 모르고 미카엔을 구한답시고 날아갔다가 상처를 입은 것이다.

"까아악!"

지스카는 갑작스럽게 내가 나타나자 당황하며 얼른 검을 거두었지만 이미 나는 힘을 잃고 아래로 떨어지기 시작했다.

"라비스!"

미카엔은 나의 이름을 외치며 나를 얼른 붙잡았다. 사색이 된 그의 얼굴이 눈에 들어왔다. 그러다 나의 품에서 빠져나와 아래로 떨어지는 셀레나의 편지가 눈에 들어왔다.

내가 미카엔에게 안긴 순간, 그것은 나에게서 떨어져 나온 것이다. 나는 그것을 보기 위해 눈길을 주다가 잉크가 번져 마법이 아니면 읽지 못했던 셀레나 편지의 글귀가 나의 눈에 또렷하게 들어왔다.

마법을 쓰지 않았는데도 불구하고 말이다. 기이한 현상이다. 나는 그것을 읽으려 했다. 하지만 너무 짧았던 순간이라 나는 의미를 알 수 없는 마지막 어구만을 읽을 수 있었다.

「…대리자를 찾으세요. 각성한 대리자들이 모여야 권능이 살아나고 부활합니다. 그들은 대리자이자 그림자, 그리고 나누어진 권능의 조각.」

그리고 나는 미카엔의 품에서 의식을 잃어갔다.

◆외전

로히얀스의 기사

분노의 그날이 있은 후 며칠이 지난 어느 날 저녁이었다.

국왕이 머무는 중앙 궁성의 한 복도에 두 남자가 모습을 드러내었다. 한 명은 이 궁성의 주인인 로히얀스 국왕 미카엔이었고 다른 한 명은 그의 측근 기사 '제시카 루스'였다.

제시카 루스는 미카엔의 사촌 여동생인 아이나스의 약혼자로 '제시'라는 애칭을 가지고 있었다.

미카엔은 집무를 마치고 마법사 복장을 한 채 잠행(潛行)을 나가는 중이었다. 그는 로브의 후드를 뒤집어써 그의 고귀하고도 아름다운 얼굴을 가렸다. 제시는 그의 그런 모습을 말없이 지켜보았다.

미카엔의 고귀하고도 단아한 얼굴은 같은 남자인 제시도 가끔 감탄할 정도였다. 돌아가신 프레야 왕비와 무척 닮은 얼굴이었지만 냉혹하고도 얼음 같은 미모를 지닌 그녀와는 다르게 그의 아버지인 전 국왕과 닮은 부드러운 인상을 지니고 있어 그 얼굴은 누구에게나 호감을 자아내었다.

하지만 요즘은 국왕으로서 위엄을 잃지 않기 위해 슬픔을 억지로 감춘 감정이 결핍된 모습의 그였던지라, 이제는 프레야 왕비의 차가운 외모가 그와 겹쳐 보였다.

제시는 그런 와중에도 미카엔의 옆얼굴을 훔쳐보며 은빛의 긴 속눈썹과 샤프하면서도 단아한 콧날이 일품이라 생각하고 있었다. 그것은 신비로움과 범접할 수 없는 고귀함이 느껴지는 묘한 아름다움이었다.

유약하지 않으면서도 남자다운 카리스마가 느껴지는 그런 아름다움.

그러다 문득 미카엔이 지나가는 어떤 한 시녀에게 눈길을 주는 것이 느껴졌다. 그녀는 긴 머리칼을 가졌는데, 머리 색은 흐릿한 노란빛이었다. 제시는 얼굴을 찌푸리며 미카엔에게 입을 열었다.

"폐하, 이제는 황금빛이 아닌 노란빛에도 일일이 반응을 하시는군요. 설마 저 소녀를 보고 왕비 전하를 떠올리신 것은 아니겠죠?"

"글쎄……."

"폐하는 한 나라의 군주이십니다. 지나간 과거에 휘둘리지 마십시오."

"제시, 나는 나에게 주어진 책임에 대해 잘 알고 있고 그것에 언제나 충실하고 있어. 과거에 휘둘린 적은 없지. 다만 내가 가진 소망에 기대할 뿐이다. 나의 가슴은 자꾸만 그녀의 죽음을 인정하지 않아. 그녀는 이제 존재하지 않는다는 것을 알고 있는데… 잠시 왔다가 가버린 그녀의 존재는 어쩌면 로히얀스의 기적이지 않았을까 하는 생각이 드는군."

요즘 들어 초췌해진 미카엔의 얼굴. 그럼에도 불구하고 그 위엄을 잃지 않고 자신의 책임에 전혀 소홀히 하지 않는 그를 지켜보며 제시는 그가 무척 의지가 강한 자라고 느꼈다.

아무튼 미카엔의 공간 이동 능력에 의해 제시와 그는 국경 근방으로 이동하여 금세 국경을 넘었다. 국경 지척까지 마법으로 이동해 와서 조금 걸어 국경 관문을 통과하기만 하면 되니 시간이 오래 걸릴 턱이 없었다.

"폐하께서는 왜 왕비 전하를 로히얀스의 기적이라고 생각하십니까? 그분은 능력이 뛰어나시고, 현명한 분이시기는 하지만 로히얀스의 기적이라고 하기에는 그분은 너무 일찍 돌아가셨지 않습니까?"

국경을 넘어 올 때까지 내내 묵묵히 있던 제시가 문득 미카엔에게 질문을 했다. 그는 아까 미카엔이 했던 말을 곰곰이 생각하고 있었던 모양이다.

미카엔은 제시가 기사답지 않게 정말 생각이 많은 녀석이라고 생각하며 피식 웃어 보였다. 그리고 얼마 전, 한 기이한 점술사를 만났던 일을 떠올렸다.

그 당시 미카엔은 라비스의 시체를 찾기 위해서는 마법으로도 소용이 없음을 깨닫고 유명한 점술사들을 왕성으로 불러들이기도 했는데, 그때 그는 한 점술사에게 도현이라는 이름이 가지고 있는 의미를 물었었다.

라비스가 죽기 전에 도현이라는 이름을 기억해 달라고 했었기 때문이다. 게다가 도현이라는 이름은 라비스가 의식 분열을 일으킬 때 그녀의 입으로 한번 들었던 적이 있는 이름이었다. 생소하고도 낯선 느낌의 그런 이름을 말이다.

아무튼 점술사는 이렇게 말했다.

"송구스럽게도 도현이라는 이름에서 제가 느낄 수 있는 것은 아무것도 없군요. 그 이름에서는 그저 기이하고도 이질적인 느낌만 들 뿐입니다. 그나저나 폐하, 이 늙은이가 돌아가신 왕비 전하의 운명에 대해 감히 말씀드려도 되겠습니까?"

"말해 보시오."

"왕비 전하는 굉장히 독특한 영혼을 가지신 분입니다. 그분은 폐하와 아주 강하게 연결되어 있군요. 폐하께서 그분을 만나시고 그분의 마음을 얻으신 것에 저는 마음이 놓인답니다. 그 이유는, 그분은 자신의 마음이 향한 자에게 엄청난 이로움을 주지만 그렇지 않은 자에게는 파멸을 가져다 주기 때문입니다. 물론 그것이 그분의 의지가 아님에도 불구하고 말입니다. 만약 폐하께서 그분의 마음을 얻지 못하셨다면 이 로히얀스뿐만 아니라 동대륙의 주인은 검은 머리칼을 가진 마법과 검이 함께하는 자들의 주인에게 돌아갔을 겁니다."

이로움과 파멸. 이 기이한 점술사의 말은 섬뜩하도록 들어맞았다. 마법과 검이 함께하는 자들의 주인, 그는 분명 엔카루스를 지칭하는 말일 것이다.

엔카루스는 심지어 고위 마족과 손을 잡으며 많은 것을 원했지만 결국은 자신의 가문과 함께 파멸의 길을 걸었다. 반면 그가 다스리고 있는 로히얀스는 승세를 잡아 동대륙의 주인이 되었다.

점술사는 계속 말을 이었다.

"홋… 그러고 보니, 왕비 전하는 돌아다니시는 것을 굉장히 좋아하셨던 모양입니다. 그분의 발자국은 동대륙뿐만 아니라 서대륙에까지도 찍혀 있군요. 폐하, 왕비 전하와 폐하의 운명의 고리는 아직 끊어지지 않았답니다. 그분은 비록 죽음 후의 모습이라도 폐하께 돌아올 것입니다. 잠시의 엇갈림이 있어 폐하를 떠나게 되었어도 말입니다."

미카엔은 그렇게 잠시 상념에 잠겼다가 라비스가 돌아다니는 것을 굉장히 좋아한다는 점술사의 말을 긍정하며 조용한 웃음을 지었다. 그리고는 제시가 질문한 내용에 대한 답변을 했다.

"그녀의 존재는… 그저 숨을 쉬고 존재했었다는 것만으로도 충분히 기적이었으니까. 그녀가 눈을 감은 날, 나뿐만 아니라 모든 것이 분노하며 슬퍼했다는 것을 느끼지 못했나?"

확실히 라비스는 로히얀스의 기적이었다. 그 사실은 그 후 며칠이 지나 증명이 되었다. 그의 앞에서 숨을 거두었던 라비스가 멀쩡한 모습으로 다시 살아 돌아온 것이다.

잠행 나갔던 그날, 라비스를 닮은 여신관을 우연히 만나고 나서 그녀를 다시 만나고 싶어하는 자신의 알 수 없는 마음을 억누르며, 그녀가 라비스였으면 하는 말도 안 되는 마음을 누르며 지냈었던 그에게 그녀가 돌아온 것이다. 그가 한번 만난 적이 있었던 여신관의 모습을 하고서 말이다.

그렇게 로히얀스의 왕비인 그녀가 다시 부활하여 돌아왔는데, 이것이 기적이지 않고 무엇일까?

아무튼 처음부터 미카엔이 여신관복을 입은 그녀가 라비스임을 알아보았던 것은 아니었다. 하지만 후원에서 그의 스승 리프먼 경과 대련을 하다가 라비스가 던진 동전에 맞았는데, 그때 순간적으로 미카엔은 라비스가 자신에게 장난을 친 것이라 생각했었다(하긴 국왕에게 그런 짓을 할 위인은 라비스밖에 없다). 그의 마음의 호수에 마치 파문을 일으키듯 던져진 동전에 리프먼 경의 말대로 그는 무언가 전율을 느꼈던 것이다.

'죽은 라비스가 장난을 쳤을 거라고 생각하다니… 하여간 나도 어지간하군.'

미카엔은 자신이 우습다는 생각을 하며 곧바로 공간 이동을 하여 마침 도망가려던 중인 라비스의 팔목을 잡았다. 그리고 예전에 그가 남겨주었던 그녀의 팔목에 있는 표식을 확인하다가 그녀의 손가락에 실버 반지가 끼어져 있는 것을 보았다.

'설마, 라비스?'

그것은 예전에 그가 주었던 실버 반지… 그 반지는 봉인이라도 당했는지 마력이 전혀 느껴지지 않았지만 미카엔은 그것을 알아볼 수 있었다.

그의 심장이 터질 듯이 요동을 치기 시작했다. 그가 그렇게도 그리던 라비스가 그의 앞에 그동안 그토록 괴롭게 하던 환상으로가 아닌 현실의 모습으로 나타난 것이다. 하지만 라비스는 무슨 이유에서인지 천으로 얼굴을 가리고는 그 모습이 드러나지 않도록 애쓰는 기색이 역력했다.

그런 그녀의 모습에 미카엔은 더욱 그녀가 라비스임을 확신했다. 게다가 저번에는 못 느꼈던 그녀만의 향기가 그의 이성을 마비시킬 듯 그를 자극하고 있었다.

"아! 그때의 여신관님이시군요."

하지만 미카엔은 자신이 그녀를 알아보았다는 사실을 드러내지 않

았다. 그녀가 이토록 자신의 얼굴을 드러내지 않기 위해 안쓰러울 정
도로 애쓰고 있다는 것은 무언가 그에게 장난을 치고 싶어서 그런 것
일 테니, 미카엔은 그런 그녀의 의도에 동참을 해주어야 할 듯했다.

"동전은 돌려드리지요."

결국 그는 그렇게 말하고는 그녀의 손에 동전을 쥐어주었다. 그러자
그녀의 손에서 따뜻한 체온이 느껴졌다. 그때 그녀의 몸은 가슴 아플
정도로 차갑게 식어 있었는데 말이다.

그렇게 그녀의 체온 한 가지만으로도 감동과 감격을 느낀 미카엔은
그녀를 이대로 안아버리고 살아 있는 그녀를 느끼고 싶은 충동이 들었
다. 그러나 그는 자신의 욕망을 내리눌렀다.

자신의 감정을 자제하느라 미카엔은 자신도 모르게 그녀의 손을 꼬
옥 쥐게 되었으나 라비스는 미카엔의 이런 태도에 그저 고개를 한번
갸웃했을 뿐이었다.

그녀의 귀여운 모습에 미카엔은 웃음이 나왔다. 미카엔이 이토록 열
정적인 눈빛으로 그녀를 바라보고 있음에도 불구하고 그녀는 자신의
얼굴을 가리는 데 급급하여 아무것도 눈치를 채지 못하고 있으니 말이
다.

그는 아쉽지만 그녀와 정식으로 재회하는 것을 미루고 그녀를 놀려
주기로 마음먹었다. 이런 귀여운 모습의 그녀는 짓궂게 놀려주고 싶은
충동이 들게 만들었다.

어쨌든 라비스는 아마도 오늘 자신의 덫에 본인이 걸리게 되어 스스
로에게 질투를 하는 어처구니없는 상황에 이르게 될 듯했다. 물론 라
비스는 지금 이 사실을 까맣게 모르고, 미카엔을 속였다는 본인만의 생
각으로 즐거워하고 있지만 말이다.

결국 감격스런 재회의 순간에 서로 그 마음을 표시하지 못하고 황당하게도 상대를 놀려줄 생각만 하고 있는 두 사람이었다. 대부분의 연인들과는 확실히 다른 면모를 보이는 두 사람이었다.

귀엽다고 해야 할까, 아니면 황당하다고 해야 할까?

루이스의 이야기

몇 개의 초만 밝혀진 라비스의 침실 안.

한 중년 여인이 라비스가 잠든 침대 곁에서 바느질을 하고 있었다. 라비스의 유모인 그녀는 조금 곱실거리는 갈색 머리칼에 회갈색 눈동자를 지닌 매우 시원스러운 성격의 소유자였다.

그녀는 라비스를 비롯한 모두에게 '루이스'라는 이름으로 불리어지고 있었다.

"우웅."

문득 라비스가 지금 꿈을 꾸고 있는 모양인지 아기처럼 웅얼대는 소리를 내었다. 루이스는 그녀를 보며 피식 웃음을 지어 보였다. 라비스의 자는 모습은 언제 보아도 너무 예뻤다. 마치 하강한 천사가 순결한 모습으로 잠이 들어 있는 듯해 보였다.

이야기책에 나오듯이 천계에서 쫓겨나 날개를 잃고 인간 세상에 떨어진 가련한 천사 같다고 해야 할까?

그러고 보니 루이스가 크로시벨 가로 들어가 라비스를 처음 보았을 때도 그녀가 잠들어 있을 때였다. 한참 살이 올라 뽀얀 피부가 너무나 예쁘게 느껴지는 모습으로 잠들어 있는 라비스의 모습에 루이스는 그만 한눈에 반해 버렸었다.

반짝이는 황금빛 머리칼에 백옥 같은 살결, 그리고 장밋빛 조그만 입술.

세상에 이렇게 예쁜 아기가 다 있을까 하며 루이스는 생각했었다. 그 당시 딸을 잃은 지 얼마 안 되었기 때문에 루이스는 아름답고 귀여운 아기 라비스의 모습에 그만 감동하여 눈물까지 흘렸었다. 그리고 그때 그녀는 결심했었다. 라비스를 자신의 딸로 키우기로 말이다.

그러다 루이스는 문득 들려오는 소리에 잠겨 있던 회상에서 깨어났다.

쿠당—!

"아야야~!"

라비스가 이불을 몸에 둘둘 말고 침대 위에서 구르다가 결국은 밑으로 떨어지고 만 것이다. 왠지 천사 같은 이미지가 깨어지는 순간이었다.

라비스는 작년 여름에 수면제 과다 복용 사건이 있은 직후, 잠버릇이 아주 고약해졌다. 게다가 행동과 성격은 우아한 것 같으면서도 가끔 털털한 모습을 보여주었고 아침잠은 무척 많아져서 그녀를 깨우기 위해서는 항상 인내심을 잃지 않기 위한 각오를 해야만 했다.

"에휴~ 라비스님, 침대 크기가 백합궁의 것보다 조금 작아졌다고 그렇게 매일같이 떨어지시면 어떡해요?"

"히잉~ 루이스~"

그리고 달라진 점 또 한 가지는 라비스가 그녀에게 어리광을 부리고 많이 의지한다는 점이다. 예전에는 그저 죽은 친어머니인 셀레나에게 만 집착을 보였을 뿐이었는데 이제는 유모인 그녀에게 많은 의지를 하였다.

루이스는 그런 라비스가 니무 사랑스러웠고 소중했다.

그러던 어느 날, 중앙 궁성에 마리라는 소녀가 시녀로 들어왔다. 그녀는 라비스에게는 훨씬 못 미치지만 시녀들 중에서는 꽤나 미인이었고 성격도 차분해서 모두들 그녀를 마음에 들어했지만 루이스는 왠지 모르게 그녀가 마음에 들지 않았다.

이유를 꼭 집어 말하기가 어렵지만 굳이 언급한다면 그녀의 호박색 눈동자에서 어둔 기색이 느껴진다고 해야 할까? 게다가 심중을 꿰뚫어 보기 힘든 그녀의 알 수 없는 눈빛도 마음에 들지 않았다.

하지만 루이스가 그렇게 마리에게서 안 좋은 느낌을 받았다 하더라도 그것은 첫인상으로 받은 느낌일 뿐, 궁성의 시녀로 얽히게 될 공적인 관계에까지 그 감정을 적용시키지 않았다.

그렇게 며칠이 지나 한번은 라비스의 침실에 걸리게 될 셀레나의 초상화가 찢긴 일이 있었다.

그 초상화는 루이스 자신이 라비스에게 직접 전해주었는데 마리의 얄팍한 발언에 라비스는 잠시 루이스를 의심하는 듯했었다. 그러나 그 믿음에 대한 흔들림은 잠시일 뿐, 결국 라비스는 그녀를 끝까지 믿어주었다. 라비스의 그런 믿음에 루이스는 너무 고맙기도 했고 행복한 마음도 들었다.

어찌 되었든 루이스는 초상화를 찢은 범인으로 마리가 의심이 가긴 했지만 물증이 없었고 그 일은 흐지부지 넘어가게 되었다. 그리고 다음날 아침.

루이스는 뭔가 기분 나쁜 꿈에 언짢아하며 자리에서 일어났는데 그녀의 검지손가락이 조금 베어 있는 것이 눈에 들어왔다. 하지만 루이스는 그것을 대수롭지 않게 생각하며 여느 때와 같이 하루를 시작했다.

그 일이 있은 후부터 루이스는 매일 밤 악몽을 꾸기 시작했다. 그 악몽에는 그녀의 죽은 딸이 등장했다. 처음에는 몇 년 동안 꾸지 않았던 딸의 꿈이라 반갑기도 했지만 날이 갈수록 꿈은 끔찍해져 갔다.

굉장히 비참한 몰골로 딸이 나타나서는 무척이나 서럽고 원통하게 울음소리를 내는 것이었다.

"엄마, 왜 나를 돌보지 않았어요? 왜 내가 죽어가도 무심하게만 바라봤어요? 엄마, 왜 나를 버리고 그 애를 바라보고 있는 거예요? 엄마, 엄마."

반복되는 악몽에서 딸의 모습은 더욱 비참해져 갔는데 나중에 깨닫고 보니 라비스가 그녀의 딸을 칼로 난도질을 하고 발길질을 하며 깔깔대고 웃는 것이었다. 천사 같던 라비스의 모습이 악귀와 같았다.

루이스는 그 잔인하고도 끔찍한 장면에 소리를 지르며 말리려 했지만 꿈속에서 그녀는 아무것도 할 수가 없었다.

그렇게 꿈을 꾸고 다시 현실로 돌아와 라비스를 마주 대할 때면 루이스는 꿈속의 생생한 장면들이 떠올라 견딜 수가 없었다. 그래서 결국은 루이스는 라비스를 아침마다 깨우는 것을 그만두었다.

천사 같은 얼굴로 세상모르게 잠든 그 모습을 보면 루이스는 자신도 모르게 라비스를 죽이고픈 사악한 생각으로 자신이 지배되는 것만 같았다. 그녀는 한낱 꿈에 휘둘리지 않으려 많은 노력을 했었다.

악몽의 끔찍한 장면들이 떠오를 때마다 루이스는 자신의 입술을 무자비하게 깨물어 그 영상들을 흩어버렸다. 그러다 라비스가 인페르디아 전쟁을 훌륭하게 마치고는 돌아와 왕비로 즉위하게 되었을 때부턴 점차 꿈뿐만 아니라 환각과 환청에까지 시달리게 되었다.

매일같이 그녀의 딸은 비참하고 끔찍한 모습으로 라비스에게 죽임을 당했고 그때마다 루이스의 가슴속에는 라비스를 죽이고 싶다는 욕망이 커져 가기 시작했다.

그 무렵의 루이스는 꿈이나 환각과 현실을 구분할 수 있는 능력마저 상실해 버린 상태였다.

행복한 결혼식과 왕비 즉위식이 있는 날. 그날 라비스는 정말 눈부시게 아름다운 모습으로 치장되었다. 루이스는 정상적인 의식을 잃어버린 순간에도 라비스의 아름다운 모습에 감동이 느껴졌다.

그래서 루이스는 론티아 꽃잎 차를 그녀에게 주는 것을 망설였다. 그 차에는 며칠 전 어떤 흑마녀에게 구한 독이 들어 있었기 때문이다. 그녀의 딸을 죽인 라비스를 해하기 위한 독이 말이다.

하지만 루이스는 덜덜 떨리는 손으로 라비스에게 차를 권하고 말았다. 그리고 라비스는 아무런 의심 없이 오히려 루이스의 작은 배려에 고마워하는 표정까지 지으며 독이 든 차를 남김없이 마셔 버렸다.

라비스는 여느 때와 같이 아무런 의심 없는 순결한 미소를 루이스에게 지어 보였다. 루이스는 많이 혼란스러웠지만 또다시 떠오르는 끔찍한 장면들로 인해 녹아 없어지려는 독한 마음을 다시 다잡게 되었다.

이윽고 라비스의 결혼식은 치러졌고 그녀가 마신 독은 아무도 모르게, 그리고 조용하게 몸 안으로 퍼져 갔다. 그렇게 퍼진 독은 라비스를 죽음으로 인도하였고 루이스는 라비스가 결혼식 겸 즉위식에서 왕관을 쓰는 순간 쓰러지는 모습을 보아야 했다.

마치 아름다운 황금빛 꽃이 누군가의 손에 의해 강제로 꺾이고 그 꽃잎이 흩어져 떨어져 내리듯이 그 생명력이 꺼져 가는 라비스의 마지막 모습을 루이스는 보아야 했다.

"아아악! 라비스님! 내가 라비스님을… 아악! 안 돼! 라비스님! 라비스님!!"

그렇게 라비스가 쓰러지고 그녀가 슬픈 눈으로 자신을 바라보는 순간, 루이스는 그제야 자신이 사랑하는 라비스를 죽였다는 것을 깨달았다.

루이스는 발악과 절규를 하며 라비스에게로 다가가려 했다. 라비스가 그녀의 앞에서, 그리고 자신의 손에 의해서 죽음을 맞이하는 것은 절대 있을 수 없는 일이었다.

그녀는 그렇게 절규를 하며 라비스에게 다가가려 했으나 호위 기사들이 다가와 루이스를 붙잡았다. 루이스는 그들에게 붙잡혀 버둥거리며 결국 라비스가 자신의 남편인 미카엔의 품 안에서 마지막 숨을 내쉬는 것을 보게 되었다.

루이스는 그 순간 라비스의 죽음과 함께 자신의 영혼 역시 갈가리 찢기는 것을 느껴야 했다.

그 후 루이스는 왕비를 독살한 죄로 왕성 지하 감옥에 갇히게 되었다. 아마도 곧 왕실 재판이 있은 후 교수형이 내려지게 될 것이다.

루이스는 그날 이후 매일같이 통곡을 하였다. 아무것도 먹지 않고 마시지 않으며 수면도 취하지 않고 매일 통곡을 하였다. 하지만 그녀가 이렇게 피눈물을 흘려도 그녀의 죄는 속죄되지 않았다. 자신이 만든 비극은 다시 되돌릴 수 없었다.

그렇게 목에 피가 나오도록 통곡을 하며 자신의 행동에 괴로워하던 루이스는 재판이 있기 전날, 자신의 손가락을 깨물어 벽에 몇 자의 글을 썼다. 그것은 유언이기도 하고 자신의 괴로운 심정을 토로하는 글이기도 했다.

「괴롭다. 나는 사랑하는 존재를 내 손으로 죽이고 말았다. 나는 매일같이 환상을 보았다. 내가 사랑하는 존재가 나의 딸을 비참하게 죽이는 끔찍한 장면을… 딸의 영혼은 매일 나를 찾아와 괴롭혔다. 자신을 죽인 그 존재를 죽여달라고……」

그리고 루이스는 차가운 바닥의 감옥 안에서 속죄하듯 자신의 혀를 깨물어 그 생을 마감하였다.

장미와 로터스

달빛이 고운 깊은 밤이었다.

일부분만 켜둔 촛불과 창문을 통해 들어오는 달빛이 어우러져 어두워진 라비스의 침실을 미약하게 밝히고 있었다.

미카엔은 지금 라비스와 함께 누운 침대 위에서 잠들기 위해 열심히 노력하고 있었다. 하지만 라비스가 내는 쌔근거리는 규칙적인 숨소리가 그의 신경을 자꾸 툭툭 건드렸다.

라비스는 지금 세상모르게 잠들어 있지만 미카엔은 아쉽게도 그럴 수가 없는 것이다. 아까 그녀의 황금빛 눈동자에 어린 혼란스러움과 거부의 기색을 보고 마음이 무거워진 그는 그냥 그대로 잠든 척을 했었는데 그녀는 그의 그런 모습에 시무룩해진 모습을 보였다.

그러더니 라비스는 침대에 눕자마자 아주 잘 자는 것이었다. 결국 지금은 미카엔만 괴로워진 상황이 되었다. 곁에 누운 사랑스러운 그녀는 그 존재함만으로도 이렇듯 그를 끝없이 유혹하고 있는데 말이다.

미카엔 역시 인간이고 남자이거늘 그녀는 그러한 사실을 아주 깨끗이 무시해 버렸다. 그러다 라비스가 미카엔이 누운 반대 방향으로 데굴데굴 구르는 것이 눈에 들어왔다.

"훗."

미카엔은 그 모습을 보며 나직한 웃음소리를 내었다. 그동안 라비스와 같이 자면서 알게 된 사실인데, 그녀는 침대에서 구르는 것을 아주 좋아했다.

잠들어 있을 때의 그녀는 어김없이 고약한 잠버릇처럼 침대 위를 굴러다녔고, 깨어 있을 때도 종종 침대 위에서 데굴데굴 몸을 굴렸다.

특히 그녀는 몸에 이불을 돌돌 말고 몸을 굴렸다. 어떻게 보면 무척 여자답지 못한 그녀의 버릇 중 하나이지만 미카엔은 그런 그녀의 모습도 모두 사랑스럽게 보였다.

순진 무구한 아이 같은 모습을 지닌 순결한 소녀 같다고 할까?

사실 라비스의 그런 모습을 그저 사랑스럽게만 연결시키는 그의 모습은 확실히 병이라 할 수 있지만.

그러다 이번에 그녀는 미카엔이 누워 있는 방향으로 몸을 한번 굴렸다. 그리고는 그가 있는 곳까지 굴러오더니 그의 가슴에 머리를 콩 하고 박았다.

"……."

미카엔은 한숨을 내쉬며 그녀를 감싸 안았다. 그리고 그녀의 얼굴을 물끄러미 응시했다.

잠든 그녀의 모습이 정말 아름다웠다. 흐트러진 황금빛 머리칼에 가냘프다는 느낌마저 들게 하는 갸름한 얼굴 선, 살짝 벌어진 붉은 장밋빛의 입술은 순결하다 못해 고고해서 그녀에게 키스하고 싶다는 생각을 하는 것만으로도 죄의식을 느끼게 했다.

미카엔은 아까의 일을 떠올렸다. 그녀는 달을 바라보며 무슨 생각을 했던 것일까? 그녀의 얼굴에 떠올랐던 표정이 왠지 마음에 걸린다.

그녀는 뭔가 그에게 숨기고 있는 듯했고 그것으로 인해 그를 거부하는 듯했다. 라비스는 쉽사리 그에게 기대오지 않았다. 그럴 때면 미카엔은 그녀에게 화가 나기도 했다.

미카엔은 몸을 반쯤 일으켜 한 손을 침대에 짚고 나머지 한 손을 라비스의 얼굴에 가져갔다. 그리고 그녀에게 고개를 좀 더 숙였다. 그러자 그의 은발이 라비스의 얼굴을 살짝 간질이게 되었는데, 라비스는 간지러운 듯 조금 움찔했다.

그는 그녀의 장밋빛 입술에 입을 맞추기 위해 더욱 가까이 갔다. 그 순간 라비스는 얼굴을 살짝 찡그렸고 미카엔은 멈칫했다. 그녀가 얼굴을 찡그리니 그로선 왠지 뜨끔하다. 그러다.

"엣취!"

"……"

라비스는 재채기를 했다. 방금 그녀가 얼굴을 조금 찡그렸던 것은 재채기가 나오려 해서 그랬던 모양이다. 미카엔은 다시 그녀에게 입술을 가져갔다. 그리고 그녀에게 키스를 했다.

아까 라비스는 미카엔에게 그가 달을 닮았다는 말을 했다. 고고하고 차가우면서도 부드러운, 은은한 아름다움을 내뿜는 달의 모습이 왠지 그와 닮았다고. 라비스의 그 말에 미카엔은 그 반대로 라비스의 이미지를 갓 얼굴을 내민 아침 햇살과 연관시켰다.

태양의 빛과 같이 화사하고 화려하며 눈을 찌를 듯한 아름다움이 라비스와 닮았다. 오래도록 바라보면 이내 그 눈이 멀게 만들고 마는 그 아름다움이 라비스와 닮았다.

"으응."

라비스가 고개를 옆으로 돌렸다. 미카엔은 결국 자리에서 일어났다. 그리고 침대에서 나와 그의 침실로 돌아가려 했다. 이대로는 라비스의 향기에 취해 마음 편하게 잠들 수 없을 것 같다. 그런데 그때.

"루이스……."

라비스의 가냘픈 음성이 들려왔다. 그녀의 목소리가 미세하게 떨리고 있었다. 미카엔은 다시 그녀에게 다가가 얼굴을 내려다보았다. 지금까지 잘만 자던 그녀는 뭔가 안 좋은 꿈을 꾸기 시작했는지 안색이 안 좋아져 있었다.

"라비스?"

미카엔은 그녀의 이름을 불러보았으나 라비스는 깨어나지 않았다. 그녀의 눈가에서 어느덧 투명한 눈물이 맺히는 듯했다.

"흐흑."

"라비스!"

그녀는 금방 깨어나지 않았다. 그러다 그녀는 뭔가 공포에 질린 듯한 비명을 질렀다.

"까아악!"

"라비스!"

미카엔은 그녀를 흔들어 깨웠고 라비스는 눈을 떴다. 그녀가 눈을 뜨자 고여 있던 눈물이 볼을 타고 흘러나왔다.

"미카엔?"

"그래."

그날 미카엔은 그녀의 유모 루이스에 대한 악몽을 꾼 듯한 라비스를 달래주어야 했다. 자신이 믿어왔던 유모의 손에 의해 한번 목숨을 잃은 적이 있던 라비스. 그녀는 가슴에 뭔가 씻을 수 없는 상처를 입었을 것이 분명했다.

미카엔은 그런 그녀의 마음의 상처를 스스로 씻어낼 수 있게 해주어야겠다고 생각했다. 그리고 그녀를 토닥이며 부드럽게 감싸 안은 채 그녀와 정식 부부로서 맞게 된 첫 번째 밤을 그렇게 보냈다.

그리고 다음날, 미카엔은 저녁때 로터스 궁을 잠깐 방문했다. 아사벨라는 미카엔이 온다는 말을 시종에게 미리 들었는지 매우 정성스럽게 치장을 하고 그를 맞았다.

그 모습에 왠지 미안해지는 미카엔이었다.

미카엔은 로터스 궁 정원이 바라보이는 테라스에 놓여 있는 의자에 앉았다. 정원에 있는 작은 호수에 화사하고 우아한 연꽃이 피어 있었다. 지금은 연꽃이 가장 아름다울 시기이다.

미카엔은 그녀에게 입을 열었다.

"아사벨라."

"네?"

까만 눈동자를 애교있게 뜨고는 미카엔에게 답하는 그녀의 모습은 확실히 라비스와 대조적이었다. 평소에는 그토록 차갑고 오만하기 그지없는데 미카엔 앞에서만큼은 아사벨라는 애교있는 측실이 된다.

미카엔은 황태자의 신분으로 인해 왕실에 뜻에 따라 별 생각 없이 그녀를 측실로 맞아들이고는 그녀에게 많은 상처를 준 것 같아서 마음이 좋지 않았다. 라비스를 만나기 전까지는 나름대로 사랑을 준 그녀였는데.

"네가 원한다면 너를 묶고 있는 측실의 신분······."

"폐하!"

아사벨라는 그의 말을 잘랐다. 그가 말하려는 것이 무엇인지 알아챘기 때문이다. 미카엔이 그녀를 바라보자 아사벨라는 입을 열었다.

"저는 폐하의 곁을 떠나지 않아요. 로히얀스의 왕실에 의해 제 가족을 잃었음에도 불구하고 제가 왜 폐하를 미워하지 못하는지 알아요? 언제나 무심하신 폐하인데 원망을 하면서도 제가 왜 폐하만을 바라보는지 알아요?"

"······."

"그건 제가 폐하를 사랑하기 때문이에요. 그 마음은 누구에게도 뒤지지 않아요. 비록 폐하의 사랑을 받지 못했지만 저는 꼭 폐하에게 필요한 여자가 되겠어요."

미카엔은 결의하듯 말하는 그녀를 고요하게 바라보았다. 그러다 나직한 목소리로 그녀에게 입을 열었는데···

"아사벨라, 너는 그렇게 될 거다. 로히얀스를 위해서도, 나를 위해서도 너는 결코 없어서는 안 될 여자가 될 거다. 네가 궁극적으로 갈망하고 있는 것. 언젠가는 네 총명함으로 이루어질 거다."

그의 말에 아사벨라는 눈물을 흘리던 눈을 동그랗게 떴고, 미카엔은 자리에서 일어나 그녀가 흘린 눈물에 살짝 키스를 했다.

아사벨라가 궁극적으로 갈망하고 있는것. 미카엔과 로히얀스에 있어 결코 없어서는 안 되는 존재가 될 것이라는 미카엔의 말은 과연 어떤 의미를 담고 있는 걸까?

두 번째 대리자

찰싹!

뺨을 후려치는 소리와 함께 소녀의 고개가 휙 돌려졌다. 소녀는 맞은 뺨에 떨리는 손을 살며시 가져갔고 자신을 때린 중년의 남자를 바라보았다. 그는 자신의 아버지 루카스 아스칼리테였다.

"아버지."

"여신관이 되겠다고? 그것도 신의 권능을 잃어버린 하찮은 셀레네스의 여신관이 되겠다고? 네가 지금 제정신이냐?!"

"흑! 아버지."

"운 좋게 들어온 공작가의 혼처도 마다하고 그런 쓸모없는 여신관이 되겠다니… 클레아, 너는 우리 집안의 명예 따윈 안중에 없는 것이구나!"

"저는 꼭 여신관이 되고 싶어요."

클레아라고 불린 소녀는 눈물을 흘리며 애처롭게 아버지에게 사정을 했다.

"시끄럽다."

루카스는 버럭 소리를 지르고는 그녀의 방에서 나갔다. 결국 클레아는 주저앉아 서럽게 흐느꼈다. 그녀는 너무도 여신관이 되고 싶은데 그녀의 완고한 아버지는 허락을 해주지 않는 것이다.

"누나."

그때 부드러운 갈색 머리칼을 한 앳된 소년이 그녀에게 말을 걸었다. 그는 루이안트 아스칼리테. 그녀의 네 살 어린 남동생이자 아스칼리테 집안의 장남이었다. 그는 언제 방 안으로 들어왔는지 그렇게 클레아에게 말을 걸고 있는 것이다.

"훌쩍."

"누나, 너무 속상해하지 마."

"루이, 나는 어떻게 해야 하니? 정말 여신관이 되고 싶은데… 얼굴도 모르는 그 누군가와 억지로 결혼하고 싶진 않은데."

클레아의 말에 루이안트는 나직한 한숨을 내쉬었다.

"그렇게 여신관이 되고 싶어? 여신관의 길은 귀족 생활에 익숙해진 누나로서는 무척 힘들고 고될 텐데."

"난 여신관이 되고 싶어. 고되어도 괜찮아. 셀레네스를 모실 수만 있다면. 난 매일같이 꿈을 꾸는걸. 어쩌면 셀레네스의 여신관이 되는 것이 나의 운명일지도 몰라."

솔직히 클레아 아스칼리테는 그다지 뛰어나고 눈에 띄는 소녀가 아니었다. 평범한 갈색 머리칼에 평범한 외모였고, 다른 소녀들과 다를 바 없는 나약하고 가녀린 소녀였다.

싶게 상처받고 눈물도 많은 그런 소녀 말이다. 하지만 그녀는 다른 소녀들과는 다른 고결한 꿈을 가지고 있었다. 그것은 셀레네스의 순결한 여신관이 되는 것. 꿈속에서 종종 보게 되는 아름다운 셀레네스의 모습을 그녀는 매일같이 그리곤 했다.

"그렇다면 누나의 원대로 누나가 가진 신념대로 여신관이 돼. 그것이 누나의 운명이라면 그 누구도 어쩔 수 없는 일이잖아? 나는 누나가 여신관이 되어도 상관없어. 그것이 누나가 행복해지는 길이라면."

루이안트는 어린 나이임에도 불구하고 의젓한 어조로 그의 누나를 다독이는 말을 했다. 그 역시 클레아가 여신관이 되려는 그 마음을 완전히 이해할 수는 없었지만 누나가 간절히 원하는 길이라면 그것이 이루어졌으면 하는 마음이었다.

그러자 클레아는 눈물 젖은 눈으로 그를 바라보더니 말했다.

"정말? 너는 내가 여신관이 되어도 계속 누나로서 나를 사랑해 줄 거니?"

"응."

"고마워, 루이."

그렇게 루이안트의 말에 마음의 힘을 얻은 그녀는 결국 셀레네스 신전으로 들어가 여신관이 되었다. 이에 격노한 아버지는 그녀와 부녀의 인연을 끊겠다며 클레아를 다시 보지 않으려 했고, 클레아는 가슴이 아팠지만 여신 셀레네스를 생각하며 스스로 위안을 삼았다.

처음 클레아가 견습 여신관이 되었을 때는 신전의 생활에 적응하지 못해 무척 힘이 들었다. 금욕적인 생활에 견습 신관으로서 고된 잡일, 귀족 출신인 그녀에 대한 동료 소녀들의 따돌림 등 그 모든 것은 그녀를 너무도 힘들게 했다.

그녀는 신전에 들어간 후로 매일같이 소리 죽여 눈물을 흘렸고 가끔 찾아오는 루이안트의 얼굴을 보는 낙에 하루하루를 살았다.

매일 셀레네스에게 기도를 올리며 그녀는 간절히 기원했다. 그녀 역시 셀레네스처럼 강한 여자가 될 수 있기를 기도했고, 권능을 잃어버린 불운한 여신 셀레네스가 다시 이 땅에 돌아올 수 있기를 기원했다.

몇백 년 전에 빛나던 그때의 영광처럼 말이다.

그렇게 몇 년을 셀레네스의 여신관으로 지낸 클레아는 셀레네스의 권능을 만날 수 있다는 희망도 점점 희미해지는 것을 느껴야 했다. 그러다 그녀가 21살이 되던 해, 자이라스에는 뭔가 변화의 조짐이 일었다.

인페르디아 속국이었던 자이라스에 점차 독립의 기운이 돌기 시작한 것이다. 물론 그것은 마법 기사단이라는 이름을 가진 이들과 흑마녀에 의한 강제적인 독립이었다.

자이라스의 힘없는 왕은 마법 기사단에 의해 물러나게 되었고 대신 그들 중 한 명이 왕이 되었다. 그리고 자이라스의 왕실과 모든 권력은 갑자기 나타난 그들 세력에 의해 좌지우지되기 시작했다.

자이라스 인들은 이런 변화에 속국에서 해방되었다는 반가움에 앞서 이유 모를 불안감에 휩싸여야 했다. 그러던 어느 날.

클레아는 여느 때와 같이 셀레네스를 위한 성가를 부르며 신전 안을 청소하고 있었다.

셀레네스, 나의 여신
그 황금빛 권능으로
세상을 굽어 살피세요.

당신의 아름다움으로

어둠을 밝히고

당신의 자애로움으로

어루만져 주세요.

모든 자연의 존재들이

당신을 따르듯이

세상은 당신을 따릅니다.

클레아가 거기까지 불렀을 때였다. 몸에 뭔가 전율이 흐르는 듯하더니 그녀의 가슴속에서 알 수 없는 그리움이 물밀듯이 짙어지는 것이 느껴졌다.

결국 클레아는 벌떡 자리에서 일어나 신전 밖을 뛰쳐나갔다. 그리고 달렸다. 자신의 그리움이 느껴지는 곳으로. 지나는 사람들이 이상한 눈으로 그녀를 바라보았지만 그녀는 신경 쓰지 않았다.

아! 이 기이한 감정은 무엇일까?

그녀가 어떤 여관으로 찾아갔을 때 클레아는 마침내 그토록 자신이 만나길 원했던 그 존재를 볼 수가 있었다.

그 존재는 짙은 빛의 화려한 황금빛 머리칼에 황금빛 눈동자를 가진 아름다운 소녀였다. 그 모습은 클레아가 가끔 꿈에서 보았던 여신의 모습이었다. 하지만 클레아는 그 소녀에게 왠지 다가갈 수가 없었고 그녀는 다시 신전으로 돌아오고 말았다.

그날 밤, 클레아는 여신의 얼굴을 보았다는 생각에 들떠 잠을 이룰 수 없었고 그 감동에 눈물을 흘렸다.

"셀레네스, 난 당신을 만났어요. 당신은 다시 돌아온 건가요? 나의 기도, 나의 염원이 이제 이루어졌군요, 나의 여신 셀레네스."

그 후 클레아의 모습은 어떠한 기적이 있었는지 점점 변해갔다. 셀레네스의 모습처럼 치렁치렁한 황금빛 머리칼에 황금빛 눈동자를 가진 아름다운 모습으로. 동료 신관들은 그런 클레아의 모습에 무척 놀라워했다.

그리고 그런 기이한 현상에 그녀들은 무척 궁금해했지만 예전과는 달리 범접할 수 없는 그녀의 고고한 모습에 제대로 캐어묻지 못했고 함부로 대하지도 못했다.

그녀들은 자신도 모르게 그녀를 여신을 모시듯 대하게 되었고, 클레아는 점점 셀레네스의 대리자로서의 권능을 갖게 되었다. 어떻게 이러한 현상이 일어나게 되었는지 모를 일이다.

클레아는 그렇게 모습이 변한 후 동생 루이안트를 몇 번 만났다. 그는 변한 클레아의 모습에 무척 놀랐고 어색해했다. 그런 그를 보며 클레아는 쓸쓸한 미소를 지었고 자신의 아버지를 생각했다.

여신관이 된 뒤로 한 번도 만나지 못한 부모님. 참으로 무정하다. 하지만 이것은 클레아 자신에게 주어지고 정해졌던 운명… 그녀는 이미 겸허하게 받아들였다.

그러다 자이라스에 인페르디아 전쟁이 터졌고 로히얀스에서 온 라비스 크로시벨이라는 이름을 가진 소녀 마법사가 전쟁을 승리로 이끌었다. 클레아는 그녀가 자신의 여신인 셀레네스라는 것을 알고 있었다.

클레아는 인페르디아 전쟁이 마무리 지어질 즈음에 루이안트를 마지막으로 만났다. 그에게 마지막 부탁을 하기 위해서였다.

"루이, 너는 앞으로 무엇을 위해 일하고 싶니?"

"갑자기 그건 왜 물어?"

"그냥……."

"음, 나의 능력이 닿는다면 나는 왕실에 소속되어 보좌관으로 일하고 싶어."

"그래? 그러면 너는 로히얀스를 위해 일해볼 생각 없니?"

"응? 로히얀스?"

루이안트는 눈을 동그랗게 뜨고 그녀에게 물었다. 자신의 누나가 자이라스도 아닌 로히얀스를 위해 일할 생각이 없냐고 물을 줄은 몰랐던 것이다.

"루이, 누나의 부탁을 들어줄 수 없겠니? 로히얀스의 국왕과 왕비를 위해 일해주렴."

"누나."

"부탁한다, 루이. 아, 누나는 이제 그만 가야 하겠구나. 항상 건강해야 해."

클레아는 평소와 같은 모습으로 루이안트에게 마지막 인사를 하고는 그와 헤어졌다. 아마도 루이안트는 그 인사가 마지막이라는 것을 깨닫지 못했을 테지만.

그렇게 동생과 헤어진 클레아는 라비스 크로시벨이 전쟁을 마치고 로히얀스로 돌아가는 행렬이 있는 곳을 찾아갔다. 그곳에서 그녀는 한 번이라도 더 그녀의 모습을 보기 위해 사람들 틈에서 라비스를 보려 했고, 그러다 그녀는 마차 안에 있는 라비스와 눈이 마주치고 말았다.

클레아는 멀리서도 그녀의 눈에서 놀라움이 스치는 것을 볼 수 있었다. 라비스는 클레아를 다시 보려 함인지 마차에서 내렸고, 클레아는 얼른 자리를 피했다.

지금 셀레네스이자 라비스인 그녀가 자신의 존재를 모른다면 그녀의 눈에 띄지 않는 것이 좋을 것이라 생각되었기 때문이다.

결국 라비스는 조금 두리번거리다 이내 포기하고는 다시 마차를 타고 로히얀스를 향해 가버렸고, 클레아는 라비스의 행렬이 지나간 자리를 한참토록 바라보았다.

"셀레네스, 우린 곧 다시 만나게 될 거예요."

미카엔과 라비스가 처음 만났을 때!

봄꽃이 만발하고 연녹색 신록이 후원을 장식하던 시기도 어느덧 지나 이젠 여름의 기운이 성큼 다가오고 있었다.

미카엔은 황태자로서의 따분한 임무를 잠시 벗어나 아사벨라가 있는 아카시아 궁으로 향했다. 그의 두 번째 측실인 아사벨라 아모르는 그보다 네 살 어린 흑발의 도도한 소녀였는데, 가끔 그녀를 찾곤 하면 미카엔은 무거운 마음에서 벗어날 수 있었다.

그녀는 비굴하지 않은 도도함과 뛰어난 재치로 상대방의 기분을 정말 잘 맞추었기에 미카엔은 그녀와 함께 있으면 유쾌했고 마음이 편해졌기 때문이었다.

미카엔은 그런 아사벨라가 좋았다. 하지만 사랑하지는 않았다. 그녀와 함께 있으면 유쾌하고 편했지만 애틋함이나 열정은 생기지 않았다.

"아사벨라, 너에게서 아카시아 향이 나는 것 같군."

"킥! 전하에게서는 론티아 꽃잎 향이 나는군요."

아사벨라에게 입을 맞추던 그는 그녀의 말에 웃었다. 조금 전 그들은 꽃잎 차를 함께 마셨기 때문이다.

미카엔은 자리에서 일어났다. 이제 그만 황태자궁으로 돌아가야 할 듯했다. 어제 그의 어머니인 프레야 왕비가 세 번째 측실에 대한 얘기를 꺼냈는데, 라… 그 뒤의 이름은 생각나지 않지만 크로시벨 남작의 영애가 오늘 오후에 왕성을 방문할 것이라고 했다.

측실을 또 맞아들이는 것이 그다지 달갑지 않던 그는 일부러 그녀의 말을 무심히 흘려들었다.

미카엔은 하루하루가 정말 따분하다고 생각되었다. 권력과 재력, 그리고 아름다운 외모까지 가진 그였지만 미카엔은 모든 것이 따분하게만 느껴졌다.

가끔 누군가를 가슴 깊이 사랑하고픈 마음도 들었지만 이 세상에는 그가 사랑할 수 있는 여자는 없을 것 같다는 불길한 생각마저 들었다. 그러다 미카엔은 지나가는 한 시녀에게 눈길을 주었다.

제법 예쁘장한 그녀는 그의 눈길을 받자 얼굴이 붉어졌다. 미카엔은 그런 그녀의 모습에 부드러운 미소를 지어 보였고 이에 그녀는 더욱 얼굴이 붉어져 잘 익은 홍당무가 되더니 종종걸음으로 도망치듯 사라져 갔다.

그렇다고 도망칠 것까지는 없는데 말이다.

그렇게 황태자궁으로 돌아온 그는 별 생각 없이 안으로 들어가려 했다. 그러다 2층 창가에 뭔가 반짝이는 것이 눈에 들어왔다.

문득 미카엔은 눈이 부시다고 생각하며 계속 눈길을 주었는데, 화려한 황금빛 머리칼을 가진 소녀가 창가에서 뛰어내리려고 하는지 창틀에 올라서는 것이었다. 저러다 잘못하면 떨어질 듯했다.

"이봐요, 아가씨! 지금 거기서 뭐 하는 것이오?"

미카엔은 그녀에게 외쳤다. 그러자 그녀는 그가 있는 쪽을 힐끔 내다보는 듯하더니 그대로 밖으로 뛰어내리는 것이었다. 대체 저 소녀는 무슨 심정으로 왕성 안에서… 그것도 그의 황태자궁에서 투신을 하는지 모르겠다.

"까아아악!!"

무척이나 큰 목청으로 비명을 지르는 그녀의 모습에 미카엔은 일단 그녀를 구해야겠다고 생각했다. 그래서 부유 마법으로 공중에 띄웠는데 그녀의 치렁치렁한 황금빛 머리칼이 그의 시야를 어지럽히듯 휘날렸다. 일단 그녀는 질끈 감았던 눈을 뜨는 듯했다.

"아가씨는 대체 누구인데 내가 머무는 궁에서 몸을 던진 거지?"

미카엔이 묻자 그녀가 그를 바라보았다. 동그랗게 떠진 황금빛 눈동자가 무척 아름다운 소녀였다. 왠지 가슴이 설레는 듯한 느낌에 그는 더욱 자세히 보기 위해 자신의 품으로 그녀를 이끌었다.

그리고 품 안으로 들어온 그녀를 미카엔은 부드럽게 안으며 그녀의 아름다운 얼굴을 바라보았다. 왕성 안에 이렇듯 아름다운 소녀가 있었던가? 대단한 미색이었다.

"아하하… 구해주셔서 감사합니다. 제가 그만 실수로 떨어지는 바람에… 이만 내려주셨으면 하는데요."

보아 하니 귀족 영애인 듯한데 저 털털한 웃음이라니… 게다가 황태자궁에서 실수로 떨어졌다는 말은 그로서는 웃음밖에 나오지 않는다. 하지만 그 기색은 내보이지 않고 미카엔은 그녀를 내려주며 말했다.

"그대는 누구지? 왕성 안에 이렇게 아름다운 소녀가 있었다니."

"그쪽은 누구세요? 전 이곳의 황태자 전하를 뵈러 온 라비스라고 하는데요."

그쪽? 이것은 완전히 충격이다. 국왕 계승자인 황태자에게 감히 그쪽이라고 칭하다니… 물론 그녀는 그가 황태자인지 모르는 듯했지만 아무리 그래도 귀족 영애라면 그런 표현은 쓰지 않는다.

미카엔은 상당히 이미지를 깨는 그녀의 말투에 불쾌감보다는 호기심을 느꼈다.

"나를 보러 왔다고? 흠… 내가 아는 여인들 중에는 라비스라는 이름이 없었던 것 같은데……."

그가 자신이 황태자임을 밝히는 말을 하자, 그녀는 얼굴색이 잠시 변하는 듯했다. 하지만 금방 침착하게 표정을 굳히더니 아까와는 사뭇 다른 우아한 어조로 다시 입을 열었다.

"아! 황태자 전하이십니까? 제가 모르고 실수를 범하였군요. 부디 너그럽게 용서하세요."

정중한 그녀의 태도에 미카엔은 웃음이 나왔다. 그녀의 정중함이 왜 이리 어설퍼 보이는 걸까? 그녀는 정말 재미있는 소녀인 듯하다.

"물론 모르고 그랬다는데 당연히 용서를 해야지. 게다가 이렇게 미인인데. 후후, 그대의 이름이 라비스라고 했는가? 이름도 역시 아름답군."

그러자 소녀는 미세하게 움찔했다. 미카엔은 평소처럼 그녀의 아름다움을 칭찬했을 뿐인데 그녀는 닭살까지 돋으며 움찔한다. 그런 그녀의 모습에 미카엔은 의아했지만 그냥 넘어갔다.

"아! 그리고 보니, 라비스라는 이름 어디서 많이 들어본 이름인 것 같은데……."

"저는 라비스 크로시벨이라 합니다, 황태자 전하. 크로시벨 가의 영애이지요. 이젠 제가 누구인지 짐작을 하시겠습니까?"

그녀는 그가 맞게 될 세 번째 측실인 라비스였던 것이다. 미카엔은 놀라움을 감추지 못하며 그녀를 바라봐야 했다. 그로서는 무척이나 인상 깊었던 그녀와의 이번 만남이 새로운 운명의 전환점이라는 것을 미처 깨닫지 못한 채 말이다.

라비스와의 그런 만남이 있은 후, 미카엔은 그날 오후 내내 라비스의 얼굴을 떠올려야 했다. 물론 그녀의 아름다운 외모에 끌려서도 그렇지만 그녀의 눈빛과 몸짓, 그리고 말투, 그녀의 모든 것이 그로 하여금 그녀에게 이끌리게 만들었다.

이런 것이 첫눈에 반한다는 것일까?

예전에는 결코 경험하지 못했던 감정들이 그의 가슴을 들쑤셨다.

미카엔은 라비스를 다시 한 번 보고 싶었다. 아까 오후에 그녀를 만난 직후부터는 계속 그녀를 생각하고 만나고 싶어하는 것이다. 하지만 지금은 벌써 날이 어두워져 있어 그녀의 집을 찾아간다는 것은 큰 실례였다.

비록 직위는 낮지만 그녀는 귀족가의 레이디였고, 미카엔은 엄연히 고귀한 신분의 황태자인 것이다.

"라비스."

미카엔은 그녀의 이름을 나직하게 중얼거려 보았다. 처음 그녀의 이름을 들었을 때는 관심을 두지 않아서 그런지 금방 잊어버리고 말았었는데, 지금은 그녀의 이름이 그의 머리 속을 맴돌며 그의 상념을 어지럽혔다.

그렇게 그날 라비스를 생각하며 그녀의 꿈까지 꾼 미카엔은 다음날 아침 일찍 그녀의 집을 찾아갔다. 물론 시종에게 그녀의 집 위치를 물어 공간 이동으로써 말이다.

미카엔은 크로시벨 가 정원으로 이동하여 그녀의 모습을 찾았다. 라비스는 마침 후원에 있었는데 그녀는 도끼를 들고 론티아 나무 앞에 서 있었다.

인상 깊은 첫 대면 이후 다시 만난 그녀의 모습은 역시나 평범하지 않은 모습이었다. 그녀가 왜 도끼를 들고 론티아 나무 앞에 있는 것인지 그로서는 의아하다.

미카엔은 일단 그녀에게 말을 걸었다.

"다시 보아도 여전히 아름다운 모습이군. 그런데 나의 예비 신부 라비스 양께서 어찌 그대와는 어울리지 않는 도끼를 들고 나무 앞에 서 있는 것이지?"

그러자 라비스는 그를 향해 돌아보았고 그녀의 아름다운 황금빛 눈을 동그랗게 떴다. 그녀의 아름다운 모습에 이유 모를 감동마저 느껴지는 미카엔이었다.

"황태자 전하께서 어떻게 이곳에……."

"내가 그대를 왜 찾아왔을 거라 생각하는가?"

미카엔이 묻자 라비스는 잠시 생각하는 듯하더니 툭 내뱉듯이 답했다.

"잘 모르겠는데요."

"흠, 그대는 내가 알던 귀족가의 레이디와는 많이 다른 것 같군."

미카엔은 그렇게 말하고는 론티아 나무 그늘에 자리해 앉았다. 그나저나 이곳에 론티아 나무가 있다니… 솔직히 남작가와 같은 하급 귀족

저택 정원에 신성 나무인 론티아 나무가 있다는 것에 미카엔은 놀랐다.

그는 라비스에게 말했다.

"아무래도 궁금하겠지? 아침부터 황태자라는 사람이 불쑥 모습을 나타내었으니."

"황태자 전하께서는 어떻게 오신 거죠? 그것도 혼자서. 왕성에서 여기까진 그리 가까운 거리가 아닐 텐데요. 게다가 제가 여기에 있는 것은 시녀들이 가르쳐 주었나요?"

"아름다운 나의 신부 라비스가 있는 곳이라면 나는 어디든지 알 수 있지."

"네에?"

라비스의 얼굴이 경직된다. 보통 미카엔이 이런 말을 하면 대부분 소녀들은 얼굴을 붉히곤 했는데 그녀는 얼굴이 굳어지다니.

결국 미카엔은 마법으로 이곳에 왔다는 말을 했고 그녀는 그가 마법사라는 사실에 무척 놀라워했다. 그러다.

"황태자님! 마법이란 거, 저에게 보여주시면 안 돼요?"

"좋아! 라비스가 원하는데 못 보여줄 것도 없지!"

라비스는 그에게 마법을 보여줄 것을 요청했다. 미카엔은 사실 라비스에게 이번 만남을 뭔가 뚜렷이 기억에 남을 만한 것으로 선물하고 싶다는 생각을 했었다. 그렇다면…

미카엔은 마법을 발동시켰다. 그러자 반경 20m 정도 되는 범위 안에서 은빛의 빛무리들이 휘몰아치기 시작했고, 라비스는 그 모습을 넋을 잃고 바라보았다.

그러다 은빛 빛무리들은 사라졌고, 곧 향긋한 향이 풍겨오며 꽃잎이 하늘에서 내리기 시작했다. 이것은 일루전 마법.

"와아~! 정말 예뻐요! 되게 신기하네? 꽃으로 내리는 눈이라니……."

라비스는 쉴 새 없이 감탄을 해대며 신기해했다. 그런 그녀의 모습에 뿌듯함마저 드는 미카엔이었다.

그는 분홍빛 고운 꽃잎들이 끝없이 내려오는 사이로 서 있는 라비스의 모습을 바라보았다. 일루전의 환상적인 마법까지 곁들이니 라비스의 아름다움이 더욱 돋보였다. 미카엔은 그녀의 아름다운 모습에 한없이 빠져들 것 같다는 생각을 했다.

결코 평범하지 않았던 라비스와의 만남.

그것은 지루하고도 따분한 일상에 던져진 하나의 파문이었다.

[제4권 끝]

《체인지 2부 설정》

신족

일명 빛의 존재라고도 불립니다. 창조신에 의해 빛에 의해 창조된 존재들입니다. 그들은 마족들과는 상반된 속성을 가진 고귀한 존재들로서 세상의 모든 빛과 밝음에 근본 바탕을 두고 있습니다.

이들은 신계라는 차원에서 거주하고 있으며 그들의 수는 수십만에 이릅니다. 생김새는 대체적으로 인간들과 다를 바 없지만 빛에 근본을 두고 있는 존재답게 그 외모는 무척 아름답습니다.

또한 라비스처럼 무척 윤기나는 금속성 빛의 머리칼과 눈동자 색을 가지고 있으며 피부색은 대체적으로 밝은 편입니다. 이들의 아름다움은 기이하게도 계급 등급이 고위로 올라갈수록 뛰어난 편입니다.

신족의 계급은 모두 5계급으로 이루어져 있습니다.

1계급: 신족 중에서도 왕족이라고도 할 수 있습니다. 신계를 다스리는 존재들이 이에 해당됩니다. 그들의 능력 치는 신족 중에서 최강이며 그 아름다움도 극치에 이릅니다. 이들의 신성력은 모든 것을 파괴하고 다시 창조해 낼 수 있는 능력마저 있으며, 이들의 이름과 그 존재는 인간계에까지 알려져 신으로도 숭상을 받기도 합니다.

그 대표적인 예가 창조신 아덴이나 정령과 자애, 미의 여신인 셀레네스를 들 수 있습니다. 이들의 수는 신족 중에서도 극히 한정적입니다.

2계급: 인간들로 치면 귀족 계급이라 할 수 있습니다. 능력 치로 따진다면 인간계에서 존재하는 최강 존재인 드래곤과 맞먹는 정도입니다. 이들의 신성력은 파괴뿐만 아니라 치유의 권능도 행사할 수 있습니다.

이들은 인간계에서는 하급 신으로 종종 그 이름이 알려져 있습니다. 혹은 창조신의 수족 역할을 하기도 합니다. 이들의 수 역시 그리 많지 않습니다.

1계급과 2계급의 신족들 중에서는 그 능력에 따라 대리자를 두고 있습니다. 아마도 2계급보다는 1계급의 대리자가 그 수가 많고 권능도 더 많이 부여받겠죠.

3계급: 신족 중에서는 중간 계급입니다. 3계급부터는 그 존재하는 숫자가 매우 많아서 같은 3계급이라 해도 능력 치가 많이 달라질 수 있습니다. 이들은 고위 신족들처럼 대리자들이란 존재를 가지고 있지 못하며 신성력은 파괴 면에서는 무척 약합니다.

4계급: 신족 중에서 군이 신분을 설명하자면 평민에 해당됩니다. 이들의 능력은 치유의 신성력을 조금 무난하게 쓰는 정도입니다. 외모도 뚜렷이 신족의 특징을 가지고 있지 않아서 조금 뛰어난 인간과 다를 바가 없습니다.

5계급: 신계에서 존재하는 존재들 중에서는 가장 밑바닥에 위치한 자들입니다. 이들 역시 신족이라 칭할 수는 있지만 인간들처럼 아무런 능력이 없는 경우가 다반사이고 외모도 그다지 아름답지 않습니다. 이들은 치유의 권능 역시 행하지 못합니다.

대리자란!
인간의 몸으로서 어떠한 신의 분신, 혹은 그림자, 여러 얼굴들 중 하나라는 칭함을 받는 자들을 대리자라고 합니다.

이들은 처음부터 신의 대리자가 되는 것이 아니라 어떤 순간에 계시를 받거나 운명적으로 받아들여져서 대리자로 각성하게 되면 대리자로서의 삶을 살게 됩니다.

보통 그들은 평범한 인간에서 신의 대리자가 되는데, 그들의 각성 후에는 외모가 신의 모습과 흡사하게 변하며 신의 권능 일부분을 갖게 됩니다. 대리자들은 보통 수명이 인간들로는 상상 못하는 몇백 년의 세월을 갖게 되며 젊음 역시 죽는 순간까지 계속되게 됩니다. 마치 고고한 족속인 엘프처럼 긴 수명에 젊음을 갖게 되는 거라고 할 수 있습니다.

이들은 그들이 모시는 신과 운명이 연결되어 있으며 아주 밀접한 경우에는 기억이나 감정마저도 공유하기도 합니다. 하지만 이것은 아주 드문 경우입니다.

마족

일명 암흑의 존재라고 불립니다. 이들은 신족들과는 달리 마계의 절대자에 의해 고위 마족이 창조되고 고위 마족에 의해 그 하위가 창조되는 식의 피라미드 구조의 관계를 갖습니다.

물론 이들 관계는 일정의 상급에서 머물 뿐, 그 나머지 하급 마족들은 모두 일반인들이 인식하는 그런 마족의 이미지를 갖지 못한 형편없는 징그러운 외모와 낮은 능력 치를 가진 이성보다는 본능에 가까운 암흑의 존재들입니다.

일단 마족의 계급을 나누어보자면 크게 상급과 하급으로 나눌 수 있습니다.

1) 상급의 마족:이들은 모두 검은빛 머리칼과 눈동자인 외모를 하고 있습니다. 하지만 그 계급에 따라 그 미세한 밝기와 빛깔이 조금씩 달라집니다.

1계급:바이올렛 빛이 은은히 도는 흑발과 눈동자 색을 가진 외모를 가지고 있습니다. 마족 중에서는 최강의 능력을 가졌으며 흑마법이나 마족으로서의 권능에서도 무척 두려운 존재들입니다. 마계의 절대자를 비롯하여 몇몇 존재들은 인간계에서 흑마법사들이나 일부 인간들에 의해 암흑의 신으로 숭배되기도 합니다.

2계급:대체적으로 청흑발과 푸른빛 도는 검은 눈동자를 가졌습니다. 이들 역시 드래곤과도 대적할 수 있는 강함을 가졌으며 흑마법이나 인간의 검술에까지도 능합니다.

3계급:일반적인 마족 형태입니다. 이들은 순수한 흑발과 눈동자를 가진 외모를 가졌습니다. 이들 역시 스스로는 고위 마족이라 자칭합니다. 키리아가 이 계급에 해당됩니다.

2) 하급의 마족:잿빛과 검은 빛깔의 중간에 속한 탁한 머리칼 색과 어두운 피부의 외모를 가진 존재들로 마계에 원래 존재해 있는 이들이 여기에 속합니다. 이들은 마계의 절대자에 의해서 창조된 것이 아니라 원래 마계에 존재했던 원주민이라 할 수 있습니다.
다시 말해 마계의 상급에 속하는 존재들을 창조해 낸 절대자란 존재는 본래 마계에서 존재하던 존재가 아닐 수도 있다는 가정이 생기는 겁니다.

정령

이들은 자연의 기운을 받아 순수한 형태로 존재합니다. 정령들에게는 성별이란 것이 존재하지 않으며 한 가지 속성과 관계한 순수함으로 그저 존재합니다. 그래서 이들은 나이 어린 정령이나 자연의 기운을 받아들이는 그 범위가 크지 못한 정령들은 그 순수한 성격만 강할 뿐 독립적인 사고를 하는 경우가 드뭅니다.

대부분 1,000년 이상의 세월을 지낸 정령들은 인간의 형상으로 변하여 인간 세상에 그 모습을 보이기도 합니다. 하지만 인간들이 이들 정령을 알아보기가 무척 어렵고 정령들이 세상에 나오는 것도 무척 드물기 때문에 마법사들이 아닌 일반인들은 정령들의 그 존재 여부마저도 불확실해하기도 합니다.

정령의 속성에 따른 종류는 불, 물, 땅, 신성 나무, 빛, 어둠 등으로 존재하며 그들의 능력과 존재의 범위를 따져 크게 나눈다면 두 가지로 나누어볼 수 있습니다.

1) 샤르: 일반적으로 존재함과 자연적 기운을 받아들이는 범위가 큰 존재를 '샤르'라 칭합니다. 이들은 정령으로서 독립적인 성격이 강하며 나이를 많이 먹을수록 스스로 판단하는 능력과 자신만이 가지는 감정과 성격도 뚜렷한 모습을 보입니다.

ex) 라센샤르, 아젠샤르, 렌샤르

2) 시타: 샤르와는 상대적으로 그 존재함과 자연적 기운을 받아들이는 범위가 적은 존재를 통틀어 시타라 칭합니다.

ex) 리엔시타, 아멘시타

예시를 보면 알 수 있듯이 샤르와 시타는 정령들의 이름 끝에 붙습니다.

드래곤

인간계에서 존재하는 이들 중에서 가장 최강의 종족입니다. 이들은 기나긴 수명과 함께 스스로 마법을 습득하는 능력을 지녔습니다. 드래곤들은 성룡이 되면 용언이라는 것을 행사할 수 있는데, 용언이라 함은 모든 마법을 스펠 캐스팅 없이 곧바로 시동어만으로도 시전할 수 있는 것을 말합니다.

이들의 수명은 보통 5,000~6,000살에 이릅니다. 해츨링 기간은 수명의 십 분의 일 정도가 해당되며 나이를 먹을수록 그 능력과 지혜가 깊어져 신에게 도전하는 능력을 갖습니다.

드래곤에는 여러 드래곤들이 존재하지만 그들 중에서 두 일족의 특성에 대해서 말하자면.

1) 실버 드래곤:이들은 다른 드래곤들에 비하여 몸체가 약간 날씬하고 작으며 우아한 날개를 가지고 있습니다. 은빛 비늘에 은보랏빛 눈동자를 가진 이들은 냉기 브레스를 뿜습니다. 또한 주로 빙계 마법을 즐겨 사용하며 은색이나 백색 계열의 빛깔을 아주 좋아합니다.

이들의 성격은 평소에는 무척 친절하며 부드럽기까지 하지만 근본적으로는 무척 냉철하고 차가우며 잔인한 면모를 가져서 가끔 이중적인 면을 보이기도 합니다. 감정적인 면보다는 이성적인 모습을 더 많이 보이며 지혜롭고 사려가 깊습니다.

또한 자신의 진실함을 남에게 잘 보이지 않아 다른 드래곤에 비해 냉정하다는 평을 더 많이 듣는 존재이기도 합니다.

2) 블랙 드래곤: 이들은 실버 드래곤에 비해 몸체가 크고 약간 투박한 날개를 가지고 있습니다. 강산으로 이루어진 브레스를 뿜으며 포악하고 교활한 성격을 지닌 이들은 많은 인간들 사이에서 두려움이나 악의 상징으로 여겨집니다.

이들은 능력 면에서는 무시무시한 힘을 가졌지만 포악한 성격에다 다른 드래곤들에 비해서 지혜가 조금 떨어지는 편으로 보석을 매우 좋아합니다.

하프 드래곤

인간의 모습으로 폴리모프한 드래곤들은 가끔 인간 세상에서 그들만의 유희를 즐깁니다. 그래서 종종 인간들과 결혼을 하기도 하는데, 그들 사이에서 태어난 자식은 보통 아무런 능력을 지니지 않은 평범한 인간이 됩니다.

하지만 간혹 그들 사이에 하프 드래곤이란 존재가 태어나기도 하는데 이들은 아주 희귀한 존재입니다. 로히얀스 역사상 알려진 하프 드래곤은 이제까지 없었으므로 하프 드래곤이란 존재는 그만큼 희귀하다 할 수 있습니다.

하프 드래곤으로 태어날 경우는 드래곤이 특별히 인정한 경우에 한해서입니다. 드래곤이 자신의 인간 자식에게 특별한 애정을 느끼고 그를 인정한다면 그 자식은 하프 드래곤이 될 수 있는 겁니다.

그러나 드래곤의 의지에 의해 인간의 몸으로 드래곤의 능력을 받아 하프 드래곤으로 태어난다 해도 역시 드래곤으로 폴리모프는 불가능하며 수명도 인간들과 같습니다.